CEREAL

主　　　编　　Rosa Park
创 意 总 监　　Rich Stapleton
文 字 编 辑　　Richard Aslan

中文版主编　　王菲菲
策 划 编 辑　　郝兰
责 任 编 辑　　郝兰　谢沐
营 销 编 辑　　刘天怡
新媒体编辑　　刘天怡

译　　　者　　张瑾
装 帧 设 计　　申亚申
封 面 摄 影　　Rich Stapleton

图书在版编目（CIP）数据

谷物 .11，孤独的本质 / 英国 Cereal 编辑部编著；
张瑾译 . -- 北京：中信出版社，2019.6（2025.9重印）
　　书名原文：Cereal 15
　　ISBN 978-7-5217-0289-7

Ⅰ. ①谷… Ⅱ. ①英… ②张… Ⅲ. ①游记-作品集
-英国-现代 Ⅳ. ① I561.65

中国版本图书馆 CIP 数据核字（2019）第 053500 号

Cereal Volume15
Copyright © Cereal Ltd. UK
All rights reserved.
Simplified translation rights © 2019 CITIC Press Corporation
Simplified translation rights are arranged with Cereal Ltd UK through Amo Agency Korea.
本书仅限中国大陆地区发行销售

谷物 .11，孤独的本质

编　　著：英国 Cereal 编辑部
译　　者：张瑾
出版发行：中信出版集团股份有限公司
　　　　　（北京市朝阳区东三环北路 27 号嘉铭中心　邮编 100020）
承 印 者：北京利丰雅高长城印刷有限公司

开　　本：889mm×1194mm　1/16　　印　张：10.75　　字　数：150千字
版　　次：2019 年 6 月第 1 版　　　　印　次：2025 年 9 月第 14 次印刷
书　　号：ISBN 978-7-5217-0289-7
定　　价：68.00 元

版权所有·侵权必究
如有印刷、装订问题，本公司负责调换。
服务热线：400-600-8099
投稿邮箱：author@citicpub.com

序

此时，我正和普霍尔（Pujol）餐厅的员工一起在他们的室外露台上庆祝三王节。午后的空气中弥漫着草本园里浓郁的香草味，到处是人们的谈话声。阳光穿透凉棚，照在我的皮肤上，暖暖的，我闭上眼睛，让自己融入环境中。突然，有人大喊了一声"玉米粽！"（Tamales），接着一阵欢呼，我的遐想被打断了。我了解到，在这个特别的节日里人们要分享一种环形的甜点——三王面包，隐藏于其中的小雕像代表着圣婴耶稣。谁找到了小雕像，就得为其他人做玉米粽。人们纷纷举起热乎乎的热巧克力，每个人都兴高采烈的，欢乐的情绪极具感染力。像这样和当地人一起玩乐庆祝，交流文化，使我的旅行充满意义。

主厨恩里克·奥尔韦拉（Enrique Olvera）可谓开辟了现代墨西哥菜的一块"飞地"。他的员工贯彻了他的价值理念：热情好客、真诚可靠、永续持久。18年来，餐厅的菜品和文化始终如一。普霍尔希望来此品尝墨西哥菜的人们有宾至如归、备受关爱的感觉，希望人们愉快享用他们基于生态无害和社会责任而创造出的美味。普霍尔还推动了所在社区的可持续发展，不仅提供就业机会、与邻近商户合作，而且积极探索和改良墨西哥饮食文化，让传承焕新生。

与普霍尔这样的企业的相遇让我受益匪浅。我开始思考，怎样才能过上一种更可持续的生活？它绝非某天早上醒来喊个口号"我要可持续生活"那么简单。一系列活动、会面和对话让我想为我们的地球和我居住的社区做一点儿事。在很多方面，"可持续"（sustainability）已经成了一个被滥用的行业流行语。我也必须承认，我对这个词语的真正含义经常感到困惑，不管是其社会层面的还是生态层面的。但在过去一年里我开始意识到，"可持续"的关键是在日常生活中落实这些常识：离开房间时关灯，节约用水，减少浪费，食在当地。旅行时做些攻略，考虑更小众的地方。过度开发旅游业，就像过度捕捞一样，会耗尽一个地区的资源，最终让这个地方魅力尽失。

谷物的家是英格兰西南小城巴斯。我们的想法很简单，就是在首都伦敦以外助力建设一个创意社区。我们的印厂是当地一家创立于19世纪30年代的家庭印刷厂。我们在办公室里已经淘汰了塑料瓶，尽可能多地参与公益慈善。最重要的是，我们在本书里花了很多篇幅来探讨"可持续"的话题。改变始于行动，无论多小。我们已经迈出了第一小步。

———

Rosa Park

目录

墨西哥城

路易斯·巴拉干住宅与工作室   8
孤独的建筑

阅读墨西哥城   18
一个由图书馆串联起的城市

现代墨西哥人   23
恩里克·奥尔韦拉和普霍尔

可持续

费利克斯剩食餐厅   32
社区厨房

火车旅行   41
沉默天空之梦

干净的空气   46
在塔斯马尼亚

社区的力量   51
在伊尼什曼岛

十字路口   58
特斯拉、环境保护及冥想

地平线以内   62
动亦非动之旅

莫德斯塔庄园   67
生命之光

可持续风格   72
精选

I 艺术与设计

大师计划
安藤忠雄的拉科斯堡 … 85

月亮的反射面
朴英淑的月亮罐 … 94

分
空间分割的艺术 … 103

只是开始
阿塞尔·维伍德的卡奈尔城 … 112

Tippet Rise艺术中心
艺术、自然和音乐 … 118

II 风尚

羊绒控
格雷格和他的奢华生活品牌 … 130

健康
运动风 … 137

琳达·罗丹
自然美 … 147

III 逃离

光彩熠熠的小岛
安缦圣斯特凡酒店，黑山共和国 … 153

一件事的不同版本
独自漫游，发现神奇 … 160

加州精神
冲浪者酒店 … 163

《谷物》正在

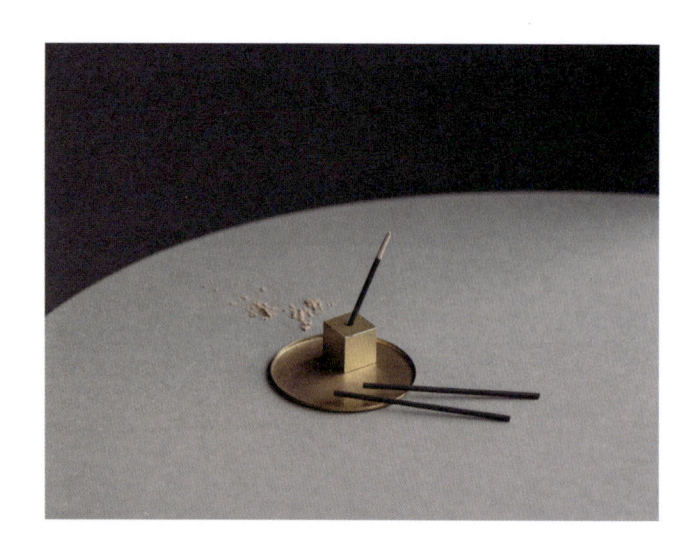

焚

Chikuseiko 的竹炭香

补充

白水晶能量

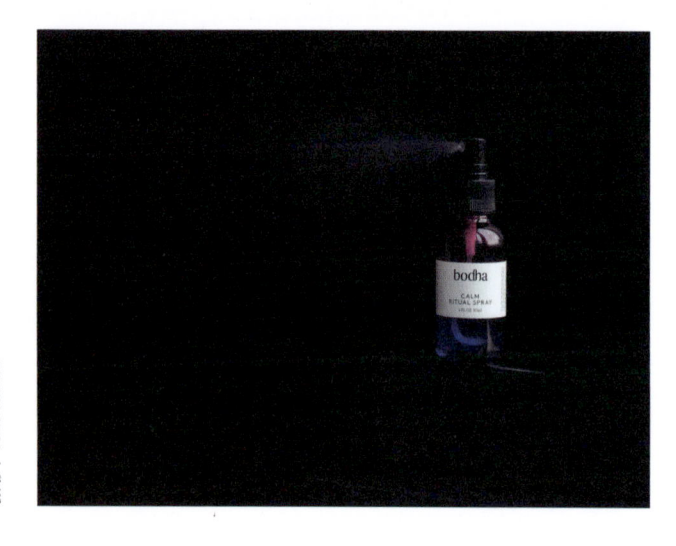

享用

Bodha 的睡眠喷雾

摄影：Ash James

墨 西 哥 城

MEXICO CITY

MEXICO

路易斯·巴拉干住宅与工作室

孤独的建筑

Casa Luis Barragán

ARCHITECTURE OF SOLITUDE

文字：Matilda Bathurst 摄影：Rich Stapleton
作品：© Barragan Foundation/DACS 2018

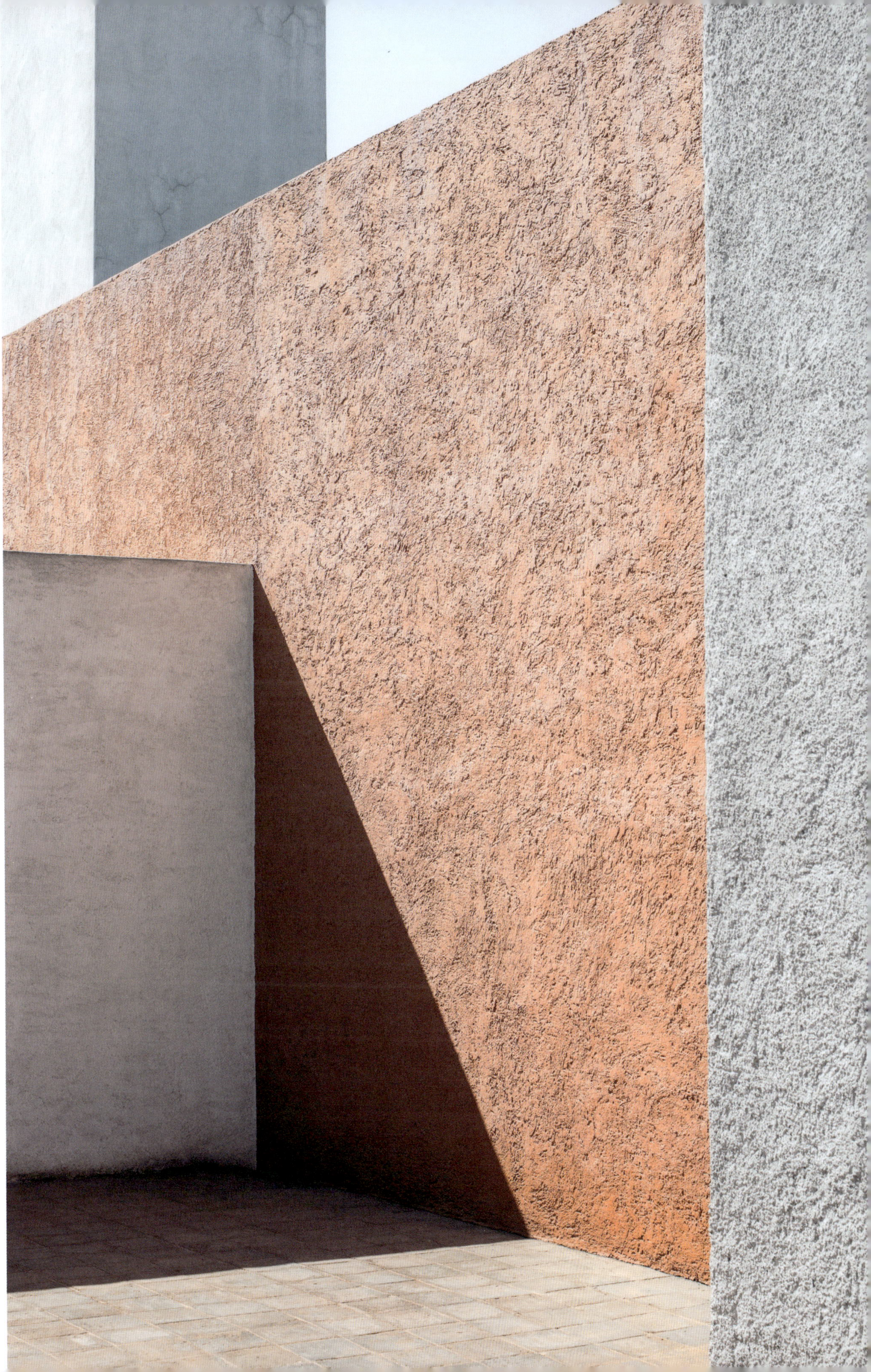

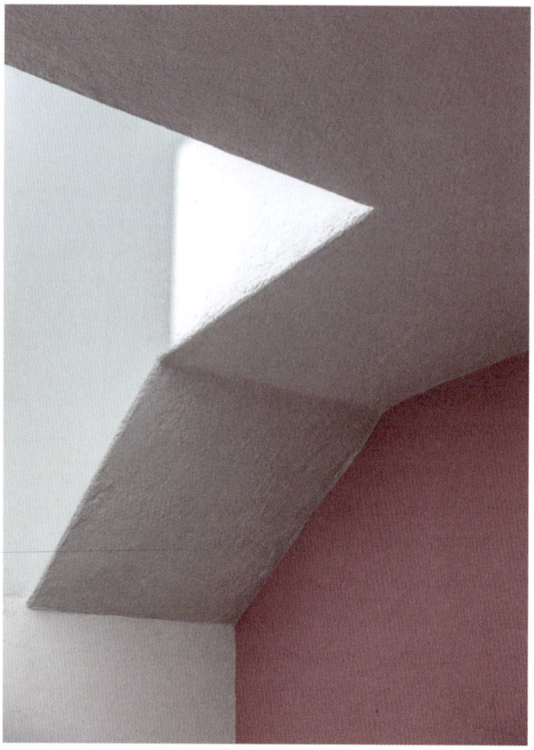
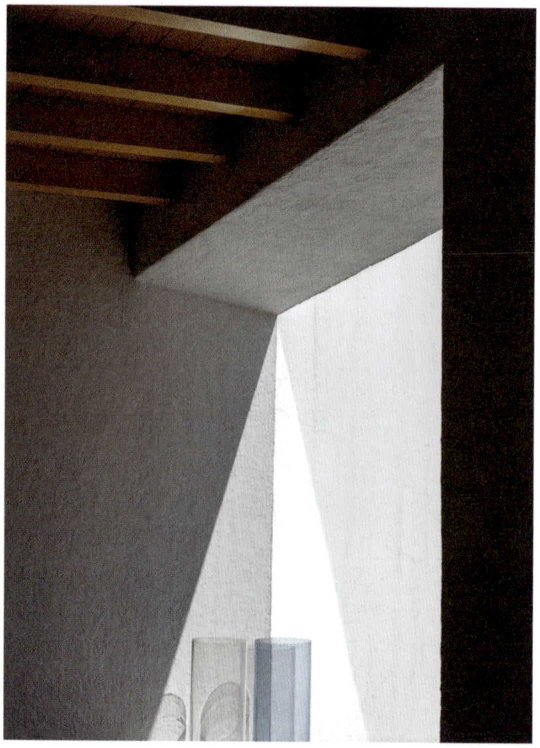
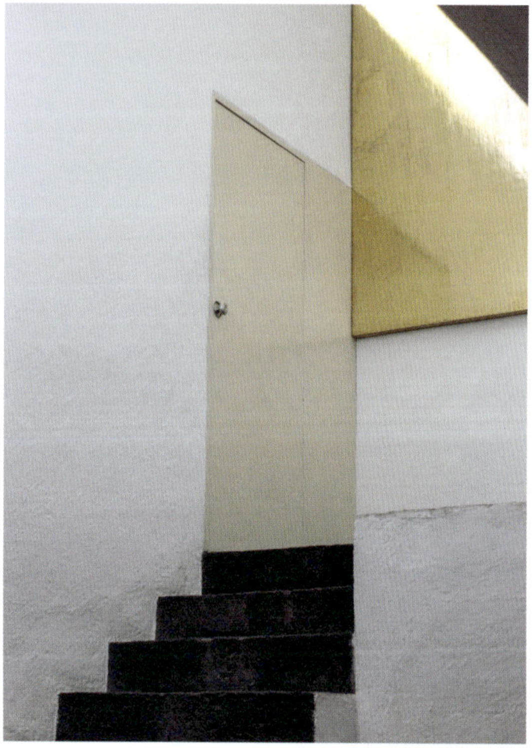

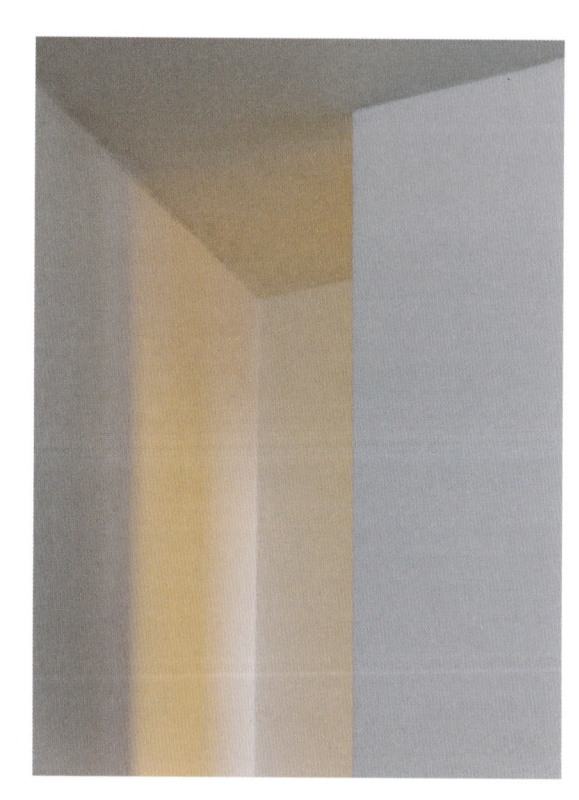

不知死，焉知生。在路易斯·巴拉干住宅与工作室的屋顶露台上、天空和红砖墙之间，你会不由自主生出这样的哲思。城市被高高的围墙挡在外面。

屋顶上燥热难耐，好在太阳很快就要下山了，后面将会有阴凉。柿橘色和药粉色的光线映入眼帘，构成一幅抽象画。脚下，乔治·德·基里科（George de Chirico，意大利超现实主义画家）式的网格垂直延伸到墙上，给人一种很强的透视感，却并不累赘。在这里看不到任何家具和生命迹象，只有一条葡萄藤从角落里冒出来。一个简单的十字架在墙上投下阴影，几不可见。

这个地方人为构筑了界线（界限）。彻头彻尾的孤独。

solitude——孤独——西班牙语"soledad"，是路易斯·巴拉干（1902—1988）建筑的起点和终点。在1980年的普利兹克建筑奖获奖致辞中，这位墨西哥建筑大师将"孤独"作为他作品的标志性风格，与"光""美""欢乐""死亡"同列。"死亡"在墨西哥是与"生存"交织在一起的。如果"生"与"死"存在于一个连续统一体中，那么"孤独"可以被理解为其间的交叉点。在这里，人们与自己和解，从而既可以入世，也可以出世。因此，无论是派德来哥（El Pedregal）的熔岩花园、洛斯·克鲁布斯（Los Clubes）荒凉庄严的水池，还是嘉布遣会修道院（Capuchin Convent）简陋的小教堂，巴拉干的每一座建筑都充满了孤独精神。

1948年，在墨西哥城前工人阶级社区塔库巴亚，巴拉干为自己造了一栋房子。它被认为是世界上最孤独的房子，整栋建筑的高潮、孤独中的孤独，是屋顶露台。这栋极其内向的房子里，只有露台向外敞开，让参观者陷入自相矛盾的封闭又暴露的状态，突然意识到自我的渺小，以及与外部世界的关系。

房子的其余部分是露台的升华，如巴拉干所言，"与孤独共处"，见证生命的悖论。作为一个虔诚的天主教徒和方济各会士，巴拉干认为生活具有双重性质：既是天堂，也是地狱，是上帝的旨意，应该用爱和尊严来接纳。如果天堂和地狱存在于地球上，那么我们已经生活在来世，因此我们别无选择，只能活在当下，活在天与地、光明与黑暗、自我与他人之间分裂的瞬间。

这座房子可以是自我分裂的产物，也可以是一个"被人群包围却又完全独立"的单身汉之家。无论作为男人还是建筑师，巴拉干都具备这种将明显的矛盾整合在一个审美和精神的整体中的独特能力。这位隐士气质的花花公子，实现了墨西哥乡土建筑和欧洲现代主义之间的跨越。这种高超的建筑"杂技"，只能由这样一个特立独行、自学成才的人来实现。严格地说，巴拉干不完全是自学成才。作为一名工程师，他的建筑教育来自个人经历：在瓜达拉哈拉（Guadalajara）度过的童年时光让他了解了土坯结构和渡槽，欧洲旅行的经历让他深受现代主义建筑师的影响。

巴拉干不受学院派或通用规则的影响，他更像是一位天马行空的诗人。在他手中，墨西哥风格强化了严谨的清教徒风格：使用木材、石头和黏土等天然材料，厚墙壁可以隔热，明艳的色彩在阳光下分外耀眼。他可以自由地引入风格，也可以随意丢弃它们。巴拉干后来摒弃了勒·柯布西耶的"建筑是居住的机器"的理念，转而提倡"情感建筑"，以美驱动身心灵的活力。

这种身心灵的活力，其实也是另一种形式的静止，从进入房子的那一刻你就能感受到。我们一跨进大门，就与外面完全隔绝了，进了一个狭窄幽暗的通道，昏黄的光线柔化了火山石色的地砖。厚厚的土坯墙使空间进一步压缩，将我们的视线推向中央的门厅，在那里我们被巴拉干所独有的欢欣而灼热的粉红色侵袭击溃。

这里是巴拉干坐着打电话的地方，所有水平、垂直线条都被他精确无比地融入整体设计中。光线在桌子上投下完美的正方形光区，黑色的石阶就像《圣经》中雅各布的阶梯。然而，只要打开一扇门，静谧就会四散而去，门厅变成房子的中心。这些门通往厨房、图书室和餐厅，楼梯通向卧室和屋顶。

我们已经摆脱了功能主义，摆脱了时尚现代主义"冷酷的便利"。如果巴拉干的意图是通过美把我们的灵性唤醒，那这栋房子可不是一位干净整洁的美丽修女，而更像是天主教诗人杰拉尔德·曼利·霍普金斯所谓的"花艳美女"。一个纯粹的悖论："所有事物都相互矛盾、原始、无用、怪异。"这句话也可以用来形容巴拉干旅行带回来的各种小东西，如彩色雕像、"人

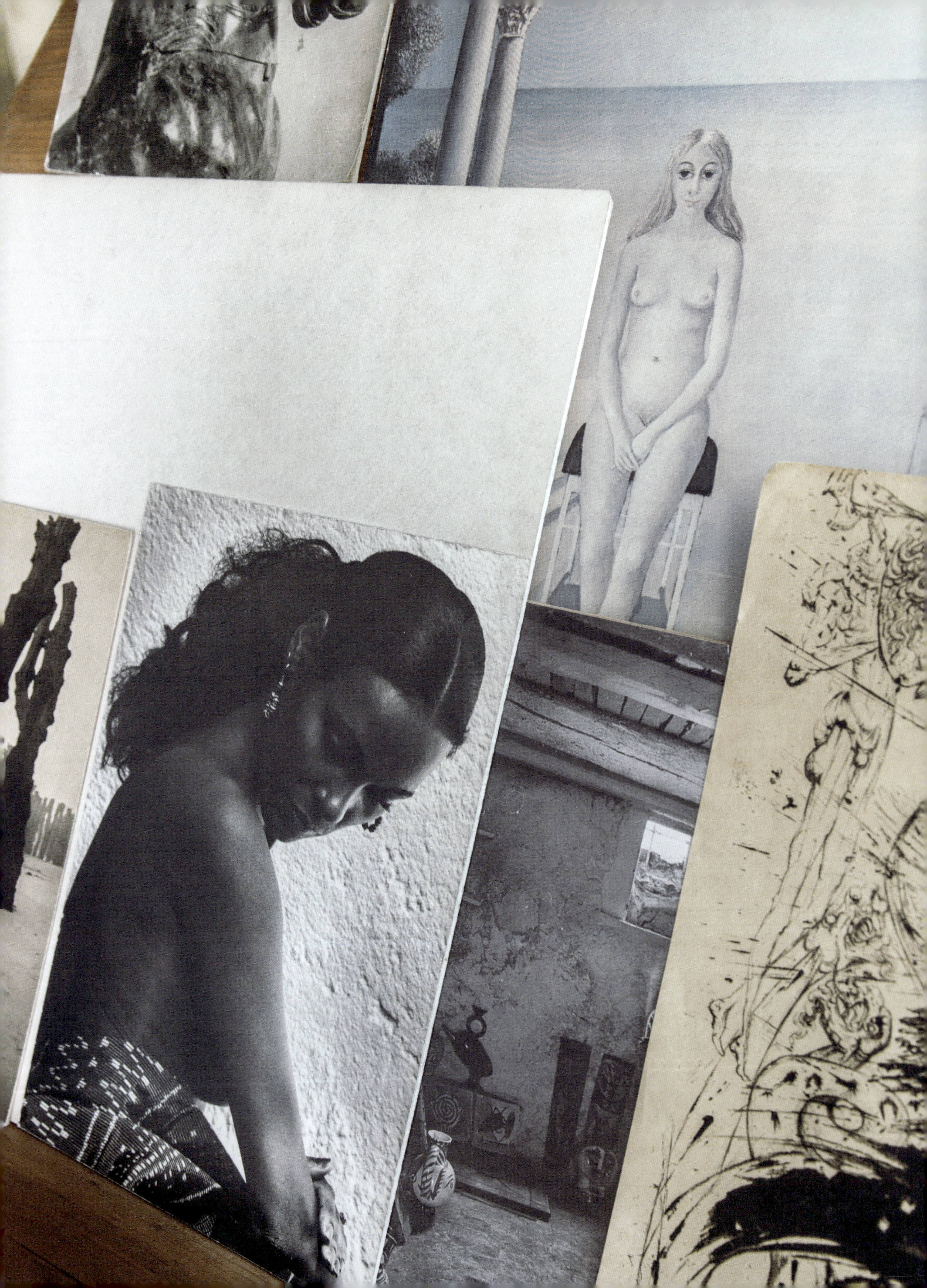

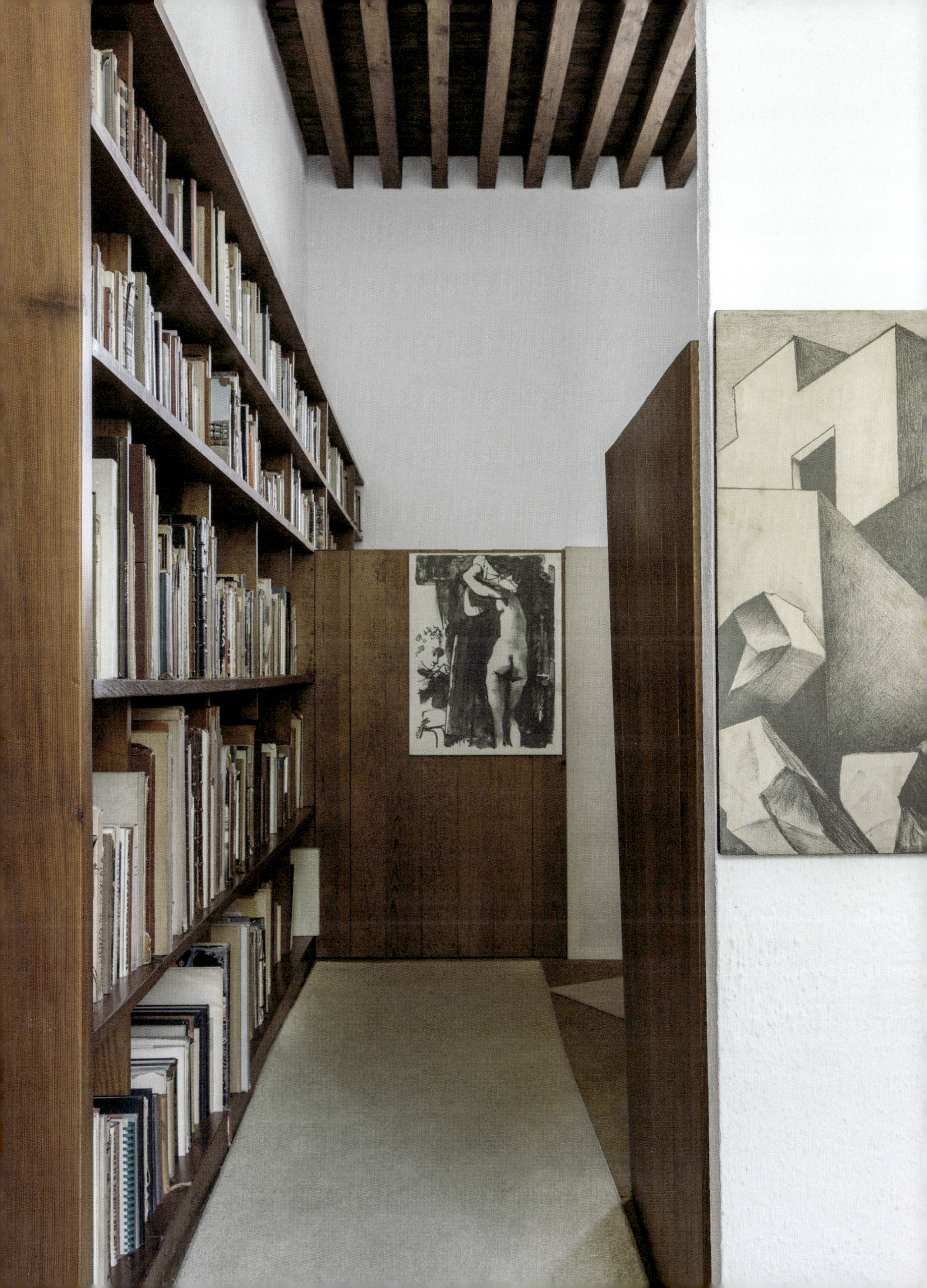

皆会死"头骨和镀金天使。这些金质的、浸过鲜血的、荆棘编成的物品与挂在楼梯上方的雕塑家马西亚斯·格瑞兹（Mathias Goeritz）的作品产生了微妙又充分的共鸣。这件作品由箔制成，像太阳一样，成为整个空间的焦点，正如每座西班牙巴洛克式教堂都有一处简单的方形祭坛一样。

巴拉干的真诚毋庸置疑，但他所表达的僧侣式价值观也极具讽刺意味。门厅里，禁欲主义通过古怪的独居者形象表达出来：现代主义风格的僧侣讲台被用来展示绘画，餐厅被装饰得好像修道院的饭堂。每个空间都有种忧郁的气质——一种自我意识，让这个地方像个陈列各种展品的博物馆。客厅里，巴拉干著名的悬臂式楼梯一直延伸到夹层；餐厅里，杰斯·雷耶斯·费雷拉（Jesús Reyes Ferreira）的画作与房子的色调和谐统一。如果没有落地窗外的花园，你很容易得幽闭恐惧症。不过，巴拉干精心照料的这座花园看起来更像是一片荒地。

花园将整座房子连成一体。金钟树爬上了屋顶露台，阴凉的小庭院通往巴拉干的工作室。叶子盖住了最隐秘的窗户，提醒人们这里最好不要进去。隐蔽的夹层中，有台留声机，墙上的百叶窗形似十字架。镜子里的普尔喀丽娅画像让苍蝇都不敢驻足。卧室里挂了幅报喜画，巴拉干在那里度过了他人生中最后一段时光。

回到现实中来。

楼下的厨房里有人一直在做饭。巴拉干的管家还住在这里，房间里弥漫着热可可和茴香的气味。这是做饭的地方，几乎没有被巴拉干的完美主义所影响。木桌子破破烂烂的，灯具裸露在外，餐具柜上是些家常瓷器。这里与屋顶露台的世界相隔甚远，不过，我们也可以将厨房理解为露台的镜像。一个彩绘盘子上写着西班牙文soledad（孤独），木质十字架斜靠在门框上。这就是巴拉干为另一种孤独所保留的空间——一种无法超越的孤独，正如人对食物和居所无法超越的需求。

也许该走了。我们来过，与世隔绝过；看过生与死、天与地、墙与窗。我们来了，又走了。

官网：*casaluisbarragan.org*

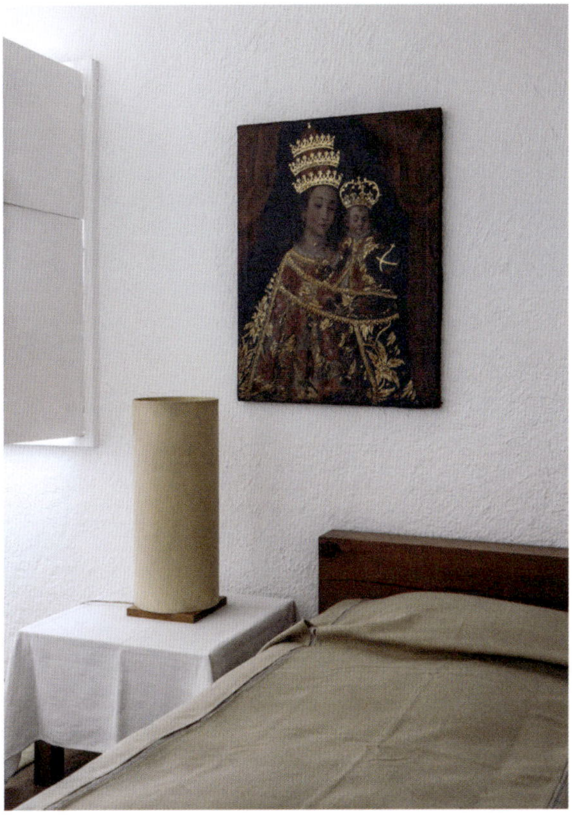

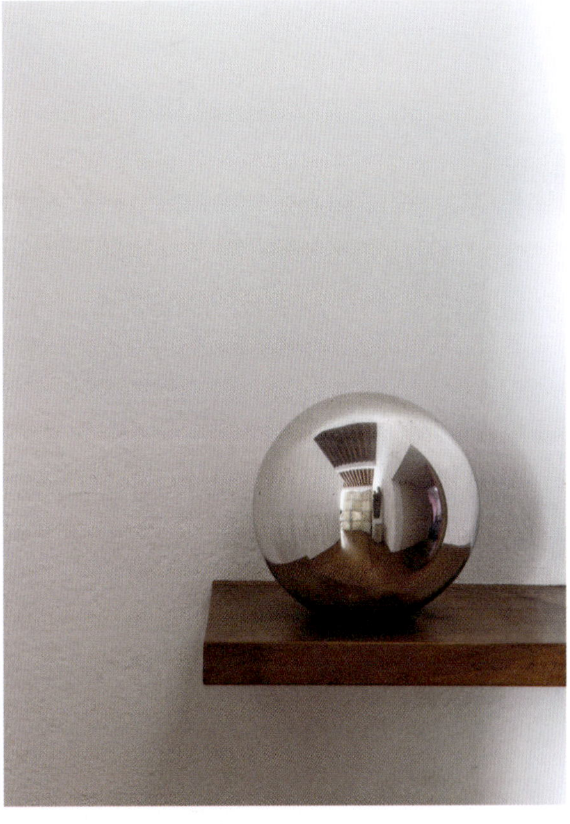

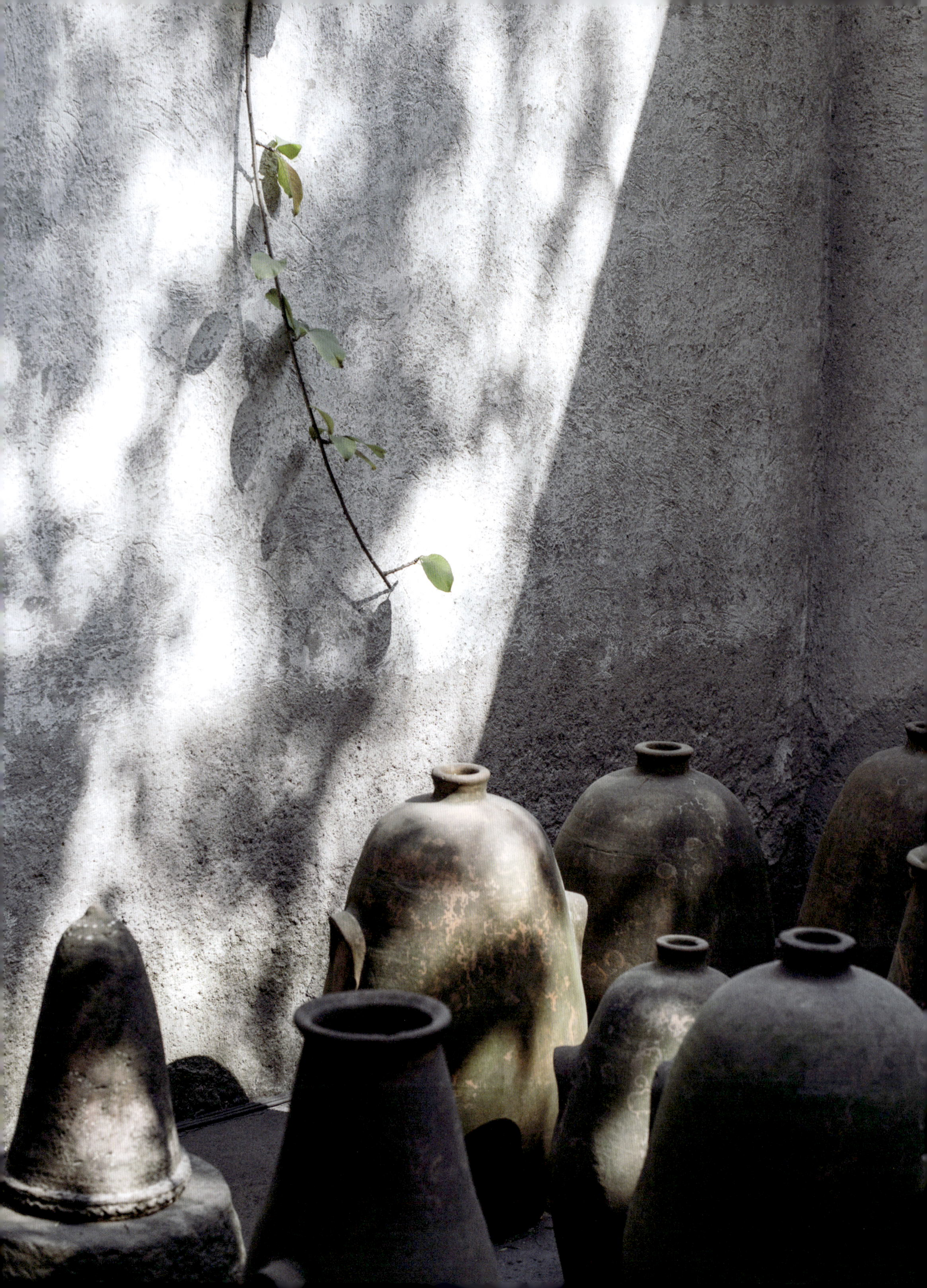

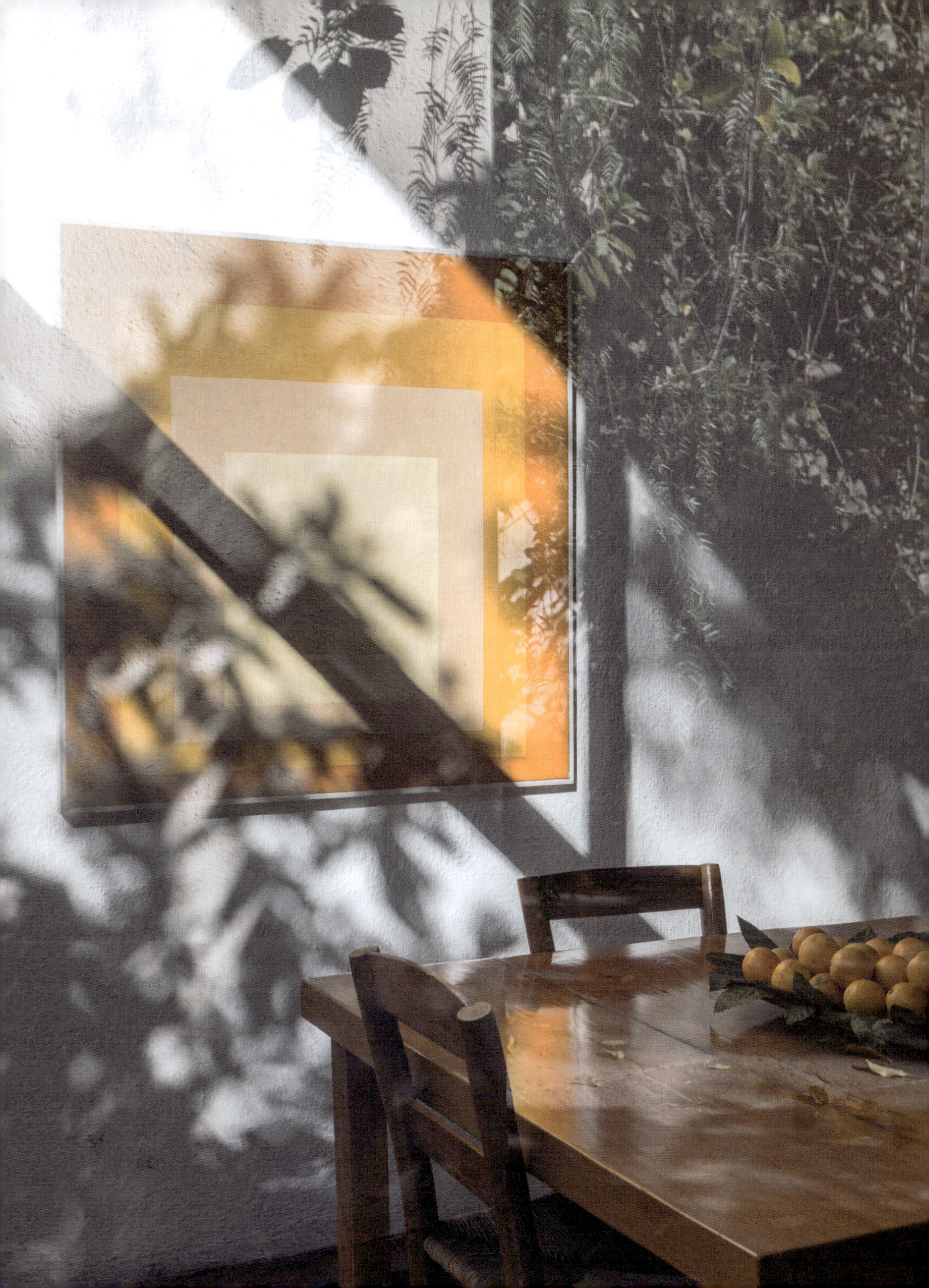

阅读墨西哥城

一个由图书馆串联起的城市

文字：Matilda Bathurst

"看世界就是拼写世界。"

奥克塔维奥·帕斯

拼写是将感觉带入单词。墨西哥作家奥克塔维奥·帕斯（Octavio Paz）在他的诗《阴影的草稿》中想要将诗变成一种形状。但越是这样努力，词语的分量就越被削减，诗歌中的世界变成了苍白的色调。一个有血有肉有水的世界，一个在被征服的文明废墟上建立的湖形的世界（城市），从此干涸了。

那天早上，我路过宪法广场的时候，风很大。我的脑子里毫无理由地跳出一首诗、一个人，这人拿着地图，向后折一半，侧着转半圈，从南往北看，又从东往西看；不知道从哪里开始，不知道在哪个区域，就那么茫然地看着。这让我想起一件史实，或是一个神话，这座讲着西班牙语的城市，建在古代特诺奇蒂特兰（Tenochtitlan）的废墟上，最初只是一个用小木棍在地上刮出的雏形。

我试图用自己的语言来理解这座城市，但它拒绝了我。那些方形的阴影拒绝被统一成单词或句子，标点符号也无法替代繁忙的十字路口。问题在于写作本身，它充其量是看似有意义的谎言。生活是用来解读和误解的，就像一幅被踩在脚下有着复杂意义的地图。所以我在读书和走路的时候写作，看着文字滑出边界、四处蔓延，落入伤痕累累的城市上空的臭氧中。

"水是用来读而不是用来喝的。"

这是一座城市，也是一个干涸的湖泊，我们阅读每一条街道。读广告牌、街道标志和各种面孔；读图书馆，设计和结构的意义不如语言的波动性更有表达力。我从布埃纳维斯塔（Buenavista）开始，那里人行道拥挤，排水沟被塑料和吃剩的玉米芯堵得严严实实；大门和铁块上喷着涂鸦，阿兹特克机器人有着绿松石般的眼睛。这时我看到了巴斯孔塞洛斯图书馆（Biblioteca Vasconcelos，又名墨西哥图书馆），墨西哥建筑师阿尔贝托·卡拉赫（Alberto Kalach）和胡安·帕洛马（Juan Palomar）于2006年为纪念哲学家何塞·巴斯孔塞洛斯（José Vasconcelos）而建造的，它的钢-玻璃结构是乱中有序的完美典范。这是一个为平行世界里的墨西哥城而设计的图书馆，是一个效率与进步、美丽与自由的乌托邦，天生有革命理想。图书馆内部自成一体，读者头上的架子网格让人联想到无穷无尽的知识，好吧，我有点儿晕眩了。然而，当我走进纵横交错的通道和阳台时，这些空间不再像一个永恒的建筑工地，而更像一台高效的机器，好像未来被未完成的当下困住了。走在"健康生活"（VS 370-400）和"年轻世界"（MJ 600-650）两个分类之间漫长的玻璃走廊里，我开始怀疑时间已经消失。从走廊的一头到另一头，我面对了两个截然不同的年代：北面是瓜特穆斯的混凝土塔楼，南面是过去的新西班牙的圆顶和尖塔。我突然觉得恶心，趴在阳台上，眼前是悬挂在中庭的鲸鱼骨架——曾经的生物成了雕塑——一个建筑曾为水的隐喻。

我一直在找卡洛斯·富恩特斯（Carlos Fuentes）的《最明净的地区》（*Where the Air Is Clear*），最终我拿起了但丁·萨尔加多（Dante Salgado）的诗集《阿瓜·德尔·德西尔托》（*Agua del Desierto*）。我走到植物园外面，随意翻开了一页。

"晚上,
只在晚上,
你听到男人在唱歌,
歌声像鸟儿一样上升又下降、
轻松而闲适。"
花园里,一个外套上布满尘土的男人蜷缩在草地上,旁边有一对恋人,好像根本没有注意到他。
"少年在练习每天例行的舞蹈:
花园是一块砂纸,
人物被打磨以后,跟神话故事里的一般无二。"
参观墨西哥城的图书馆就好像从一个花园到另一个花园,在两个花园之间需要屏住呼吸。如果现在出发,大概能在黄昏前到达下一个花园。中央图书馆(Biblioteca Central)的草坪像机场跑道一样宽阔。国家声音图书馆(Fonoteca Nacional)的花园里到处是纯种的猫科动物。西班牙村(Parque España)边上的区图书馆已经关门,我只好坐在利奥诺拉·卡林顿(Leonora Carrington)家门口,读她的小说《在下面》(*Down Below*)。

墨西哥图书馆旁的城堡广场上,一对对老夫妇在街头乐队的摇滚乐中跳舞,坐在塑料婴儿车里的小孩儿们被推着四处转悠。每到下午这个时候,太阳低垂,图书馆就被染成了红色。这栋现在是图书馆的建筑,以前曾经是烟草工厂、政治监狱、武器仓库、医院、实验室。不管怎样,好在它的大门现在仍然敞开着。

图书馆里很凉快,周围是高高的花岗岩墙。白色的庭院直铺向蔚蓝的天空,拱门通向一个小小的室内花园。这里很有气氛,安静得出奇,整座城市对知识分子的崇拜一目了然。我走过一个拱形大厅,那里的窗户上镶嵌着被打着光的奥克塔维奥·帕斯的画像,再往前沿着柱廊走能看到墨西哥五位最杰出的知识分子——何塞·路易斯·马丁内斯(José Luis Martínez)、安东尼·卡斯特罗·莱亚尔(Antonio Castro Leal)、海梅·加西亚·特莱斯(Jaime García Terrés)、阿里·楚曼瑟罗(Alí Chumacero)和卡洛斯·蒙西外斯(Carlos Monsiváis)的分馆。

每个分馆的装饰风格都不同,马丁内斯馆馆藏最丰富,我也很欣赏楚曼瑟罗馆那种20世纪中期的颓废。一个铁艺螺旋梯通往夹层,在那里我找到了金装书脊的阿道斯·赫胥黎(Aldous Huxley)的《天才和女神》(*The Genius and the Goddess*),其中写道:

"在这流动着爱的感觉中,到处是爱的结晶……"

下面的两个架子上是超现实主义者、外交官阿方索·雷耶斯(Alfonso Reyes)的散文集,其中写道:

"一个问题:刚刚发生的故事总是最不受重视。"

我从架子上取下阿尔伯特·罗莎思·本尼特孜(Alberto Rosas Benítez)的《松散的叶子》(*Hojas Sueltas*),扬起一层灰尘。第60页和61页是一篇"虚构的文章",描述了何塞·巴斯孔塞洛斯想象中自己漫游时看到的风景，他描述了天空、花朵和途中经过的建筑。

"血是绿色的，火绿色，

绿色的星星在黑色的草丛中燃烧。"

现在早过了图书馆关门时间，我想象着自己在市中心，周围有玉色的天空、火山岩铺的人行道，卖文具的街道、卖珠子的街道和铺满破碎的iPhone屏幕的街道；有美好年代（Belle Époque）百货公司的汉堡连锁店和坐落在大学方院里的16世纪图书馆；有法律图书馆、音乐图书馆和隐藏在革命遗址中的图书馆。思尔瓦斯特·米瑞纳·科拉（Silvestre Morena Cora）图书馆在夹层，曼宁宫博物馆（Palacio de Minería）在顶层，里昂娜·维卡里奥（Leona Vicario）图书馆是文学馆。这些图书馆的安保工作都做得很好，灯都熄了，说明已经关门。不过，米盖尔·勒多德·迪·特亚达（Miguel Lerdo de Tejada）图书馆曾是个剧院，现在我仍可以从窗户里看到一盏明灯。

其实在成为剧院之前，它曾是座教堂。现在图书馆的外立面上镶嵌着巴洛克风格的卷轴和扇贝壳，里面穿着针织背心的老人们正拿着放大镜看超大的书籍，四周的墙壁上满是20世纪70年代的迷幻壁画。一头大象爬上梯子，一条蛇在天上吞进一根绳子。在这座没有祭坛的教堂里，壁画上的世界革命史是宇宙周期史的一部分。荒谬感被真诚地表现出来。艺术家弗拉基米尔·基巴拉奇（Vladímir Kibálachich）将这些壁画献给他的托派（Trotskyite）父母。坐标和年表成了资产阶级的奢侈品，克伦威尔、卡斯特罗和约翰·列侬是战友，斯大林戴着拿破仑的帽子。抛开外立面和壁画不说，这也是一个简朴的独立空间，摆满了桌子和长凳。这里主要收藏经济学专著，但也有令人惊叹的艺术和建筑作品，是多年的遗产积累。可惜的是，似乎大多数读者来这里只是查阅存档报纸。我仔细观察了一下，大多数穿毛衣的男人在阅读20世纪50年代的体育版版面。我轻轻戴上一副白色手套，拽出了1971年11月的《先驱报》：

"今晚的体育馆，将举行拉斐尔·冈萨雷斯和胡安·罗德里格斯的拳击比赛。"

"今天在超级商店，中国甜瓜、新鲜鸡肉、葡萄、青玉米买一送一。"

很晚了，最后一位读者也离开了。一名安保人员过来通知我得离开了，他的帽子遮住了眼睛。我走到一家小食店，想着接下来去哪儿——

"时间就像被过滤下来的光。"

我一边吃着涂满萨尔萨辣酱的玉米饼，一边审视着自己的选择。我可以去南边的现代主义者的大学图书馆，可以去美丽的罗马区在专门的艺术图书馆里坐一会儿。昂格鲁图书馆（The Anglo Library）肯定是最明智的选择，但阿基沃（Archivo）图书馆的阅览室更美。天文台的地图库也不错，但我打定主意往北走。

我走进了当萨雷斯（Donceles）一家古老的书店，里面的光线既不明亮也不昏暗。我买了本胡安·鲁尔福（Juan Rulfo）的《佩德罗·巴拉莫》（Pedro Páramo）。这是每一个来墨西哥旅游的人都应该读的第一本和最后一本小说。在这本小说里，你根本不需要知道里面的人物是生是死。沿着"萨尔瓦多共和国"向西走了两个街区，再顺着洛佩兹街向北走了四个街区，我在艺术宫的几何式花园里停下来休息。

"高高的头顶上，纸鸟翻着筋斗，拖着它的长尾，消失在绿色的土地上。"

抄近路经过五月街5号向东行驶，沿着伊格纳西奥·阿连德向北经过三个街区，就来到了鸢尾花城市剧院的遮阳篷下。

"怎么这么久？你在干什么？"

"我在思考。"

往北走两个街区就到了"秘鲁共和国"。从这里开始，除非你擅长跑步，否则最好坐出租车。

"教堂的时钟每个整点敲响一次，一小时又一小时过去了，时间好像收缩了。"

"生活是用来解读和误解的，
就像一幅被踩在脚下有着复杂意义的地图。
所以我在读书和走路的时候写作，
看着文字滑出边界、
四处蔓延，
落入伤痕累累的城市上空的臭氧中。"

靠近三文化广场有座美丽的圣地亚哥花园。周边的树篱修剪得很好，堪称艺术。花园的中心是一座新古典主义的宝塔。

"这就是死亡。"他想。

《佩德罗·巴拉莫》是一部小说，故事发生在多个时区、一个小镇和一个死亡之城。我的寻访因此有了意义——非常有意义。我来到了三文化广场、阿兹特克遗址、西班牙殖民教堂和20世纪60年代的住宅，与其相遇。这地方有种无法形容的历史感和令人尴尬的美丽。流浪狗在曾经是游泳池的坑里玩耍，白墙后面是我要去的最后一座图书馆。

何塞·玛丽·拉芙拉瓜历史图书馆（Biblioteca Histórica José María Lafragua），一座16世纪的教会图书馆，可能是墨西哥城的第一座公共图书馆。院子里喷泉边上种着柠檬树，柠檬是一种非常苦的柑橘。从回廊的石阶那里可以进入图书馆。

"书架上的书在阳光的抚弄下

披上了一层琥珀般的红色。"

我的思绪回到了奥克塔维奥·帕斯，他告诉我城市是无法书写的，再好的书写也只不过是一阵咳嗽、一声呜咽，或者充其量只是一阵笑声。回廊里很冷，少许光线从外面透了进来。

"太阳穿过我叙述的废墟；

太阳在黎明时照进来，犹豫不决，照在这页纸上；

太阳照亮了我的额头。"

接着，我站起来，开始行走。有那么多需要读的书，有那么多需要看的世界。

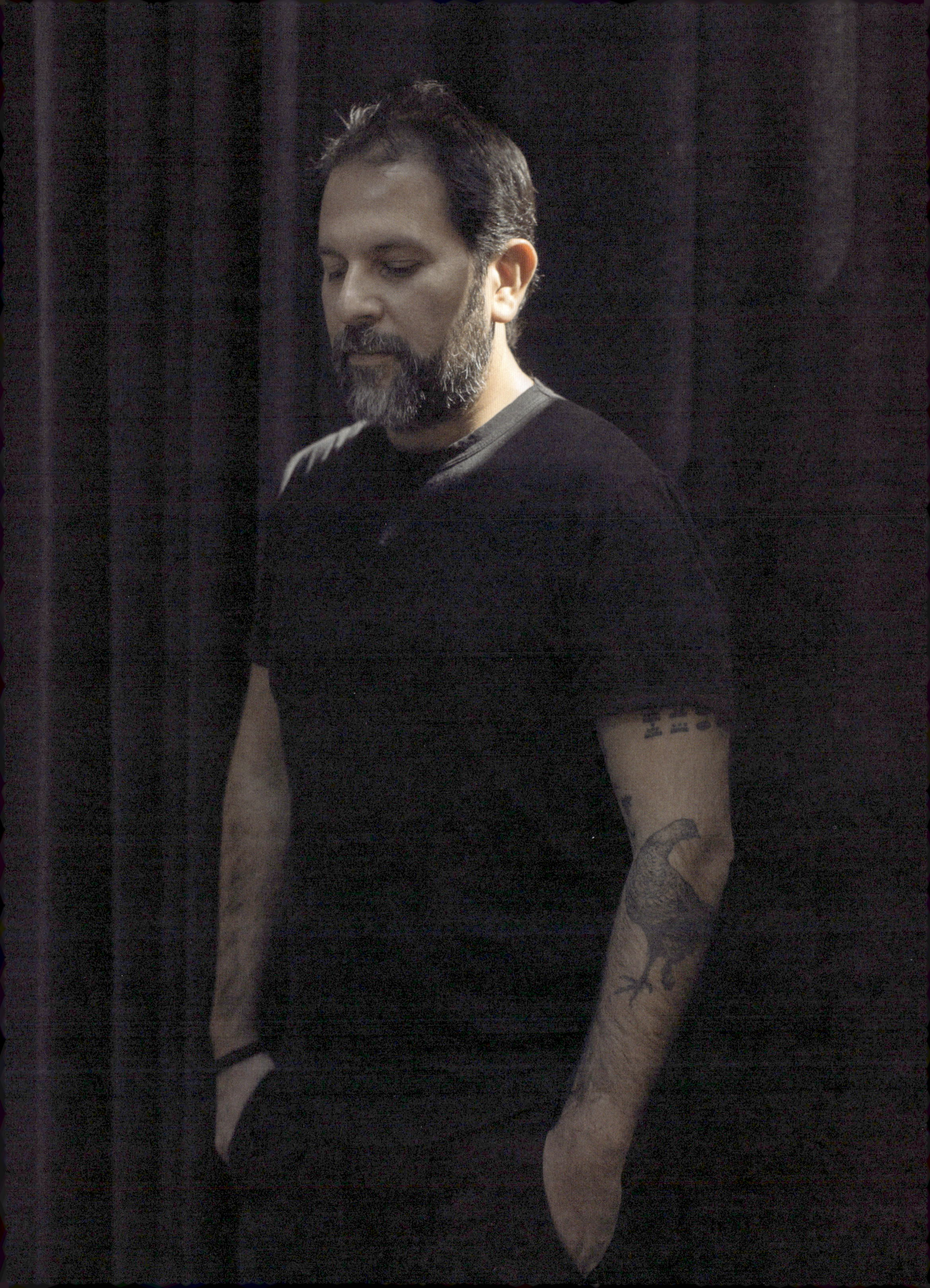

现 代 墨 西 哥 人

恩里克·奥尔韦拉和普霍尔

Modern Mexican

ENRIQUE OLVERA OF PUJOL

文字：Justin H. Min　　**场地摄影**：Rich Stapleton　　**人物摄影**：Maureen M. Evans

今天，精致餐饮几乎成了装腔作势和性冷淡的代名词。提到它人们就会想到崭新的白色棉麻桌布、昏暗的灯光和略带强制性的黑色领带。领位称你"先生"或"女士"，饭菜是用来尝的，但不保证好吃。然而，恩里克·奥尔韦拉的餐厅普霍尔却与之不同，很简单，以好吃著称。这家餐厅位于墨西哥城的波朗科街区，四面敞亮通风，在全世界都很有名。其内部既没有装潢成剧院的样子，也没有用光线和阴影将街上的繁华挡在外面。来到了普霍尔，就是来到了墨西哥，你对此深信不疑。墙上的音响里放着波萨诺瓦音乐，下午的阳光在墙上跳跃舞动，壁炉里木头燃烧生出的烟雾弥漫在空气中。一位服务生穿着黑色衬衫，领口敞开着，微笑着走过来，一副和蔼可亲的样子。他向我们介绍了当天的菜单，还告诉了我们他最喜欢的几道菜。彼时下午一点半，餐厅里热闹嘈杂，邻桌的客人聊着天、欢笑着，龙舌兰酒开始奏效，每个人都很开心。

午餐开始了：配有韦拉克鲁斯酱的章鱼，野生蘑菇汤，碱法烹制的胡桃南瓜配猪排，已经炖了1478天的鼹鼠，螺旋形的吉事果。每道菜都简洁明了，没有花样和摆盘，却充满了火热、复杂的风味。感觉一切都很熟悉，我们正在享受墨西哥街头美食的最佳升级版，就好像普霍尔将曾经遍布整个城市的小推车和小吃摊都搬到了这里。只是这一次，我们是在当地人家中用餐，而非街上。这一天的主厨恰好是恩里克·奥尔韦拉。在与他的交谈中，我明白了普霍尔为什么总是充满活力和欢乐。他谦虚，刻苦，最重要的是，他很快乐。他告诉我们他刚刚做了个小肿瘤手术，接着话题一转，又给我们讲了一个好笑的趣事，比较洛杉矶和墨西哥城的交通（结论是都很糟糕）。当我问他怎样招到和培训这么友善的员工时，他笑道："这里的每个人都很热情好客。我不想骄傲自大，我只希望我们真实反映了墨西哥人的性格。"我环顾餐厅，开业18年来，普霍尔始终坚守着自己的风格。这是恩里克·奥尔韦拉写给他的祖国、同胞和墨西哥城的情书。

谷物：你怎么形容墨西哥菜？

恩里克：我认为，墨西哥菜是快乐的食物，无所不在！它也有不同的层次——你可以从中看到时间、文化和历史。它疯狂、酸辣、甘甜，但如果你会做，能平衡这些味道，它就会变得优雅、美妙和暖心。墨西哥食物能让你有宾至如归的感觉，能让你感受到被爱。这可能不太客观，因为我是墨西哥人。但至少，这是我的感受。

谷物：烹饪是你儿时生活的很大一部分吗？

恩里克：烹饪一直是我生活的一部分，从未改变。我喜欢待在厨房里帮忙，喜欢偷听成年人谈话。他们说了好多脏话！厨房总有这样的魔力。

谷物：普霍尔自2000年开始营业，一直开业到现在，你们是如何保持自己的风格的？

恩里克：我们一直在努力做得更好，随着时间的推移，餐厅已经显示了这些努力的成效。我们的价值观没有变，但我们感知食物的方式一直在不断变化。一开始，我们想做一家拥有墨西哥食材的现代餐厅。但随着我对自己所做的事越来越得心应手，普霍尔发展成了一家具有当代情调的墨西哥餐厅。现在普霍尔个性鲜明，但这只是我们多年努力的结果。

谷物：普霍尔的核心价值观是什么？

恩里克：热情好客绝对是我们工作的核心。这也是我成为厨师的原因。我喜欢给别人带来快乐，喜欢给别人做好吃的。我从不为自己做饭，除非万不得已。我们也很欣赏那些制作精良、手艺精湛的物品和佳作经典。我们喜欢美丽的事物，我们看到了人类创作之美。

谷物：你是"可持续"的坚定拥护者……

恩里克：嗯，当你的工作要经常用到食材时，你会意识到多样性之美和我们生活的丰富多彩。想到这一切正在慢慢消失，我非常难过。我们知道我们对此负有责任，因为我们每天都要消耗很多东西。我们也都知道一个小小的决定会产生很大的影响。我们想时刻保持这种意识。当然，还有味道。可持续生产能产出更好的原料。传统玉米或草莓的味道比大规模工业化制造的东西好得多。作为厨师，我们对味道无比重视；作为社会中的一分子，我们很想维护多样性并支持我们的农民和社区。

谷物：普霍尔做过哪些可持续发展的尝试？

恩里克：我们有一个雨水收集系统，用来浇灌我

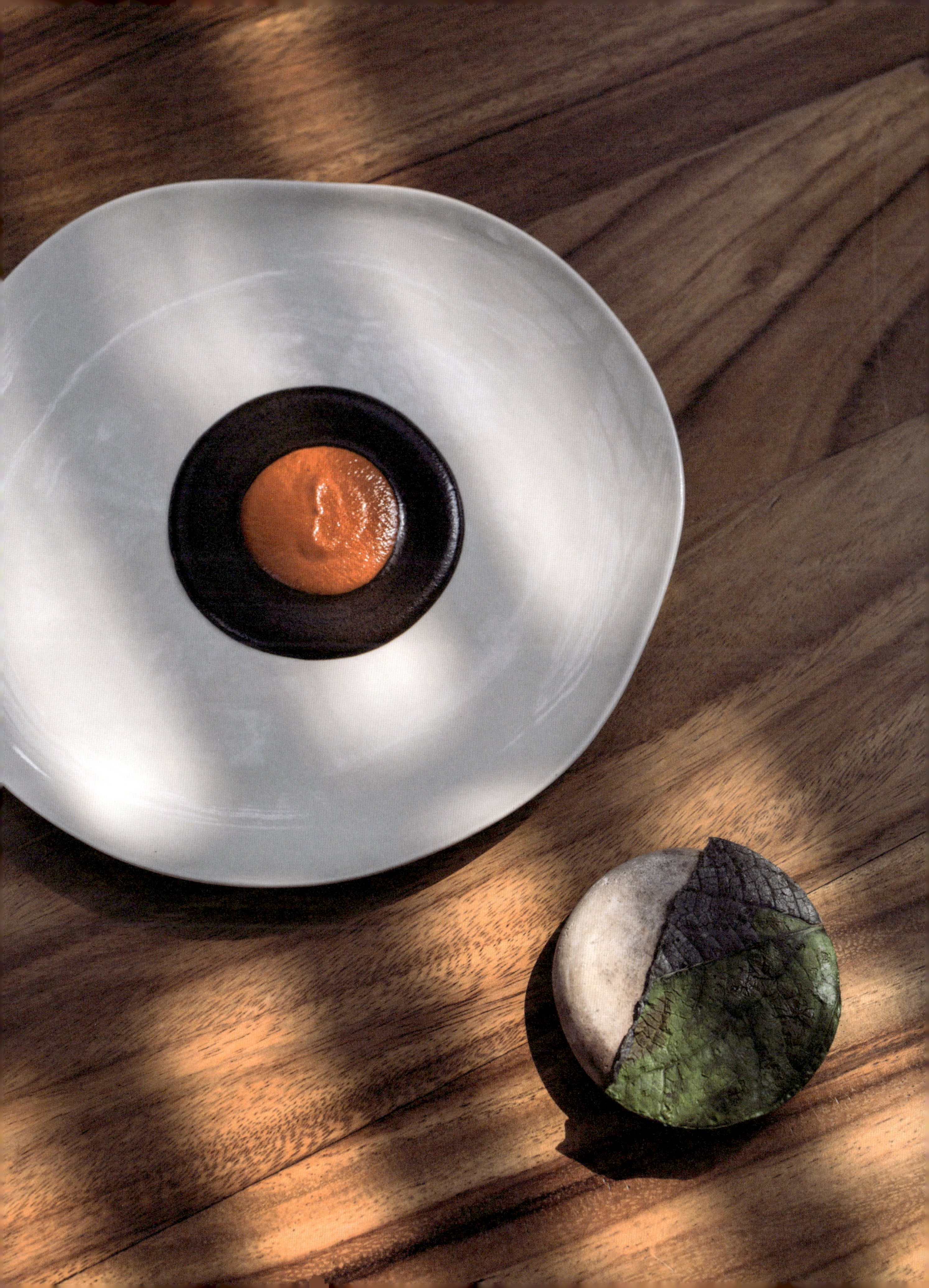

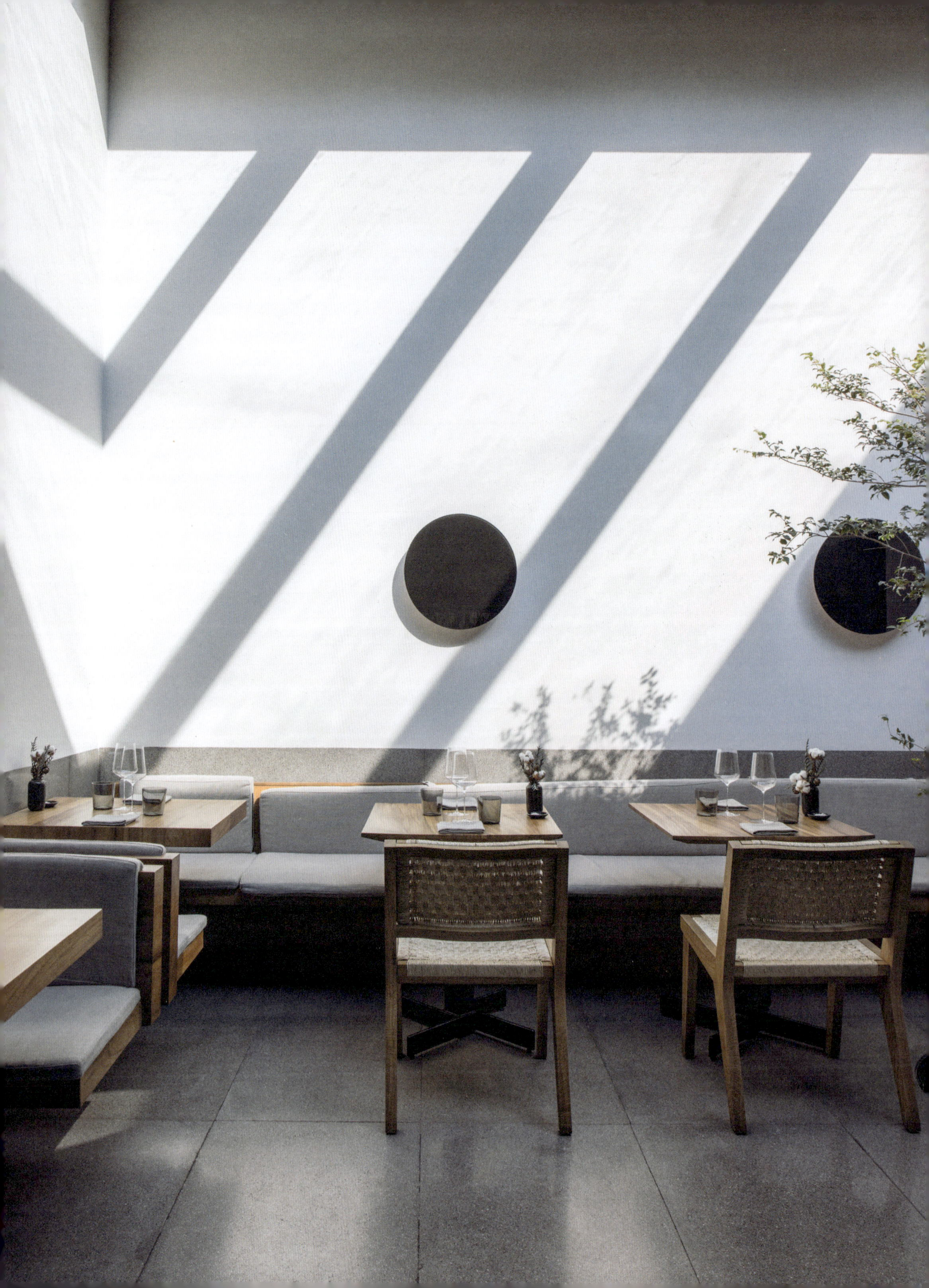

们所有的植物和餐厅的草本园。我们在霍奇米尔科（Xochimilco）有地，我和合伙人一起选种、制订推进计划。我们的厨师定期去那里吃饭，了解我们使用的食材。我们烹饪的方式也是可持续的，尽量不浪费任何东西。举个例子，像切番茄这件最基本的事，在法式料理中要剥皮、去籽、切成完美的小方块。这样做会损失一半的番茄和味道。在普霍尔，我们烤制整个番茄，一点儿都不丢弃。

谷物：墨西哥菜似乎正在世界各地复兴，你觉得是什么原因。

恩里克：我认为，你来到墨西哥，在这里吃上顿饭，就会爱上墨西哥菜。有些人发现了这一点，来墨西哥不仅仅是为了度假，还是为了品尝美食，名声就这样一点点传开了。许多人认为自己知道墨西哥菜，但是当他们吃到真正的墨西哥菜时，神奇的事情发生了。

谷物：人们对墨西哥菜有哪些误解？

恩里克：一种美食到了其他国家，往往被改良得过于简单和表面化。如果你问一个人日本菜是什么，他可能会把它"狭义"成寿司和拉面。墨西哥菜也遇到了同样的问题。然而，当人们来到了墨西哥，他们就会意识到我们食物原料的质量和味道是多么美妙惊人。我认为我们香菜的味道更好，比世界上其他地方的香菜的味道都更强烈，这可能只是因为土壤和光合作用的不同。人们也开始意识到不仅是转角处小摊上的墨西哥卷饼好吃，餐厅里的墨西哥菜也很美味。当然，我们的街头小吃的确令人疯狂，它们也是我们的重要灵感源泉，但美食不一定非要在小摊上吃，真的，美食不一定非要在街上吃。

谷物：墨西哥菜最好的一点就是街头巷尾随处都有，在哪儿都能吃到。在保持创新的同时，你是如何保持这种街头美食文化的精神的？

恩里克：我们尽量回避传统精致餐饮的那些规矩。我讨厌那些让人无法快乐享用美食的高级餐厅，好像吃顿饭还要遵守规范动作，一点儿意思都没有，很无聊，这与我对墨西哥菜的理解背道而驰。我喜欢墨西哥菜，因为它有趣，不需要用复杂来证明水准，它简简单单就已经很好吃了。我希望普霍尔成为好吃的墨西哥餐厅。为了做到这一点，我们长久保持着活泼温暖的氛围，同时提供大胆热烈的菜品。我们希望客人舒舒服服地待在这里，来了就不想走；希望普霍尔安谧、温暖，还带点儿小性感，如此就堪称完美了。

谷物：这些年来你是如何成长为一名主厨的？

恩里克：随着年龄的增长和对手艺的理解，我更加专注于基本功。我不像以前那样关心创造力了。10年前，普霍尔更关注摆盘摆得是否漂亮和每道菜背后的含义；现在我们更关注食材和技艺的提高。从某种程度上来说，我倒退了。

谷物：你每天早上起床的动力是什么？

恩里克：小时候，我以为我长大后会在街上小餐车里卖玉米饼。所以今天能走到这一步我感觉自己非常幸运，这完全超出了我的想象。我很为我们的餐厅自豪，但我也知道我们还有很长的路要走。很多事情我们还能做得更好，这让我乐于接受挑战。我是个很快乐的人，什么都不太当回事，喜欢四处逛逛，和朋友们出去吃饭、喝两杯。我尽量平衡乐趣和工作，也喜欢旅行，我很想去土耳其。有几个朋友去过，告诉我土耳其菜非常棒，所以我很想去伊斯坦布尔。我也一直很想去泰国，这两个地方我今年都打算去。我的期望是，旅行少一点儿，享受多一点儿。

谷物：你对有抱负的年轻厨师们有什么建议？

恩里克：不要着急。在厨房里一着急，结果就不太好了。慢慢来，慢慢做，享受过程。

官网：*pujol.com.mx*

"不仅是转角处小摊上的墨西哥卷饼好吃,餐厅里的墨西哥菜也很美味。当然,我们的街头小吃的确令人疯狂,它们也是我们的重要灵感源泉,但美食不一定非要在小摊上吃,真的,美食不一定非要在街上吃。"

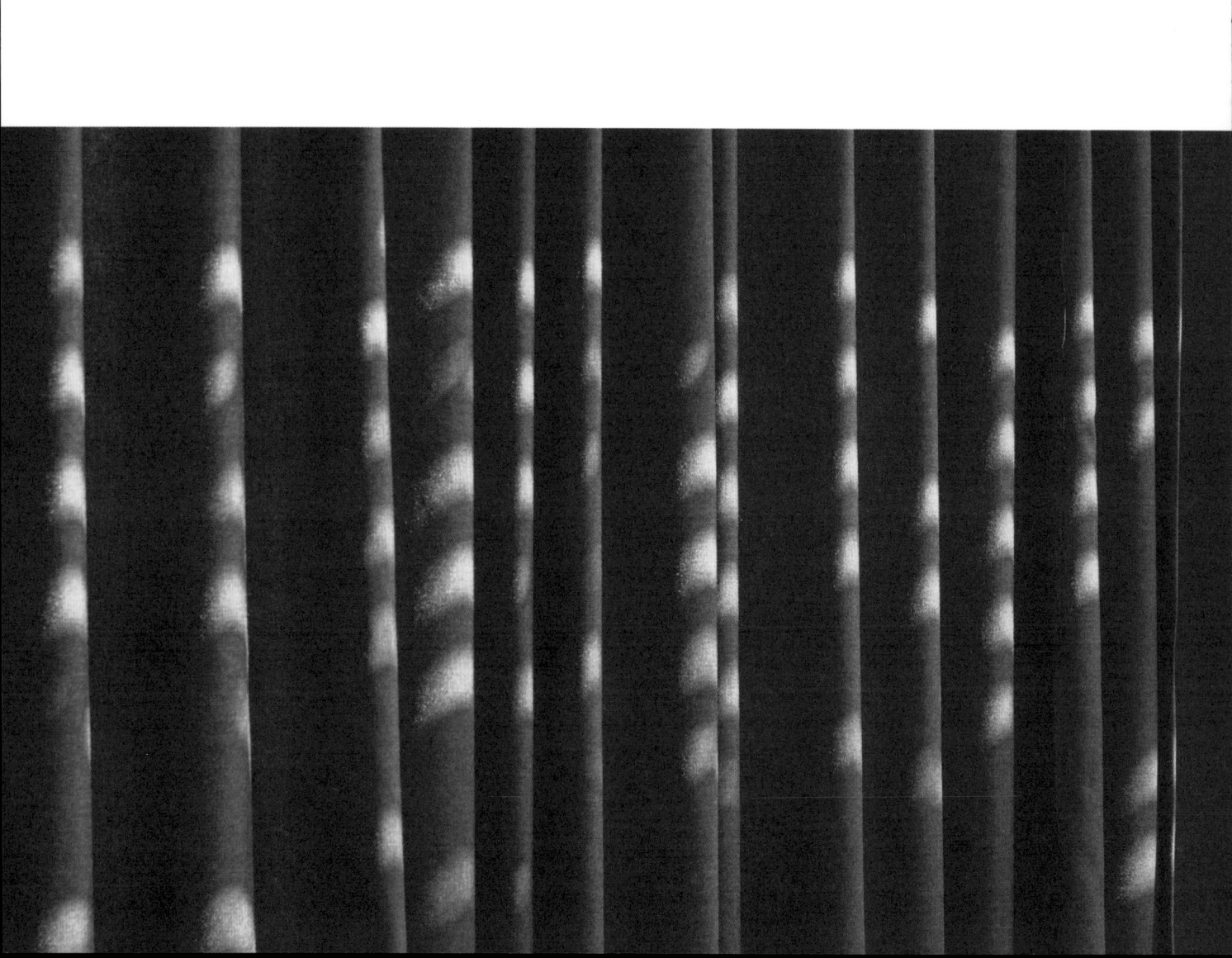

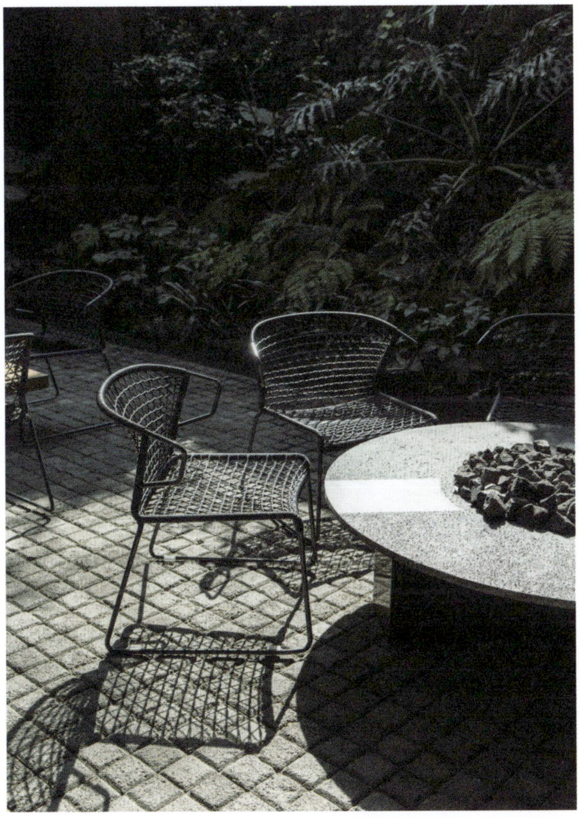
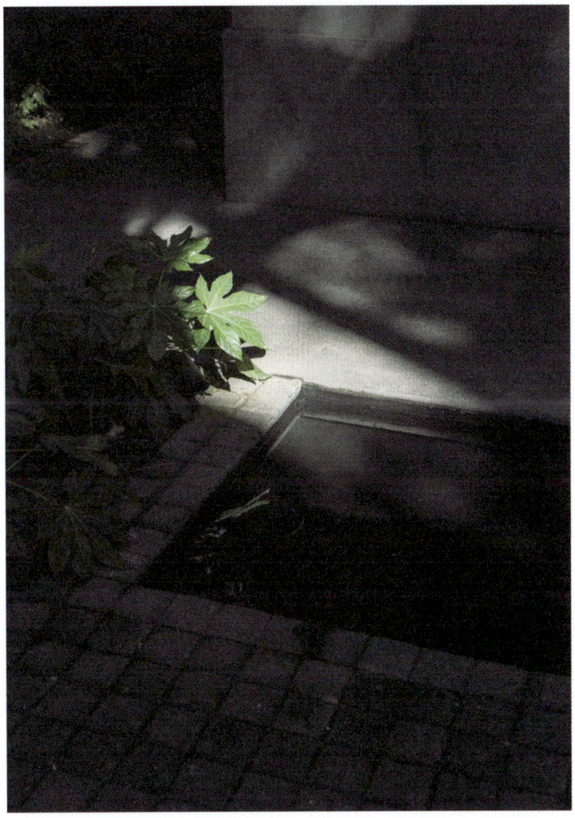

话 题

可 持 续

SUSTAINABILITY

费利克斯剩食餐厅

社区厨房

Refettorio Felix

COMMUNITY KITCHEN

文字：Charlie Lee-Potter 摄影：Rory Gardiner

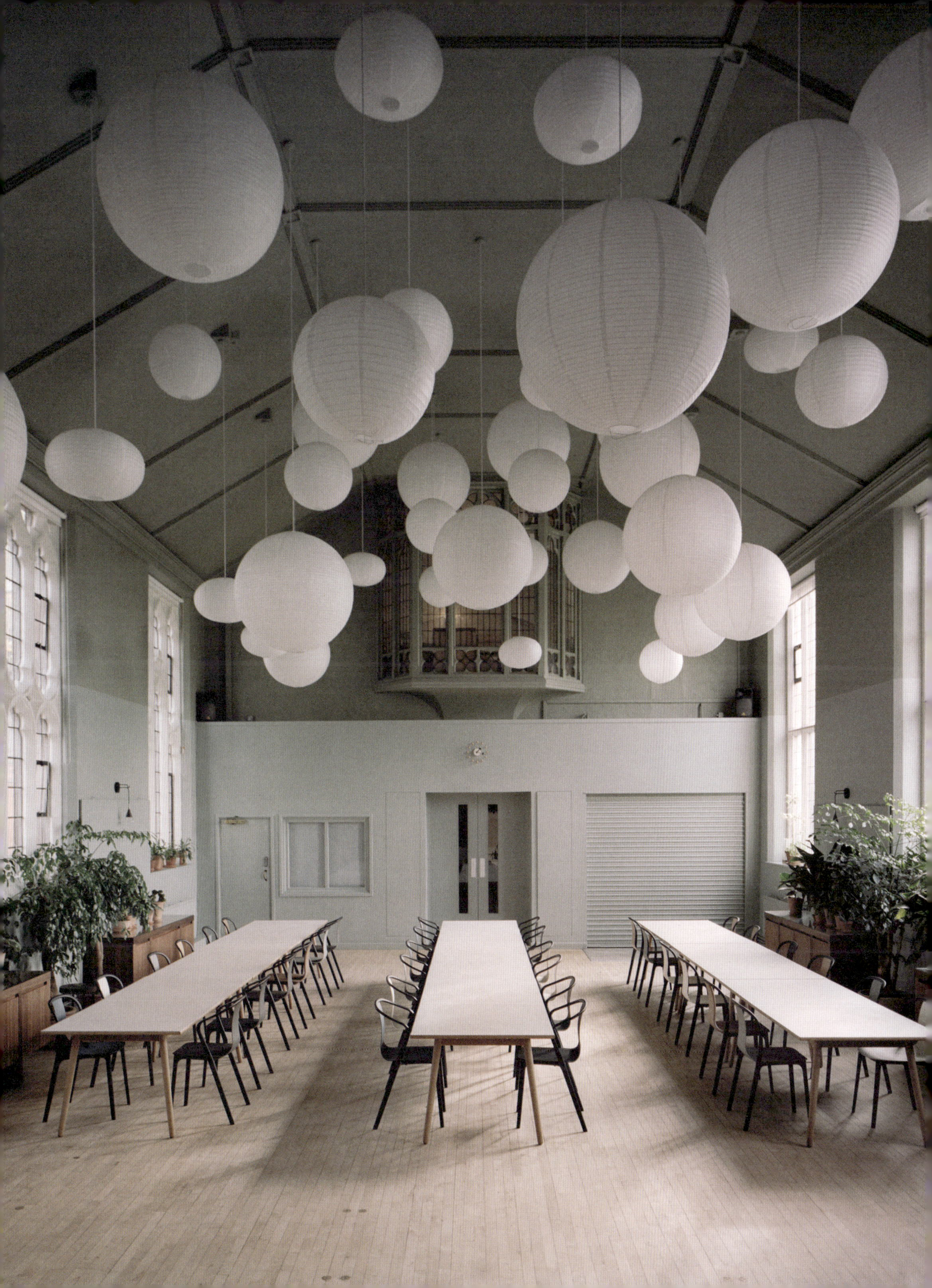

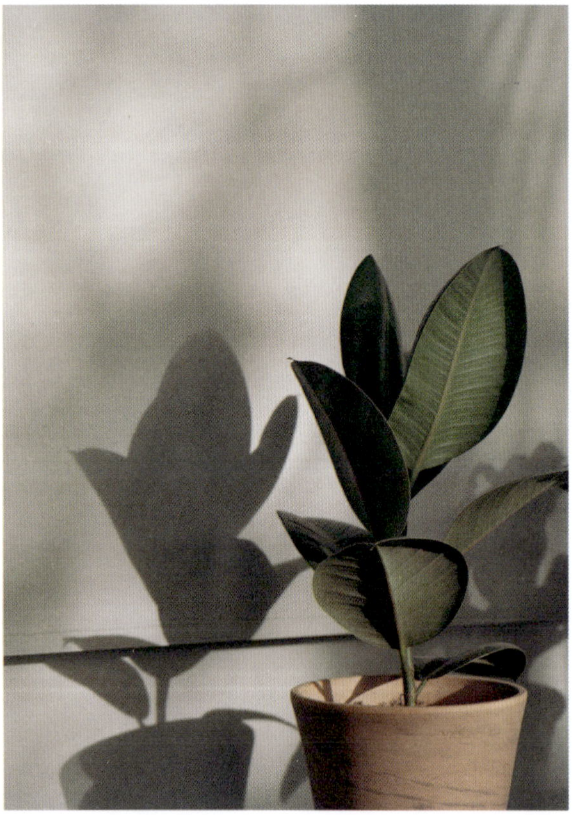
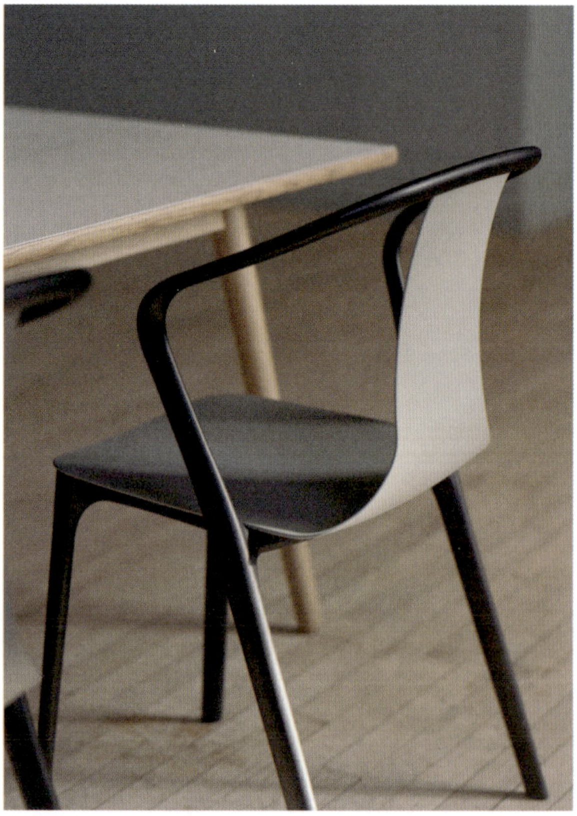

费利克斯餐厅是一个强大有力的协同体：主厨马西莫·博图拉（Massimo Bottura）提供能量和动力，设计师伊尔斯·克劳福德（Ilse Crawford）赋予同理心和整个费利克斯项目（Felix Project）坚持不懈的信念。与大多数优秀的创意一样，它的成果超过了单个元素的总和。正如博图拉所言："伦敦是一座充满挑战和不平等的城市，食物浪费令人惊心。人们越来越担心粮食匮乏和社会阶层的孤立。费利克斯餐厅不仅是一个人们过来吃饭的地方，而且是一个包容、鼓励人们参与和分享的地方，每个人都会在这里受到欢迎和启发。"

博图拉的想法是用多余的食材为有需要的人提供食物，这一想法最终成了一个强大的生命理念。2015年，这位著名的意大利厨师，利用他"米其林三星厨师"的声誉，在米兰开了一家名为安布尔萨诺（Ambrosiano）的临时厨房，提供免费汤食，旨在提醒人们注意食物过剩和浪费，同时帮助弱势群体。后来，它不再是临时的，推广到了全世界。博图拉说，他第一次意识到自己可能创造了潮流，是一位厨师朋友来参观安布尔萨诺。"勒内·瑞兹比来到米兰，他说：'马西莫，这是一辈子的事。'是的，他说得对。"博图拉和妻子拉娜创立了"灵魂食物"（Food for Soul）组织，其宗旨是推广美食与烹饪、遏制食物浪费和为饥饿人群提供帮助。"2016年，我们在奥运会期间的里约热内卢开了'燃气餐厅'，却因为形象宣传，要掩盖城市所谓的'丑陋'一面被迫关门。于是我们决定开一间社区厨房。"这是博图拉的典型方式，人人想要掩盖贫困，而他要揭示它。

费利克斯餐厅今年在伦敦肯辛顿的圣卡斯伯特开业，每天为大约100人提供午餐。开业第一件事，是把这片功能性较强的略显凄凉的社区空间变成餐厅。就这样，伊尔斯工作室的设计师和创意总监伊尔斯·克劳福德参与了进来。她不收费，还说服了家具和设计公司捐椅子、桌子、家具、餐具和玻璃。圣卡斯伯特被改造成看起来熟悉但又完全不同的餐厅，墙壁更暗，氛围更安静，灯光更舒缓，有很多绿植。

克劳福德在行内口碑很好，但她说起话来不像我见过的其他任何设计师。在她看来，这个设计的重点不是外观，而是功能。"设计不是一种审美，"她说，

"而是一种方法,让你找到正确的答案。保持不变永远不是正确答案。"这个口号完全符合博图拉的愿景。正如克劳福德所说:"如果你有马西莫和我们的团队,你就有了魔力。我们的兴趣是创造让人快乐的空间。"克劳福德也是埃因霍温大学人类和健康设计课程的负责人,曾经为她的学生建了一个"挑战性词汇思维导图",诸如"生存之争""不朽的事物""变常态为特别""我们在一起,吃一样的饭""我们就是系统"等词汇,不出意外,都适合用在费利克斯餐厅上。她也喜欢人们复制她的想法。"想要产生影响,必须准备好被抄袭,"她说,"我们必须放弃'你是唯一'这样的想法。只要搭个结构,不需要参与太多细节,建一个框架,让人们自己往里填东西。只要框架在那里,想帮忙的人有的是。对于这件事,我很乐观、务实。必须有人开这个头,马西莫就是这个人。他的想法像病毒一样迅速传播,他也不介意人们复制他的想法。"

费利克斯餐厅的第三个重要因素当然是费利克斯本人。2014年,14岁的费利克斯·拜恩·肖(Felix Byam Shaw)突然死于脑膜炎。他是个非常了不起的男孩,朋友和家人都很爱他。认识他的人都会说:他对别人充满了善意和同情。费利克斯项目的成立是为了弘扬这些品质。每天早上,志愿者们开着费利克斯货车,从超市把卖不掉的食物收回来,运到无家可归和弱势群体中心,包括费利克斯餐厅。

如果要用一个细节体现博图拉、克劳福德和费利克斯项目的精髓,那就是这里像餐厅一样有人端盘子。博图拉说:"我们的客人有无家可归的、食物不够吃的、买不起粮食的和各种需要帮助的个人和家庭。我们希望每位客人都能受到重视并且有尊严,所以我们提供优质的餐具、优雅的餐厅风格和服务。"他坚信,人们不应该因为食物是被"施舍"的就得排队,所有人都理应得到服务。他回忆起在米兰开第一家餐厅的时候:"我还记得第一个晚上,人们静静地坐在桌边吃饭,几乎没有交谈。但几周后,每晚都是一个巨大的派对。客人、志愿者和厨师坐在一张桌子上,吃一样的饭。我们互相认识,关爱可以通过简单的端菜上桌、顺便聊一句'嗨,汤怎么样?'这样的细节来实现。"

费利克斯餐厅开业的那天,博图拉亲自下厨,饭菜做好后他郑重地开始品尝自己做的汤。"这项责任非常重大。我们提供的汤可以叫作'十全大补汤',含有多种蔬菜,汤底是帕玛森干酪制成的肉汤;我们还有意大利面配香蒜酱、面包屑代替松子;最后还会有伯爵·格雷茶饼干冰激凌,来致敬英国的饮食文化。这顿饭只是个例子,健康营养,原料是费利克斯项目每天早上送来的产品,都是应季食材。所用皆是剩食,实在而温暖。"在很多方面,那天的第一餐代表了这个项目不只是冒险,还汇集了志愿者们的热情,他们尽其所能,就像那个受人爱戴的男孩。它真的是"十全大补汤"。

官网:*refettoriofelix.com*

"如果你有马西莫和我们的团队，
你就有了魔力。
我们的兴趣是创造让人快乐的空间。"

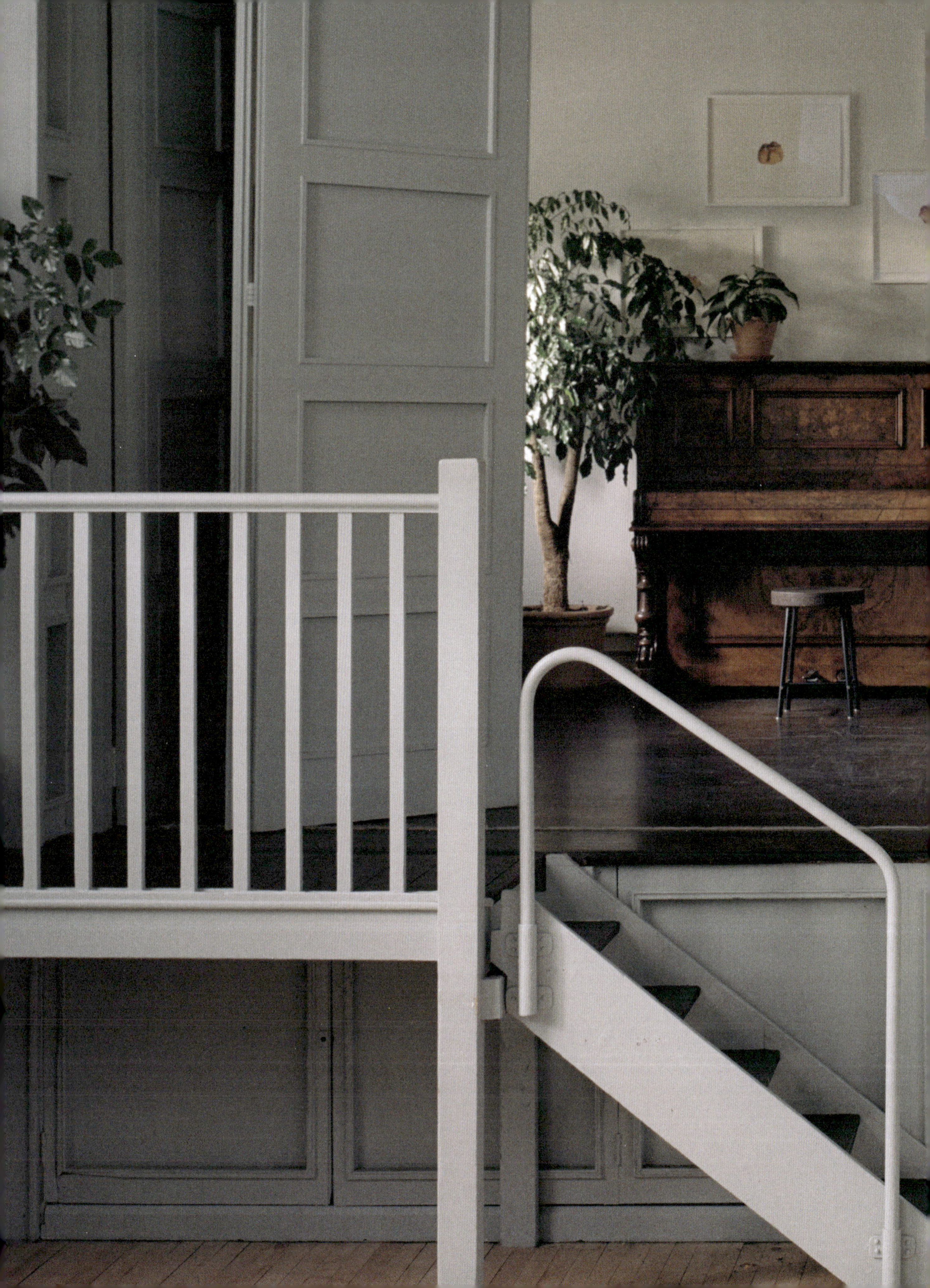

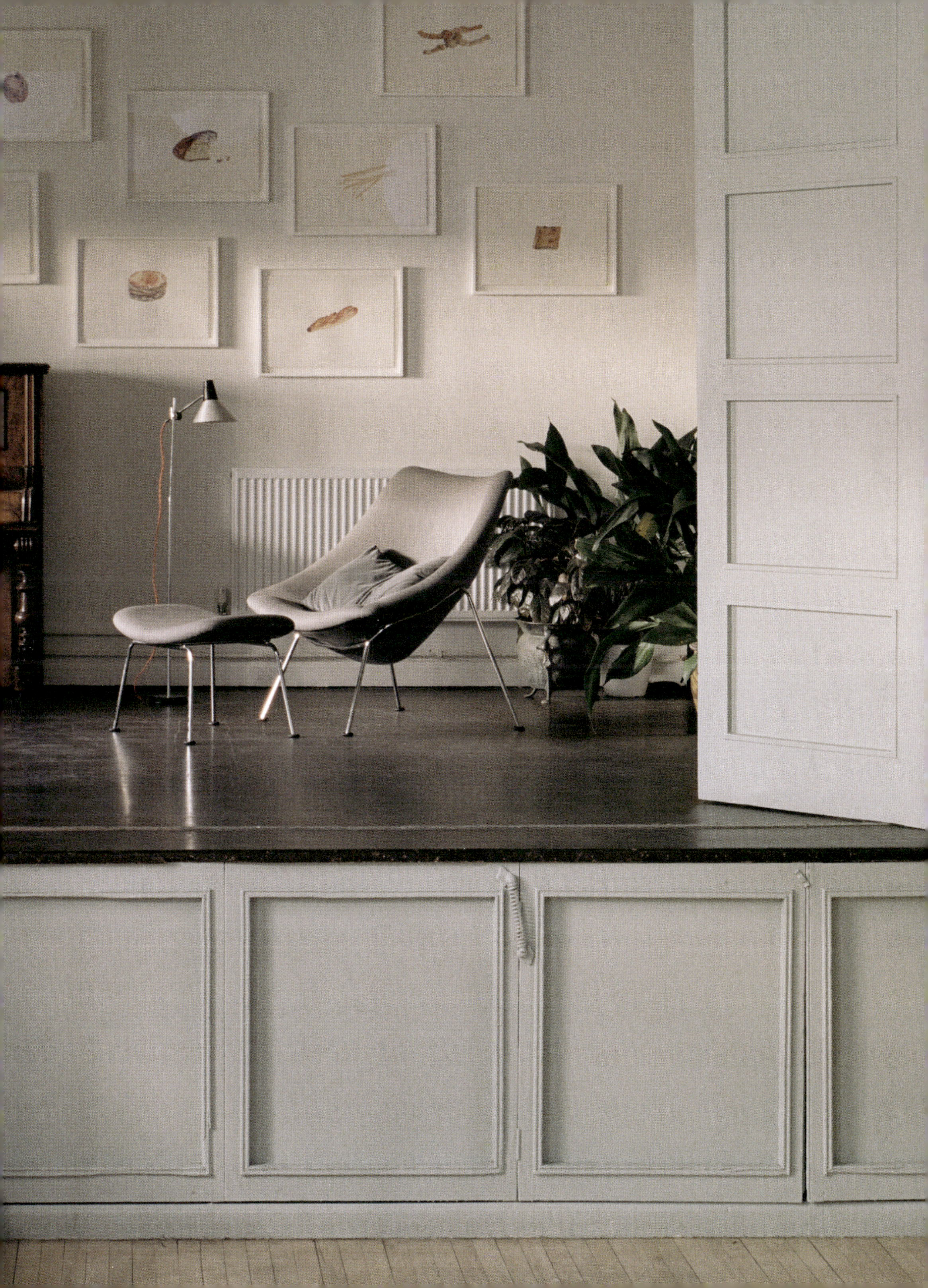

火 车 旅 行

沉 默 天 空 之 梦

文字：Richard Aslan　　摄影：Matthew Johnson　　插画：Studio Faculty

头顶上的云，在地上投下一大片阴影。我时差还没倒过来，有些跟跟跄跄。飘着彩带的购物中心，看起来就像是玻璃和钢构成的抽象建筑。想到坐了这么远的飞机，留下那么多碳足迹和污染，我心里有些愧疚。可是不坐飞机的旅行已经几乎不可能了。2009年冬天，冰岛南海岸的埃亚菲亚德拉冰川开始有动静。到了春天，它下面的火山终于喷发了，它咆哮着，激起的火山灰冲上9千米的高空。从加拿大到西伯利亚，灰烬像雨一样落下，落在窗户上，落在农田上，满是厚厚的沉淀物，喷气发动机被堵塞了。8天之后，欧洲的天空终于沉寂下来。苍白的蓝天上只剩下一些烟雾的痕迹，数百万人陷入困境。城市里车很少，一片静默。突然，一个没有飞机的世界来临了，而在此之前，人们已经觉得飞机在这个世界上不可或缺。抽屉里的地图册又被翻了出来，手指在绿色和褐色的底色上寻找黑色的铁路。是不是火车的时代又回来了？再也听不见汽车驶过马路、橡胶在沥青上的嘶嘶声？我们是否准备好了，在玻璃窗和铁车厢里到站，忘记堵塞的高速公路，忘记那些原野上的飞机库，回到只有火车的世界？

柏林

柏林位于欧洲十字路口，宽阔平坦的欧洲平原上。这是一座为火车而生的城市。火车行驶在施普雷河弯道上，巨大的影子遮住了南边的华盛顿广场和北边的欧罗巴广场。柏林中央火车站是GMP（曼哈德·冯·格康和福尔克温·玛格共同创立的建筑师联合事务所）设计的，跟他们的其他作品（波兰华沙国家体育场、巴库水晶厅和上海东方体育中心）一样，是个巨大的未来主义几何体，好像人类星际旅行后降落的外太空飞船。火车站东西轴线长31米，弧形玻璃屋顶高46米，占地面积超过70 000平方米，共有14个站台，最高的距地面10米，最深的在14米以下，每天有1 200列火车来往，是欧洲最大最现代化的过境站。

一箭之遥
波茨坦

波茨坦一直到1918年都是德国皇帝恺撒的驻地。弗雷德里克大帝的夏宫被花园、亭台楼阁和寺庙环绕。这个洛可可风格的建筑是凡尔赛宫的姊妹，德国最大的世界遗产。波茨坦也是巴贝尔斯贝格（Babelsberg）——欧洲最大的电影制片厂的所在地，自1912年开始出产电影，最近的作品包括《饥饿游戏》和《布达佩斯大饭店》。这里还有荷兰区的鹅卵石街道和埃里希·门德尔松1922年设计的爱因斯坦塔。去波茨坦可以坐S-Bahn公司的列车，购买C区门票。

格吕讷瓦尔德

你会在格吕讷瓦尔德地区的森林里迷路，这里有森林湖博物馆和雕塑花园，其中散落着各种湖泊，有些藏在林子里，有些是热门的日光浴场所，比如万湖的沙滩。魔鬼山（原纳粹军事学校旧址，在"冷战"时期被美国国家安全局当作监听的场所，后弃之不用）是森林深处拔地而起的一座水泥建筑，圆形的屋顶已经破旧，墙上布满了涂鸦，绝对值得一游。

一日游和周末游
施普雷森林

位于柏林东南部的施普雷森林于1991年被联合国教科文组织认定为生物圈保护区。这里有超过1 300公里长的弗里斯（fließe）运河通航，沿岸是冰河期的桤木林、湿地和松林。乘坐平底船探索这一地区，你能发现野生动物，品尝当地土特产腌黄瓜。可以从柏林火车站乘坐RE2到吕贝瑙（Luebbenau）下车。

滕普林

这座有围墙的小镇有三座城门、一座美丽的巴洛克式市政厅以及半木结构的市场。酒店们坐落在波光粼粼的滕普林湖和凡瑞湖边上。这里还是通往风景如画的乌克马克（Uckermark）地区的门户。滕普林的真正魅力其实在地下1 600米处。小镇的水疗中心很低调，但丝毫不比那些豪华场所逊色。乘坐各种RE和RB列车都能抵达，大约花费90分钟。

中长距离旅行

莱比锡（90分钟）和德累斯顿（1小时50分钟）有丰富多样的建筑、博物馆和德国传统东部生活可供观赏。罗斯托克（2小时40分钟）是波罗的海沿岸的一个窗口。汉堡（1小时40分钟），德国第二大城市，以其汉萨历史和多种文化祭祀而闻名。布拉格（4小时20分钟）和华沙（6小时20分钟）距离柏林都很近，其他如哥本哈根、马尔默（7小时50分钟）、阿姆斯特丹（6小时10分钟）、布鲁塞尔（6小时45分钟）、巴黎（8小时20分钟）也挺近。对于勇于尝试和有耐心的人来说，欧洲的每座主要城市都可以乘坐火车到达。此外还有定期列车开往莫斯科（31小时），从塞萨洛尼基（24小时）经布达佩斯（11小时）和贝尔格莱德（18小时），您还可以在10小时内乘坐"欧洲之星"到达伦敦。在2013年12月停产之前，希波亚克快车（Sibirjak Express）将柏林与索契、圣彼得堡、哈萨克斯坦的阿斯塔纳和新西伯利亚联系起来，整条铁路长5 130公里，车程耗时89小时。

纽约

纽约的铁路运输是两个主要车站之间长期激烈斗争的竞争史。曼哈顿中城的大中央总站（Grand Central）不仅仅是个交通枢纽，它的大理石广场、四面金色时钟、金碧辉煌的吊灯和绿色天花板令其成为全球大都市中被拍摄最多的地点之一。大中央总站建于1871年，在1913年和1994—2000年重建，日客流量750 000人次，只比时代广场稍微少一点儿。同样位于曼哈顿的宾州车站（Penn Station）虽然比大中央总站更繁忙，却已是明日黄花。它早年曾是个辉煌精美的艺术杰作，后来由于乘客数量下降，原始建筑在1968年被拆除，该车站全部转入地下，现在位于麦迪逊广场花园下面。除了当地列车，宾州车站也是美国国铁公司（Amtrak Network）纽约公司的总站，美国国铁公司拥有超过34 000公里的轨道和44条路线，每年乘载超过3 000万乘客到达46个州和加拿大3个省的500个目的地。

一箭之遥

迪亚·比肯

迪亚·比肯博物馆占地超120 000平方米，建于1919年，它的前身是一座纳贝斯克工厂，藏有大量现代艺术品，包括大型雕塑和装置艺术。可以乘坐火车从大中央车站出发，博物馆距离比肯车站仅5分钟路程。

洛克菲勒庄园

这座豪宅位于威彻斯特的波坎蒂克山，由约翰·D.洛克菲勒于1913年建造，主楼名为Kijkuit，在荷兰语中意为"瞭望"。在这所房子中能远眺哈得孙和纽约天际线。从大中央总站乘坐地铁往北到塔利顿下车即可。

一日游和周末游

哈得孙

哈得孙每周六的农贸市场非常热闹，为哈得孙山谷供应新鲜的农产品。一定要去看一下沃伦街上的河镇旅馆（Rivertown Lodge and Tavern）。乘坐美铁公司火车从宾州车站出发即可到达。

蒙托克

大西洋的气息飘荡在蒙托克红白相间的灯塔和黄沙滩上。蒙托克位于长岛东端，以捕鱼业闻名。从宾州车站乘坐火车到牙买加，然后换乘LIRR（长岛铁路）一直到蒙托克下车即可。

中长距离旅行

美国的三座标志性城市费城（70分钟）、华盛顿特区（3小时）和波士顿（3小时45分钟）距离纽约都很近。经阿迪朗达克到达蒙特利尔（11小时）、经尼亚加拉瀑布（9小时）到达多伦多（12小时），你就能听到法语和加拿大口音的英语了。沿密歇根湖、莫霍克河和伊利运河可以到达芝加哥（19个小时）或卡罗来纳州的罗利（9小时45分钟）和夏洛特（13小时30分钟）。坐卧铺车还能到南亚特兰大（18小时）、新奥尔良（30小时），或者经过查尔斯顿（13小时20分钟）和萨凡纳（15个小时）到达奥兰多（23小时）和坦帕（28小时）。对于真正喜欢冒险的人来说，芝加哥是通往西部洛杉矶（65小时）、奥克兰（73小时30分钟）、波特兰（68小时15分钟）、西雅图（67小时20分钟）和温哥华（70小时50分钟）的门户。

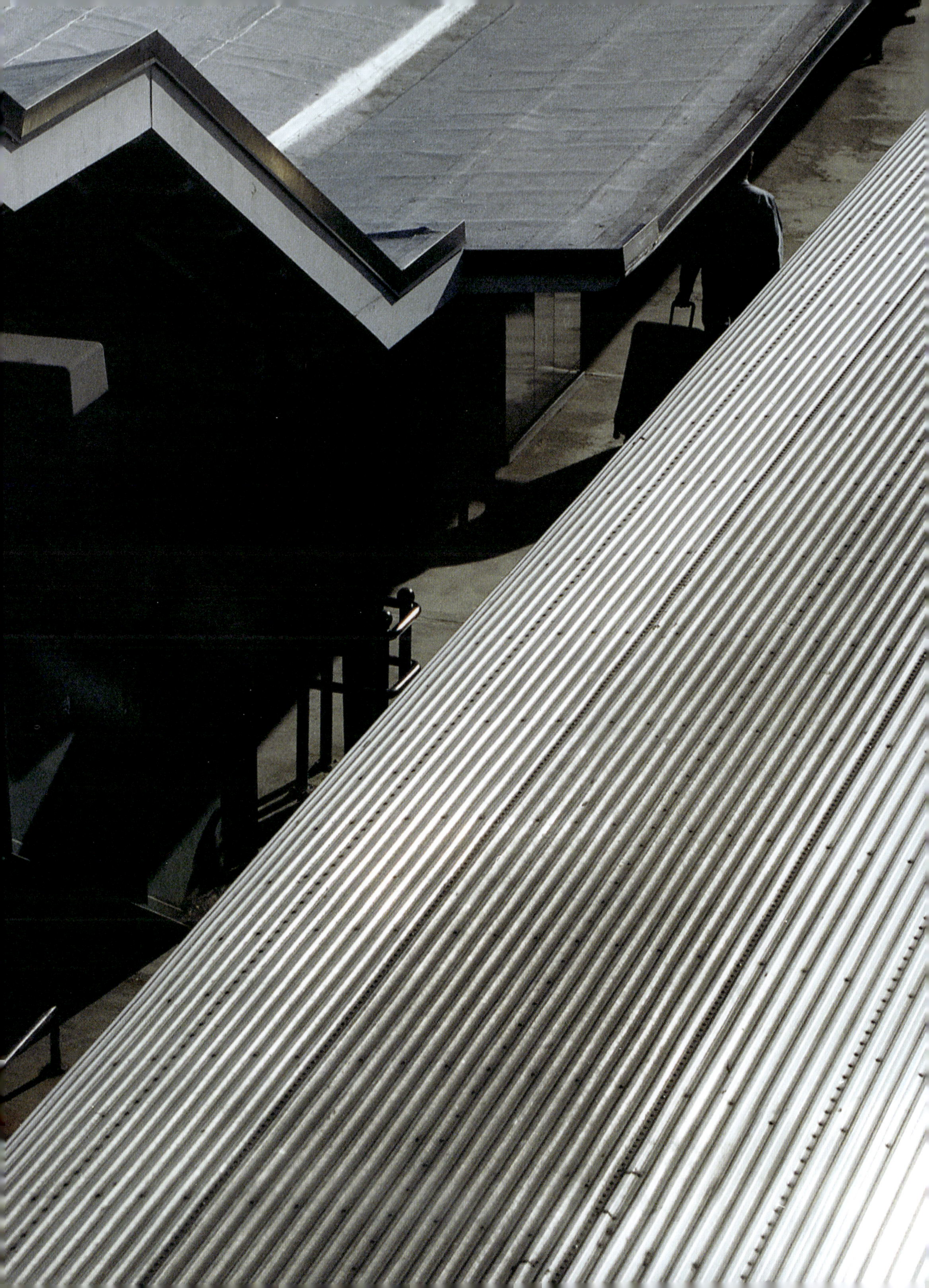

| 2h | 1.5h | 1h | 0.5h | 0 | 0.5h | 1h | 1.5h | 2h | 2.5h | 3h | 3.5h | 4h |

旅行时长
柏林，纽约，东京

• 滕普林

柏林 ○

格吕讷瓦尔德 •
波茨坦 •

• 施普雷森林

• 哈得孙   • 蒙托克

• 迪亚·比肯

• 洛克菲勒庄园

纽约 ○

长野 •

轻井泽 •

东京 ○

镰仓 •

箱根 •

100 км
距柏林、
纽约或东京

W   E

东京

　　戴着白手套的乘务员把长途乘客的行李塞进拥挤的车厢；候车大厅数百万人熙熙攘攘，脉动不止；铁路地图上混乱的彩色线条相互交错、蜿蜒流淌，路线太密集，无法分辨。新宿可能是这个星球上最繁忙的车站，每天有300多万人在200多个出入口之间进出，有5家不同的公司经营的12条不同的火车和地铁线路、36个站台。在山手线上顺时针方向的第4站，是世界上第二繁忙的火车站池袋。每天客流量270万，乘客主要是东京北部埼玉县的上班族，他们经池袋进城上班。你若是想象世界上最繁忙的大众运输集散地，那就看看东京吧。另外，"世界上最繁忙的大众运输集散地"这个概念，总体上适用于全日本地区。那儿的火车高速准时，每公里载客量比地球上其他地方都多，世界上50个最繁忙的火车站中有46个是日本的。

一箭之遥

镰仓

　　镰仓曾经是日本幕府时期的首府，现在是座海边度假城市，东京人疏解压力、呼吸新鲜空气的最爱目的地。这里13.35米高的青铜大佛是日本的标志性象征。从东京站乘坐横须贺线即可抵达。

箱根

　　箱根坐落在富士箱根伊豆国立公园的边缘，有温泉、神社、河湖以及随季节变化的富士山景色。它也是著名的宝拉美术馆所在地，后者有9 500件艺术作品，由日建（Nikken Sekkei）设计建造，其玻璃－混凝土结构令人惊叹。乘坐"东海道—三洋"新干线即可抵达。

一日游和周末游

轻井泽

　　轻井泽气温较低，是城里人夏季的避暑胜地。东京人来这里进行户外活动，享受日本的各式美好——美食、高尔夫、购物。从东京站乘坐北陆新干线即可抵达。

长野

　　长野县被喻为日本屋脊，拥有壮丽的景色，附近有日本12座最高的山峰，还有建于7世纪的善光寺和武士时代的松尾城。但最特别的还是它附近的地狱谷公园，这里有著名的温泉猴。乘坐新干线不到2小时即可抵达。

中长距离旅行

　　日本铁路快速、高效、全面，可抵达日本列岛上的任何地方。京都的寺庙和茶室离东京不到3小时的车程，日本的第二大城市大阪（2小时40分钟），喧闹、充满活力，以美食而闻名，也在京都同一条新干线上。奈良（3小时20分钟），日本的另一座古都，以大佛和春日神社的梅花鹿而闻名。前往内陆海的直岛文化村渡轮距离宇野港（4小时40分钟）仅几步之遥。其他目的地还有九州的鹿儿岛（7小时）和长崎（7小时15分钟），以及北海道的小樽（9小时20分钟）和札幌（8小时30分钟）。

干净的空气

在塔斯马尼亚

文字：Richard Aslan　摄影：Brooke Holm

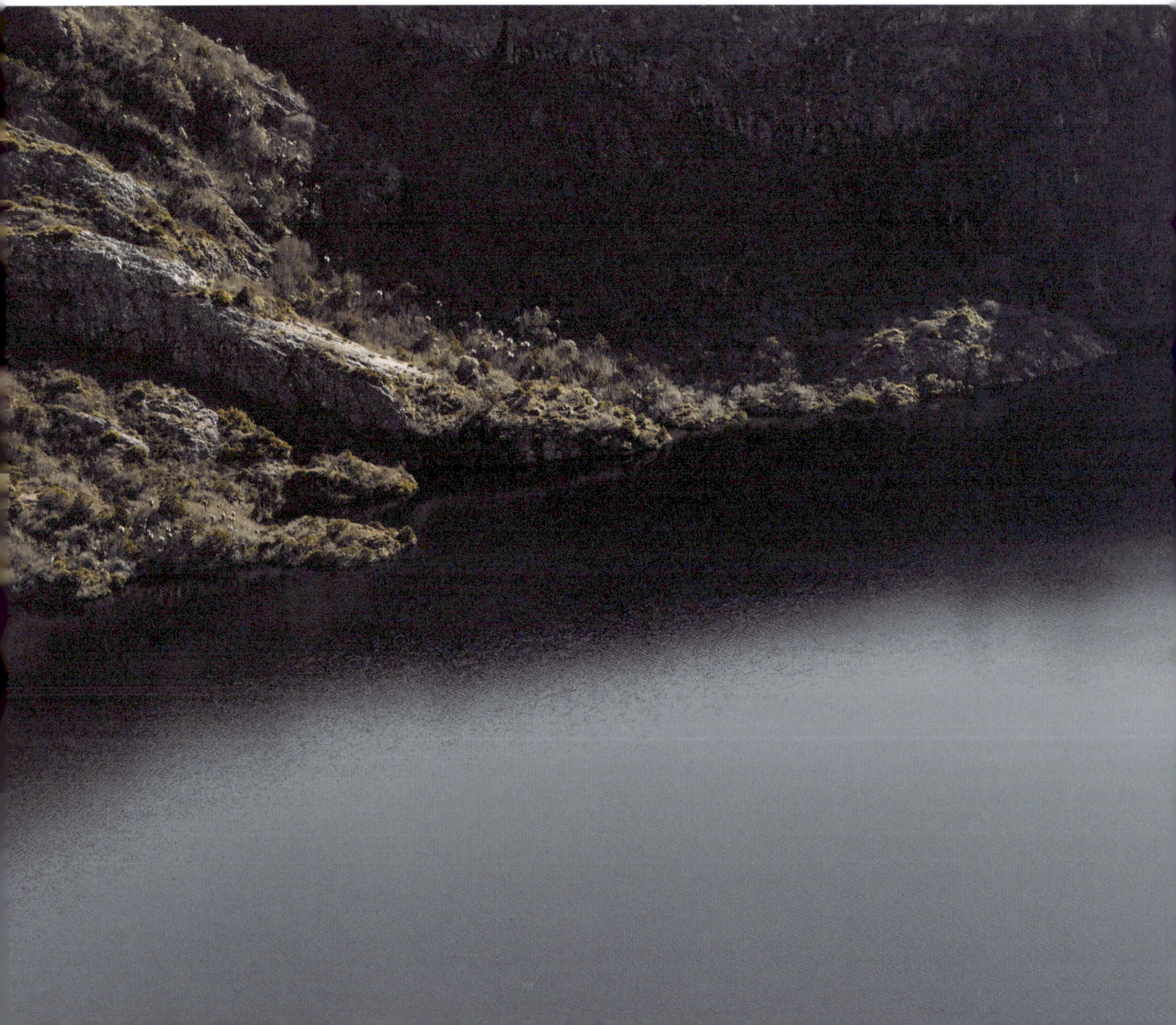

塔斯马尼亚和澳大利亚大陆之间的陆桥8000年前消失在海平面以下，只剩下维多利亚州威尔逊海角和波特兰岬之间环状山脉的山顶还露出水面。巴斯海峡的水并不深，但汹涌的海浪和潮汐将塔斯马尼亚岛隔离开来，岛上的动植物从此依照自己的方式进化，以适应丛林、岩石高地和分散的群岛等地质条件。岛上大部分土地仍然原始，达金荒野保护区覆盖了整座岛的北部，是澳大利亚最大的温带雨林。那里的森林里长满苔藓，四季常青的树木向天际蔓延，其中包括很多数千年树龄的桉树。保护区里从干旱的草原到高山草甸各种植被带都有，而且湖泊遍布。在这个人口稀少的岛上，保护区在最空旷的角落，周围都是国家公园和保护区，放眼望去皆是波浪冲刷出的小岛、沙丘、银色的湖泊、灌木丛和无边的沼泽。荒凉的山峰在起伏的海面上拔地而起，海浪在空中冲撞着海鸟。从这里往西，是绵延15 000公里的浩瀚海洋，一直到格里姆角和阿根廷南端，之间没有陆地。自1976年以来，格里姆角空气污染监测站的灰色屋顶下，各种仪器不间断地收集南极洲与印度洋之间气候变化的数据。结果显示，这里受工业和人类居住的影响较少，有地球上最干净的空气。

LLOYD WRIGHT
LA ISLA DEL COCO
connemara
Diving the World
Don Vito
WAY of the TURTLE
Anthony Bourdain Medium Raw
CHOICE CUTS

社 区 的 力 量

在 伊 尼 什 曼 岛

Strength in Community

ON INIS MEÁIN

文字：Libby Borton　摄影：Rich Stapleton

伊尼什曼岛在爱尔兰西海岸，阿伦群岛的伊尼什莫尔岛和伊尼希尔岛之间。这里远离尘嚣，是度假的好地方。崎岖的海岸线上是未开发的景致，纯净自然，抚慰心灵。伊尼什曼岛餐厅和酒店就处在这超凡脱俗的环境中。创始人玛丽亚·特里萨（Marie-Thérèse）和罗利迪·巴拉坎（Ruairíde Blacam）低调、可靠又活泼，在开业以来十年间一直致力提升服务品质，赢得了良好的口碑。早上，丰盛的早餐会等候在房门口，酒店还为每位客人准备了一个皮质背包，里面放了一瓶自制的汤和新鲜出炉的意式薄饼，让你能在狂风跋涉中享受到热菜热饭。酒店也提供自行车和登山杖供客人免费使用。他们对细节的关注让客人们流连忘返，优雅的餐厅一年四季都吸引很多回头客。

这是一个寒冷的早晨，空气清冽。酒店处于停业状态，等待春天来临。但玛丽亚和罗利迪仍然像往常一样忙碌。他们在做未来一年的计划，他们想增加更多服务项目，出售手工吹制的爱尔兰玻璃器皿和餐具。

玛丽亚：我们这个岛是海洋中的一个小点，只有160人、一家商店、一家酒吧和一座教堂。麻雀虽小，五脏俱全。我们岛有悠久的历史和丰富的文化，同时也是一个非常自然的地方。海滩和海岸都很美。你可以徒步到任何角落看风景。即使在旺季8月，你也不会在路上遇到什么人……

罗利迪：真碰到人的话，你会失望的，整个徒步的感觉就不一样了！

玛丽亚：你会感觉你就是岛主，一切都为了你而存在，同时你还能去酒吧喝一杯，找人聊聊天。

谷物：罗利迪，你和你的家人在开发这个岛屿的旅游之前，对维持这里的传统有什么想法？

罗利迪：在西欧，已经没有多少人记得带着蜡烛去睡觉的旧时光了。我五六岁以前，这里没有电。每家都有自己的雨水蓄水箱，教堂里有一个泵用来抽饮用水。我妈妈是岛上人，我爸爸是外地来的。他参与了这里的现代化进程，国家供应委员会给这里通电、通水、修路。后来，他创立了伊尼什曼岛针织公司，到今年公司已经运营40年了。经济低迷的时候，它是岛

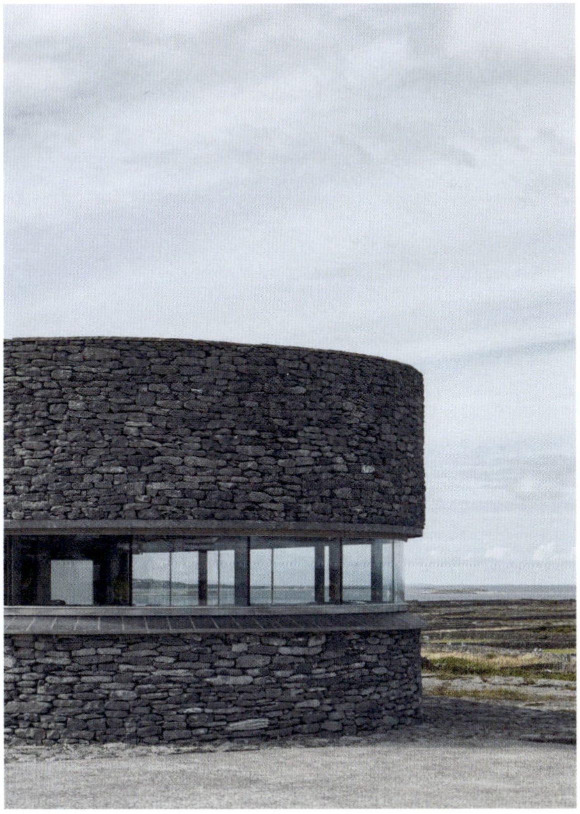

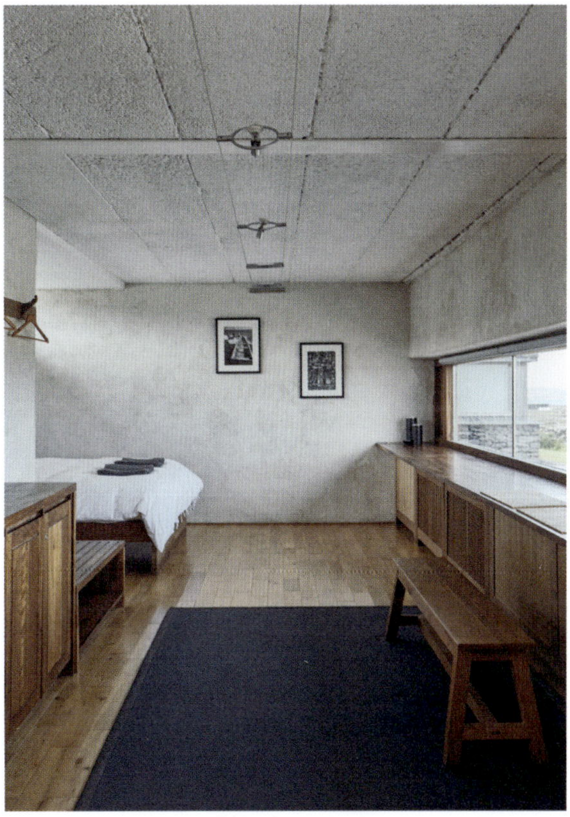

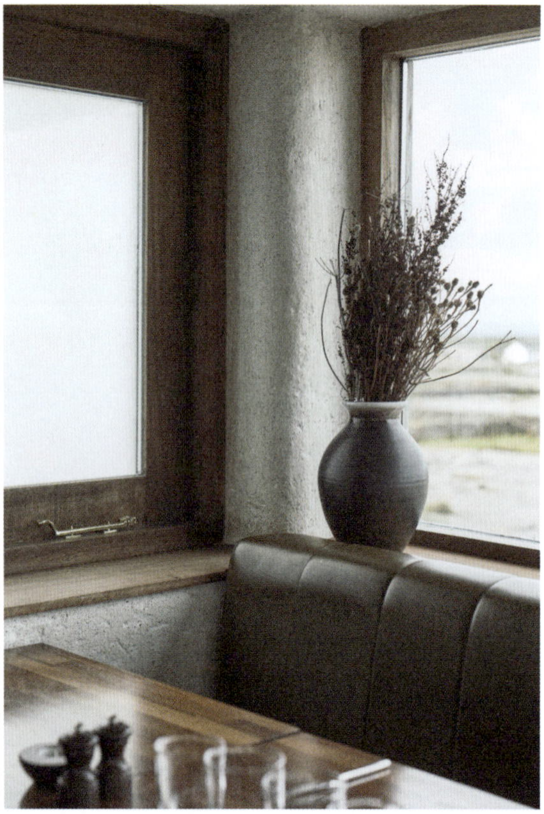

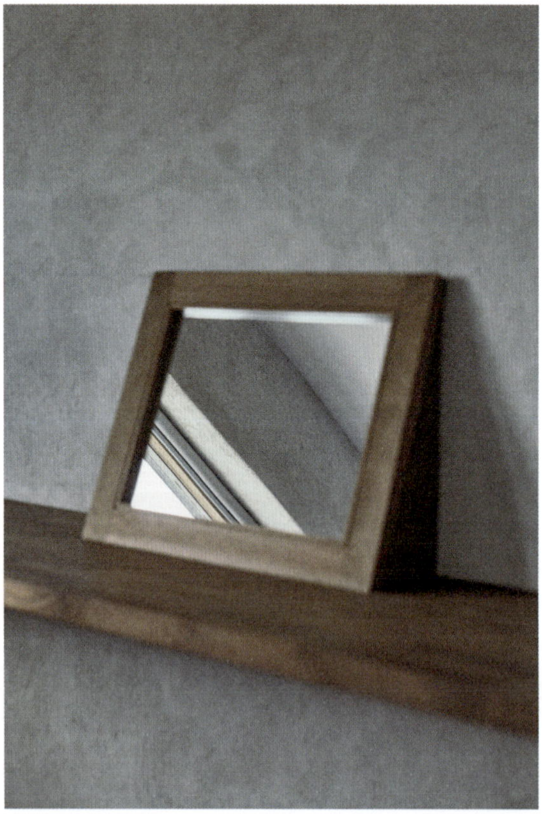

> "我们从没在岛上做过生意，也没想过做当地人的生意，但我们一开业就得到了很多支持。"

上甚至全国范围内经营得不错的公司，提供了很多工作机会。同时我们也一直支持岛上所有的发展。

玛丽亚：这里的人有自己的工作，生活成本并不高，所以我们的生意并没有提高当地人的收入。但我们需要用飞机公司、渡轮公司的服务，客人需要去商店、酒吧。我们每年从岛外雇人，很多人从一开业就在这里工作，每年都会回来。也许这并不是多么大的贡献，但人们去商店和酒吧消费，至少能帮着维持岛上的生意。

罗利迪：我想在这里投资，开这家酒店，给了这个岛巨大的信心支持。这几年，住在这里的年轻人会觉得："好吧，他们可以，为什么我们不能？"但其实不仅仅是我们，整个岛和整个社区都时刻面临着压力和风险。

谷物：社区如何给你们提供了支持？

罗利迪：我们隔壁的邻居为我们供应自己种的蔬菜。要是我们不在，有船来送货，只要给谁打个电话"帮我收一下我的酒，明天送货，不许喝掉！"就成了。我们从没在岛上做过生意，也没想过做当地人的生意，但我们一开业就得到了很多支持。人们非常自豪岛上有一家豪华酒店，亲戚朋友来的时候总是骄傲地向他们介绍。

玛丽亚：当地人的融入让我们的客人非常开心。有一位91岁的女士是岛上第一家家庭旅馆的主人，先后有3位爱尔兰总统住过她家。每年8月，她都和姐姐一起来我们餐厅，坐在客人们中间。她可是个大人物，人们都爱跟她聊天。她只是一个例子，我们还有很多其他常客。

谷物：当地人对酒店客人的态度如何？

玛丽亚：每年3月酒店重新开业时，他们会说："噢，岛上人多起来了，真棒。"这儿没有专门为游客开的酒吧，只有一个当地人酒吧。我们的客人进去的时候，当地人一点儿都不排斥，游客们在这里并不是侵略者。岛上太安静了，所以总是欢迎新面孔。在旅游业大规模发展的今天，这很难得。

谷物：你们对未来有什么规划？

玛丽亚：我们一直在不断更新。我们正在升级餐厅，换上更软的家具，提升舒适度。我们有定做的玻璃器皿，都是我们自己设计、在爱尔兰手工吹制的。我们还有定制餐具，今年也打算销售这些产品。

罗利迪：我们运气特别好，隔壁邻居要卖房子都会特地打电话给我们，问我们有没有兴趣。我们说"当然有了"，有栋房子将来是员工宿舍，很大，有六间卧室和一个储物间，非常适合储存葡萄酒。我们还有一块约1.2公顷的土地。我想建两栋别墅和两套两居室的公寓，正在申请许可。新客房将与我们现在的风格一致，这么大的规模在爱尔兰和英国并不常见，而且建筑水准很高。这是个野心勃勃的计划。今年冬天，我就不用整天跟玛丽亚·特里萨在屋子里待着了。我会在岛外面的水泥搅拌机旁边度过。

玛丽亚：我们将给客人们提供一栋充满设计感的新建筑，它将是这个偏远岛屿上古老品牌的新面貌。

官网：*inismeain.com*

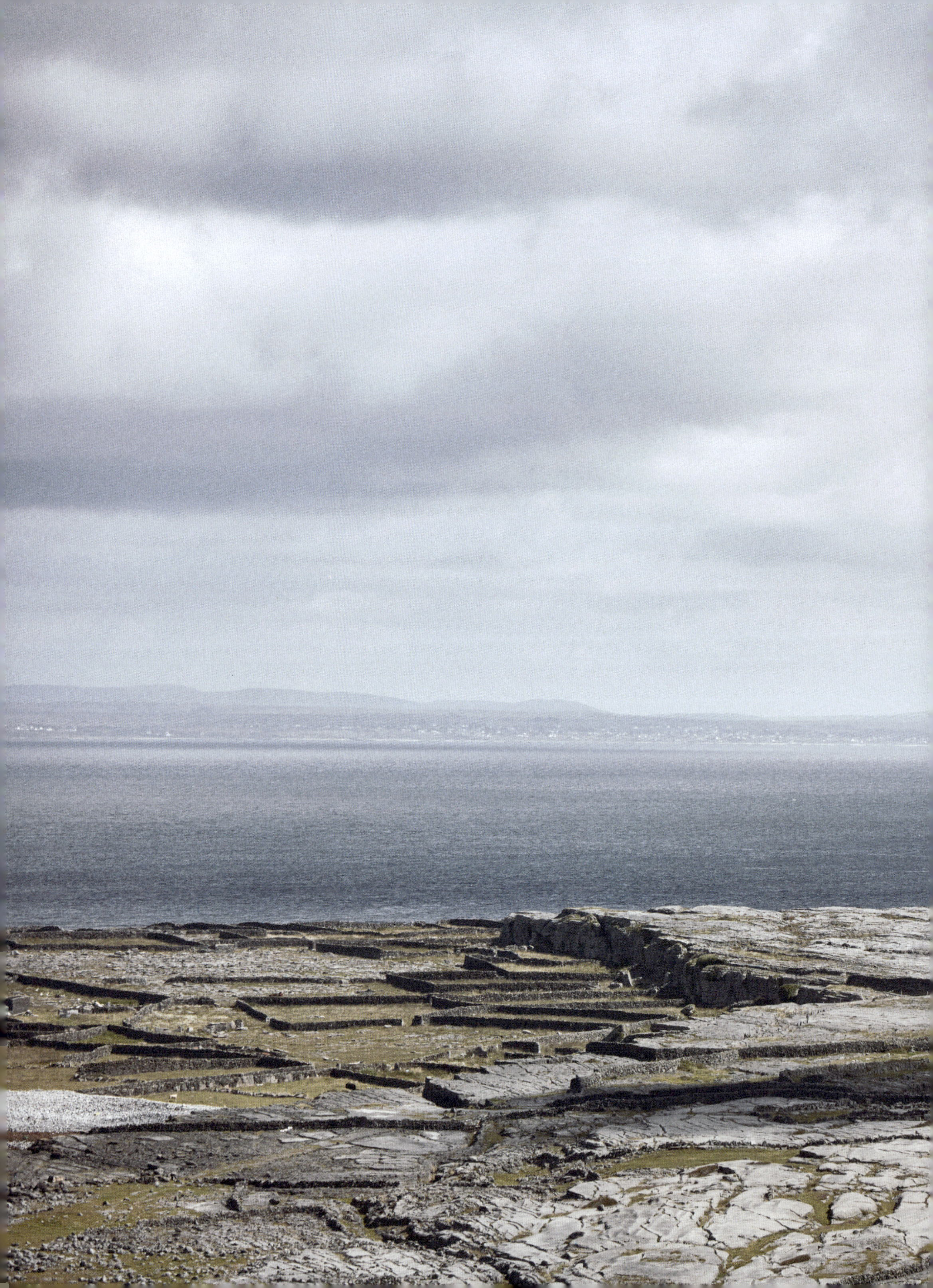

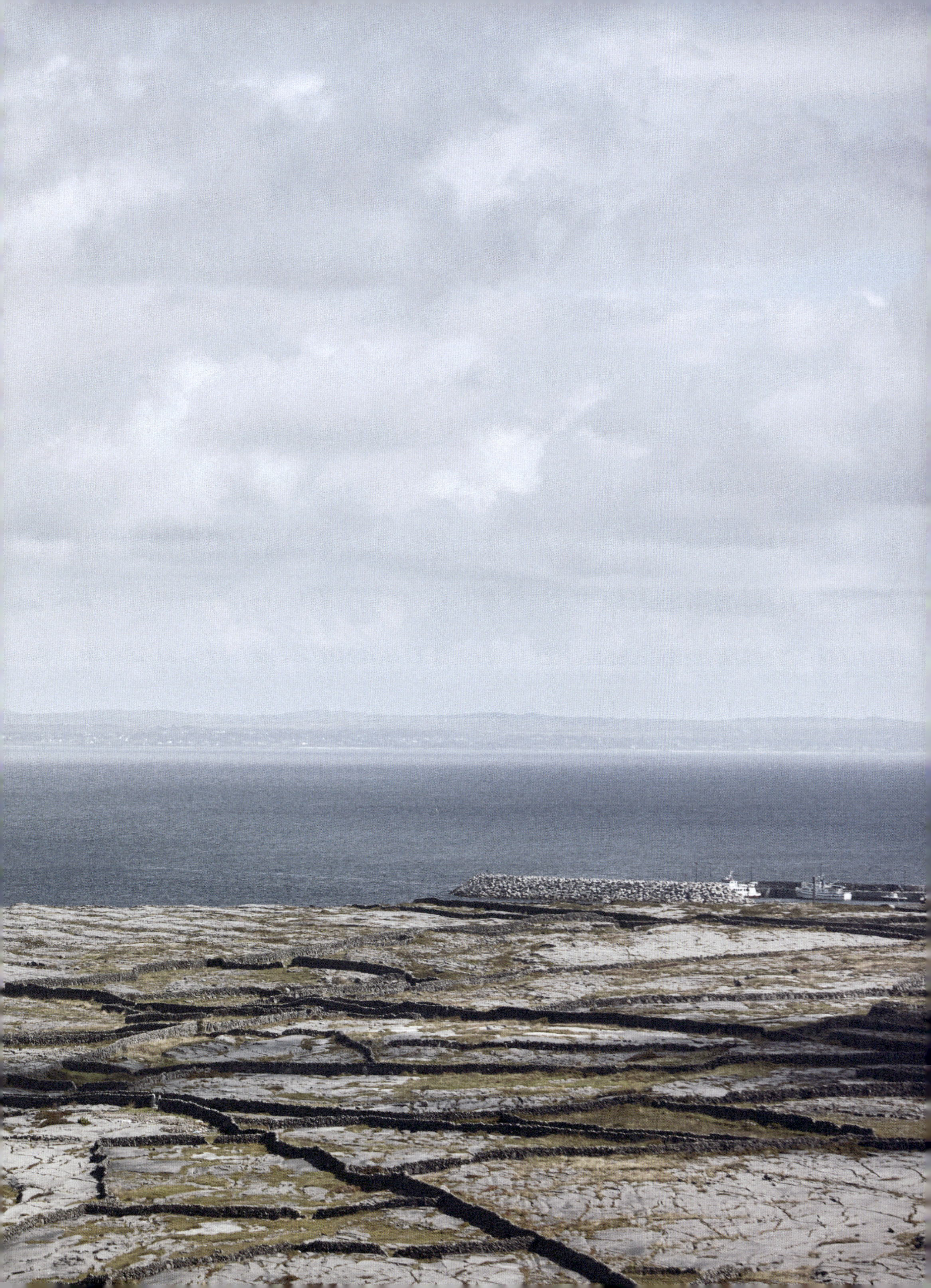

十字路口

特斯拉、环境保护及冥想

文字：Sean Hotchkiss　摄影：Rich Stapleton

　　圣诞节前一天，洛杉矶伯班克购物中心到处都是来大采购的人，停车场就像一个碰碰车场。我开着车在停车场里不停转圈，几乎要犯幽闭恐惧症了，嘴里不停地嘀咕着：这该死的充电桩在哪里？

　　借来的特斯拉SP100D并没有受这混乱局面的影响，拐弯的时候依然像火箭一样，而等红灯的时候又变成了个冥想的和尚。它跟智能手机一样，就靠一块简单的电池运转。而且，因为我昨天在101公路上狂奔了一天，用的是狂暴模式（因为这个模式，特斯拉SP100D成了世界上加速排名最快的车），电量几乎要用光了。我自己也没吃早餐，车也快没电了，一分一秒在过去，我的约会要迟到了。我就差一踩油门，把前面的两厢车和SUV混合动力车撞开，然后挥起拳头，冲着它们大声咒骂。说一千道一万，得找一个充电桩，我开始恐慌。

　　大概在第30个左转的时候，我终于从水泥监狱里逃出来了。太阳照在车上，我已经到了停车场的五层，这里空气稀薄。我深吸了一口气，最后一个左转，看见了一排默默充电的汽车。可能有二十几辆，所有特斯拉都跟我的长得差不多，个个连着充电桩。有的车主在附近转悠，手里拿着咖啡；有的坐在座位上玩iPad。没有人着急，事实上，有人甚至在读小说。这些开悟了的特斯拉人，让我感到一阵骄傲。在脚下几层车库的混乱之上，他们耐心地为电动车充着电，耐心地拯救着世界。

　　然而，我只是一个闯入者。我希望和这些优秀的人一起放松，但是触摸屏告诉我，我要花将近50分钟才能充满电，而我只有一半的时间。我又开始骂骂咧咧，诅咒埃隆·马斯克和他的"火星殖民地"。充满电要一个小时？我在西方文明中长大，我哪来那么多耐心？我要速战速决。我想要加油站那种手起刀落的速度。我要汽油，有毒的气味、难闻的汽油！我要赶快加满，然后上路！我抓住触摸屏，手忙脚乱地把充电线接到汽车的侧后方，然后走到小卖部买吃的，一副气急败坏的样子（尽管太阳照在身上挺舒服的）。

　　我这么着急怕迟到，是因为要去见托潘加峡谷著名的萨满。根本不像我这种性格的人去做的事，但这恰恰就是重点所在。这几个月我的生活鸡飞狗跳，从

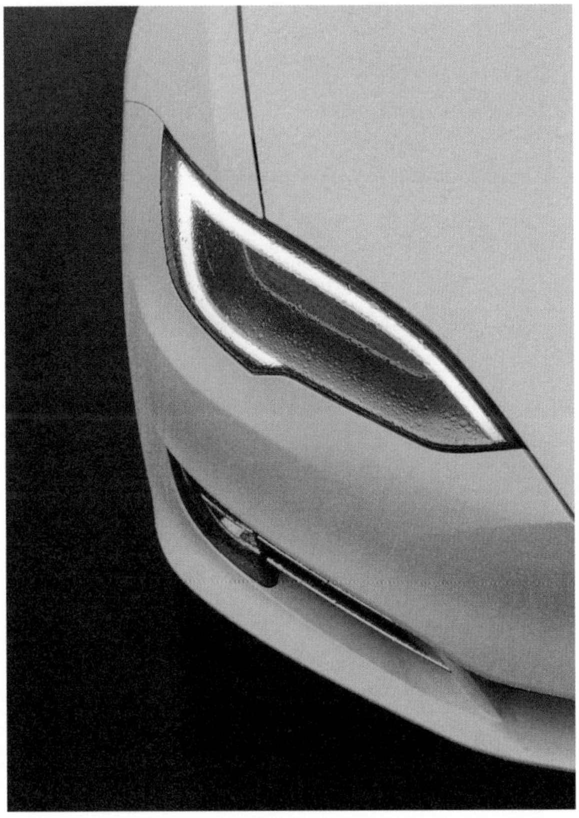

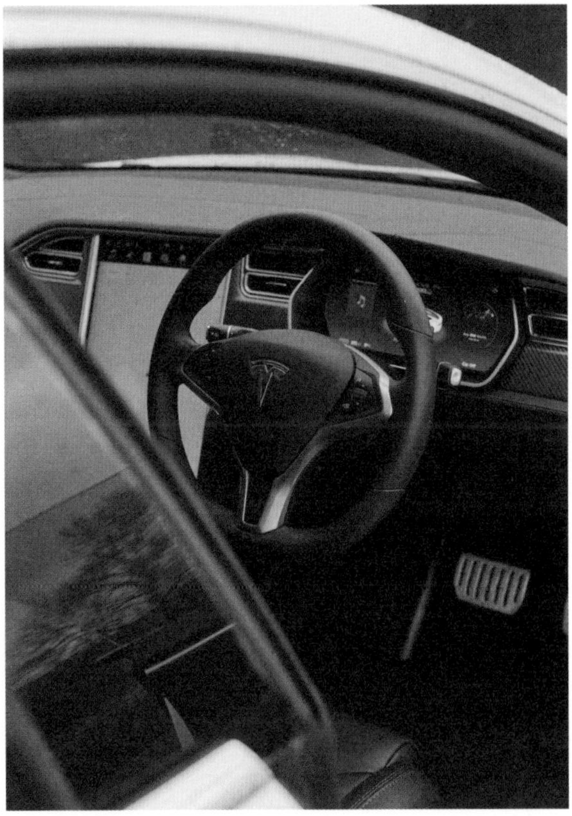

东岸搬到西岸，又分手失恋，处在人生的十字路口。我一直不停地动来动去，匆匆忙忙，打包行李，觉得都跟自己失联了，很是迷茫。跟萨满的预约，基本上是一个精神层面的清理。希望这次会面可以扫除我内心积累的沮丧，激发我全身停滞的能量。这叫作"灵魂的充电"吧。我很愤怒、伤心，我累了。

选择在修补灵魂的同一个周末驾驶借来的特斯拉，只是众多奇怪的巧合之一。这台没有噪声的汽车在没有汽油的情况下居然可以跑数百公里，这么低调环保的交通工具在满足人类消费需求的同时，又使我们疯狂的快节奏显得更加没有意义。它可能是未来的生活方式，无论你是在家里、车库里，还是在路上充电，特斯拉有一个特点是传统汽车没有的：它迫使你，每隔几个小时，不能开车。有时候，不用开车是很幸运的，你会发现一些平时注意不到的事情。

我在134号公路驶向托潘加峡谷时，路很顺，SP100D的行驶也很稳健。汽车平稳，加速时几乎听不到发动机的声音。重心低意味着在山路上好转弯，我切换到自动驾驶模式，一边握着方向盘，一边想着其他事。刚开始我用的是一种手动模式，需要经常双击屏幕。弯道让我焦虑，觉得那些传感器都不靠谱，但它一直很出色地完成任务。所以过了一会儿，我就开始试探性地使用自动模式。自动模式太美妙了，峡谷里的道路安静慵懒，我陷入一片安宁之中。迟到的时间很快被赶上了，我还提前几分钟到了目的地。

托潘加峡谷的下午很美，空气中散发着圣洁的气味。我停在萨满的庄园外面的泥地上，羡慕了一会儿在悬崖边马厩里吃草的两匹黑色母马。在它们身后，厚厚的阴霾落在山谷、橙色山脉和寂静之上。我回头瞥了一眼停在附近的SP100D，它就像山坡上怒放的一丛覆盆子。很特别，很应景。

我朝天躺着，身上盖着一张毯子，萨满在我旁边举行她的仪式——吟唱声、鼓声，还有什么听不出来的嘎嘎声。我感觉到羽毛、烟和水滑过身体。在治疗过程中，身体的不同部位好像有电流通过，让我意识到原来身体已经变得如此麻木和迟钝。仪式结束了，我很平静，胸口温暖充实，很久没有这种感觉了。我觉得自己精力充沛，与土地的联结重新回来了。此时，光线更明亮，声音更真切，我听见鸟儿们在树梢上歌唱，微风吹过峡谷。我又满血复活了。走回到路上的车里时，连那两匹马都似乎不一样了，它们从草料中抬起头，靠近围栏，其中一匹低下脖子，让我抚摸它的鼻子。

那天晚上我开车到欧海，订了一间房，慢慢地回味这次治疗。天上是粉红色的晚霞，好像要爆炸一样，特斯拉载着我进了镇子。我停下车，登记入住，在阳台的扶手椅上看完了日落，感觉如此清醒、专注。除此之外，这世界上的任何事情都与我无关。我已经和世界融为一体，我是天空、烟雾、树叶和风。

早上起来后，特斯拉已有足够的电让我开回洛杉矶。但我还是计划在文图拉停下来充点儿电。商场上空飘荡着假日音乐，我在停车场后面很容易就找到了充电桩。当天是圣诞节，只有为数不多的几辆汽车在充电"冥想"。我把特斯拉充上电，坐在路边，阳光温暖着我的脸颊。我不急着回城里，在停车场随意闲逛着。我唱歌，打电话给妈妈祝她圣诞节快乐。如果你正好在那里看到了我，你可能会以为我就是特斯拉俱乐部——拯救世界俱乐部中的一员。

官网：*tesla.com*

地平线以内

动亦非动之旅

文字：Richard Aslan

有些灵魂生来就有裂痕。他们总是脚痒，想要出走，目光也总是落在远方，无法聚焦眼前的现实，好像一张被折叠的纸，永远留下了一条折痕。他们的内心有一条线，总是试图与外界的线对话。两条线互相耳语、凝视，在彼此靠近之前，永不停歇。毫无疑问，外面的世界在向我们招手，陆地和天空彼此折叠，而地平线就是那条折痕。当然，这只是复杂问题的简单答案，是个视觉游戏。地球是圆的，大气环绕，地形、树木、混乱的城市以及空气的相对密度都让问题变得更加复杂。我把内心的那条线和地平线对齐，就好像让躺椅面朝大海。

我有时候会努力忽视远方的召唤。但地平线不依不饶，硬要将我拽到它的面前。它进入我的梦里，或者在那些平静满足的时刻突然出现在我的脑海中。它就像撬开牡蛎一样撬开我的内心，那条折痕就成了进入世界的裂缝。每一个关于远方的念头闪过，都牵动我的心弦。它对我唱："来吧，我张开怀抱接纳你，我的浪花就是你的摇篮，我有火山灰堆成的沙滩供你玩耍，你的世界将从此与众不同。"这种诱惑伴随的毁灭性，或许只有爱能与之相提并论。我被这欲望之火烧得恍恍惚惚、头昏眼花、跌跌撞撞，我想要转身回去，却找不到来时的路。而它却在这时松开了绳索，飘然而去。

也许，这灵魂中的裂缝始于人类短命的那些年代。人们在泥地上生活，住在低矮、烟雾缭绕的茅草屋或是窝棚里。不，肯定比那更早。我的DNA里记录着一个关于变迁的故事：从饥肠辘辘到丰衣足食，从压迫到自由，从贫穷到富足，从拥挤的城镇小巷到荒凉的边疆前线。我们跟随野兽的足迹，跨越山丘，寻找猎物；怀着对财富和名望的梦想，在荒野里淘金。泥泞的山路被修整出来，海洋变成湖泊，沧海桑田，言语苍白无力，古老的传说被新来的拓荒者续写。独裁者和暴君将我们的身体绑在土地上，用印章和通关文件阻挡来路，士兵在瞭望塔上巡逻，关卡里我们被脱光了衣服搜查，但思想不受约束，它随时起飞，翱翔天际。心底的那种渴望永远都在，我们想见世面，想开阔视野，想优化我们的基因。

千百年来，我们是流浪汉、是朝圣者；我们来到印度圣城瓦拉纳西，来到菩提伽耶、耶路撒冷，来到圣詹姆斯朝圣之路。朝圣之路上走着每个家庭里最富有的儿子和最虔诚的女儿；人们在树下休憩，把褡裢挂在树干上；监护人、上师、向导都来了，随之而来的还有仆人。我们乘船前往勒阿弗尔，沿塞纳河游览；我们来到日内瓦、洛桑，登上阿尔卑斯山脉大圣伯纳德山口，一路南下到达都灵、佛罗伦萨、帕多瓦和威尼斯运河；我们去罗马、那不勒斯、赫库兰尼姆、庞贝城访古，再回到北方，去到维也纳和因斯布鲁克。回家之前，还要看看慕尼黑的神学、波茨坦的宫殿和佛兰德斯的艺术大师。如果还有时间，我们走上一条岔路，顺便看看丹吉尔、马拉喀什、突尼斯、伊斯坦布尔和大马士革。

"现在，我比以往任何时候都更加清楚，我永远不会满足于久居室内的生活，"西·艾哈迈迪·萨迪（Si Mahmoud Saadi）写道，"我将永远被远方的阳光所诱惑。"西·艾哈迈迪听从地平线的召唤，一路往南，穿过地中海，在毒品巢穴、阿拉伯人的市场、恋人的怀抱中来去匆匆，九死一生。年仅27岁的伊莎贝拉·艾伯纳德（Isabelle Eberhardt）出生在日内瓦，经历了贫穷、被弃，路过无数陌生之地，最终在撒哈拉沙漠的艾恩色夫拉（Aïn Séfra）被洪水冲走。美国散文家艾格尼丝·雷普利尔（Agnes Repplier）于95岁高龄，在她的家乡费城死于抽烟过量，但她坚称："旅行的冲动是对生活充满希望的征候之一。"阿娜伊斯·宁（Anaïs Nin），出生在法国的古巴人，长居加利福尼亚，有一颗航海家的心，她说道："我们中的一些人永远在旅行，寻找别样的风景、别样的生命和别样的灵魂。"

1841年，托马斯·库克带着禁酒令的抗议者们坐上火车，为他们提供免费午餐，送他们去拉夫堡抗议。1850年，欧洲的火车轨道已经纵横交错。1917年，一架印有"乔克海洋航空公司"（Chalk's Ocean Airways）标志的水上飞机将游客从劳德代尔堡送到了巴哈马群岛。1919年，豪恩斯洛到勒布尔热的Airco DH16四座双翼飞机已经有了定期航班。1927年，泛美航空公司诞生，美国航空公司走向世界。1945年，国际航空运输协会在哈瓦那成立，有31个国家的57家航空公司参加。

行走在路上，故事远未结束。就如同起伏的波浪把我带到未知的海岸，旅途有它自己的浪漫方式。你激动地在陌生的地方醒来，背上重重的行囊，每一次兴奋、转弯、期待，都平添了几分回家的快乐。"家，"劳拉·英格尔斯·怀德写道，"是最美好的字眼。我对最熟悉的地方的爱，它的每一个角落、瑕疵和苍老的痕迹，都与离开它的愿望一样美好。"（出自《想家和旅行癖》。）有些日子，墙壁仿佛从四面压下来，我拼尽全力才能撑住不逃跑；有些日子，我要使出吃奶的力气，才能打开门出去透透气。这两种状态循环往复。我也努力试过把远方带回家，放下行李箱，从里面取出来自现实和幻想的旅行纪念品：那些柱廊和大门的照片；呈几何形状的沙漠多肉植物；粗糙陶器上白色和蓝色的彩釉；沾满尘土的彩色丝线和镜子碎片；蜡像、锡制人体模型、骨头珠子；金黄色散发着麝香芬芳的油；一面鼓；厨房里扔着的种子，色彩明艳的香料；书架上各种学外语的书、地图和旅行日记。

可是真的上了路，相反的欲望却又占了上风。我不知不觉还是想要舒适生活，只为了身边能有些熟悉的东西，为了放下行李时感觉旅途不那么遥远。世界仿佛要满足我的欲望，让我最终选择的都是我想要的，就好像我把家变成了各种异国风情的博物馆，每一处异乡、一砖一瓦，都变成了家中一景。我发出一声叹息，旅途的紧张感变成了讽刺。通向远方的道路不断拓宽，过去的每一天、每一月、每一年，我踏出的每一步都更加平坦。而相应地，远方越来越模糊、越来越小。每一个角落都有人在做旅行者的生意，到处都是茶馆、休息站。最后，我发现自己坐在一辆有空调的公共汽车上，车上有零食，有免费的Wi-Fi，前面座位上有平板屏幕，可以收到12种语言的25个频道。我在广告牌之间穿梭，走进混凝土建成的车站大厅，自己办理手续，然后躺在地球另一面的床上进入梦乡。我用手机扫码，爬上一模一样的公共汽车，用我听不懂的语言看一部已经看过的电影，只为证明自己在旅行。我坐在旅馆房间里，被家的舒适感包围着；我在街上徘徊，咖啡馆里摆着比家里更好喝的咖啡；我不用翻看标签，也知道那些东西都不是本地产的；我心里默念着几句新学的外语，却发现微笑的服务生来自墨尔本。我跟随心里的那条折痕，一次一次地出行，可世界变得越来越小。树快被砍光了，悬崖顶上竖起的脚手架只为修建更多的道路、创造更多的空间；街道被清理得干干净净，只为迎接旅人的到来。

20世纪60年代，最热门的旅行目的地是科斯塔斯，发生西班牙经济奇迹的沿海城市，阿富汗和嬉皮之路。70年代，是阿卡普尔科、圣特罗佩、海地、缅甸（Burma）、沙阿统治的伊朗，那一年代坎昆岛上还只有3个居民。80年代，是布齐奥斯、博德鲁姆、巴厘岛、南斯拉夫、突尼斯、西柏林。90年代，是泰国、中国、越南、老挝、马尔代夫、塞舌尔、南非。2000年后，人们又涌向迪拜、阿布扎比、深圳、马拉喀什、伦敦、布鲁克林、哥斯达黎加、雷克雅未克、赫瓦尔。到了2010年，古巴、缅甸、黑山、阿曼、赫尔辛基、兰卡威群岛、麦德林成了新宠，甚至还出现了零元机票、零元酒店。每分每秒，地球上空都有百万人在飞。人们带着无休止的欲望出行，四处寻找舒适，随即又遭受挫折，将我们所向往的一切搞得面目全非。

我闭上眼睛，扪心自问：我能忘掉远方，把心里的折痕抹平吗？我能不理睬远方的呼唤，抑制住渴望，任内心洪水滔天吗？或者，我能重写自己的DNA，回到祖先们低矮、烟雾缭绕的茅草屋或窝棚里，满足于眼前的生活吗？不能。瓶子里的魔鬼已经跑出来了，我灵魂里的裂缝也不可能被缝合。况且，我不想让它缝合，搞不好，裂缝没缝合上，连心都要被挖出来。

我坐着，一动不动，两种欲望在身体里相互纠缠。还会旅行吗？我问自己。我调整一下坐姿，开始翻相册。里面有我在埃及、西班牙、日本的照片，我和人们一起笑着，但早已想不起他们的名字。往后几年的照片不见了，被锁在硬盘里，非常安全。它们已经闲置太久，没有备份，没有电池，也找不到数据连接线了。我拿出地图册，熟门熟路地翻到想要去的地方：拉达克、库页岛、贝加尔湖、兰马多、奇洛埃。我凑近些，开始计算，从我的城市画一条虚线去那里，用秃秃的铅笔在柔软的旧笔记本背面做加法，看需要多少时间才能到达。汉堡、哥本哈根、德累斯顿、汉诺威、布拉格，我想象自己站在海平面上，地平线在5公里以外，如果算上冷空气吸收的地球周围的光线，会更远些。我用圆规把地平线画成一个又一个直径10公里的圆，再用黑色墨水笔把它画到地图上。这些圆圈，像鹅卵石掉进池塘里激起的涟漪。我想象着自己走到一个圆圈的边缘，抬起眼睛，前面又出现了另一个。

我坐着，任凭思绪飘荡。旅行让我得到了什么？又失去了什么？我盘算着学到的一切事情，遇见的每一个人。我记得我曾经领悟到，人与人之间的共同点要远远多过不同之处。不管走多远，永远有些东西是我看不见、不明了的。城际快车呻吟着，缓缓驶入布鲁塞尔迷笛火车站；波音777从空中降落，轰隆隆地掠过迅速崛起的瓜亚基尔郊区；离开东京市区，汹涌低沉的人潮渐渐消退，高速公路如动脉般奔流，汇入毛细血管般的本地公路；开罗尘土飞扬的棕色街区和缓缓流动的尼罗河掩埋在沙子和烟雾中；伦敦纽汉狭窄的梯田杂乱地堆砌在堤岸上；巴塞罗那的扩建区绕成了环形。人们来去匆匆，千家万户的灯光闪烁，生命以无法言说的方式存在着，多少家的餐桌上摆着我永远没有机会品尝的美食。窗帘上的影子，一户人家的三扇窗户、阳台，一沙一世界，一个世界是一个装满记忆的万花筒，里面上演着梦想、妥协与恐惧。光线透过沾满灰尘的玻璃，为我表演着一幕幕戏剧，生命徐徐展开，每一个故事都发生在地平线上。而我，是一场暴雨中的一滴水，与地平线终会相遇。

我坐着，呼吸困难。我书架上的书中，每两页之间都插着一朵绽放过的生命之花，真不可思议。墙上挂着的照片里，光影捕捉生命，又被玻璃板挤压，下面是水笔签名，沾有某人的指印和唾沫。每一种味道都唤起童年的记忆，每一个音符都拨动着心弦，余音萦绕着地平线。我心里的折痕延伸到外面，与地平线相遇。我抵达了它，它也抵达了我。我是起点，也是别人的终点。我旅行，又没有旅行。我去了，又没有去。我被未知的事物带走，不需要旋转或折返，已经达到圆满。这就是我的寻找、我的思考。动亦非动。旅程不可能在某地结束，它只能结束于某人。

"我旅行,又没有旅行。
我去了,又没有去。
我被未知的事物带走,
不需要旋转或折返,
已经达到圆满。"

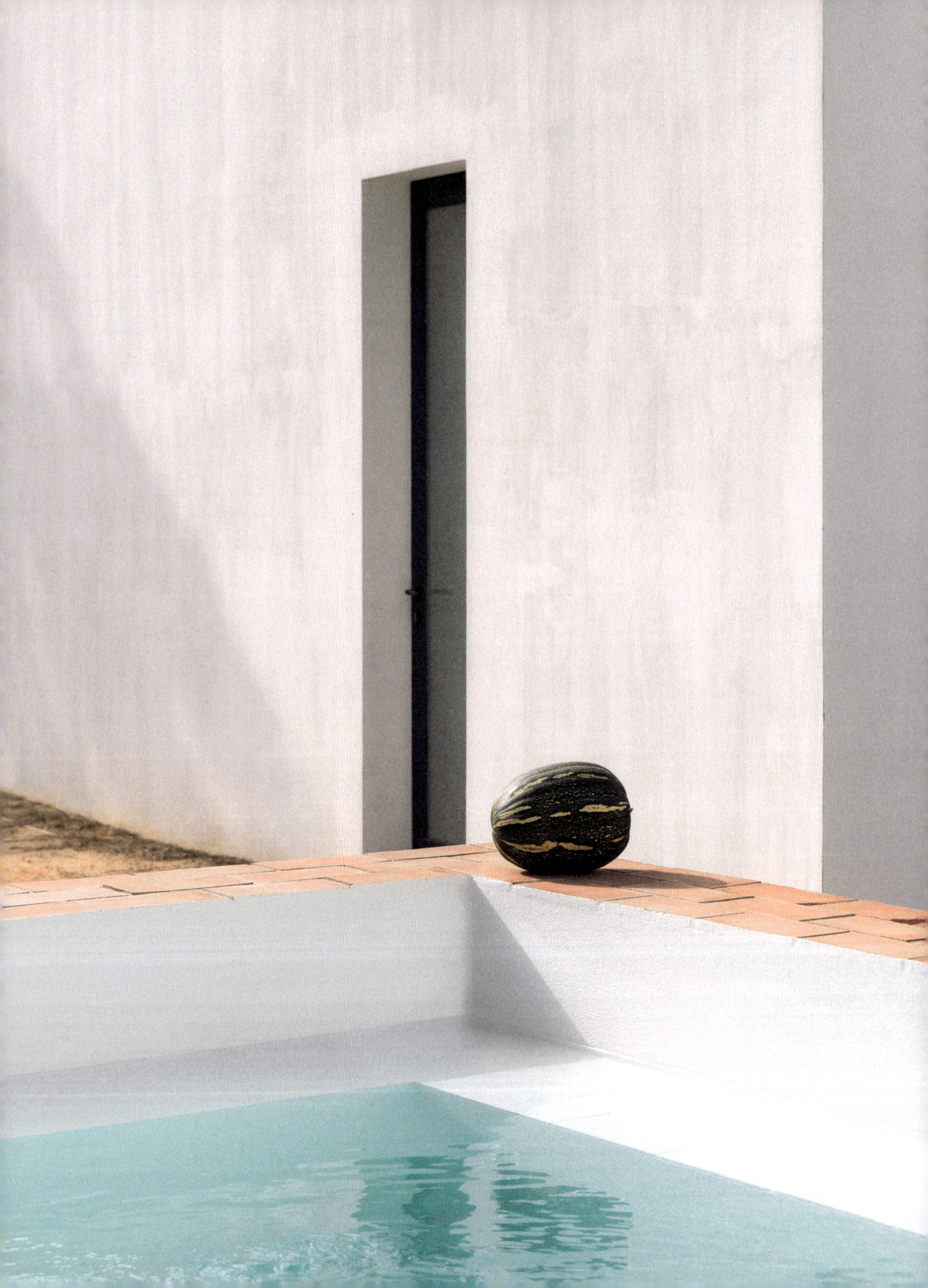

莫 德 斯 塔 庄 园

生 命 之 光

Casa Modesta

LIGHTNESS OF BEING

文字：Alice Cavanagh　摄影：Ash James

除了自助早餐、客房送餐服务和干净毛巾，对我来说，入住酒店最大的奢侈就是一次性用品。那些崭新、独立小包装的瓶瓶罐罐和小袋子是堕落颓废生活的代名词。平时我是不会用擦鞋布的，但在高档酒店里，鞋子总是被擦得干净闪亮。拖鞋也让人开心，从未被另一只脚穿过，就像是为我而生。

　　然而，近几年我对这些事物的兴奋开始减退。尤其是不记得在哪里读到，历史上生产的塑料牙刷没有一支被降解过，它们仍然躺在地球的某个角落，我惊得下巴都要掉了。如今再想到那些迷你小瓶子和一次性用品时，我只有焦虑。太过分了，就像一双袜子只穿一次就被扔掉，20世纪90年代我觉得理所当然的事，现在却让我夜不能寐。

　　在葡萄牙的莫德斯塔庄园（Casa Modesta），你大概能暂时忘掉这些烦心事。它坐落在奥良（Olhão）郊外的利亚福莫萨（Ria Formosa）自然公园盐沼边缘，这里的生活回归简单纯朴。我去的时候正值8月中旬，整个人都疲惫不堪，近乎歇斯底里，极度需要度假。我工作的时候简直像一条追逐自己尾巴的狗，不停地想要赶在截稿日期前完成。下了班我就需要丰富多彩的生活和刺激，需要搞点"事情"出来，只有这样生活才充满活力。但在这里，一切都昭示着，我需要的其实很少。在附近的海滩上待一天，回来用手工制作的当地橄榄油肥皂洗个热水澡，然后吃两块摆在床边的无花果干，这简直是一种新的堕落与颓废，一种令人愉快的颓废。

　　莫德斯塔庄园以前是个私人住宅，至今还保持着共享天伦之乐的氛围。从我们的房间望出去，是邻居的屋顶和大西洋，我们经常打开门，把毛巾和游泳衣挂在露台上，就像在家里一样。最棒的是每栋房子里的设计都让人放松，让人容易保持专注。这家酒店的特色就是简洁，干净的土坯结构、赤陶色的瓷砖内饰，像口腔清洁喷雾一样清新，特别适合被太多"东西"困扰的人们。我走时的行李跟来时一样，东西一样都没少，却感觉比来时轻得多。

官网：*casamodesta.pt*

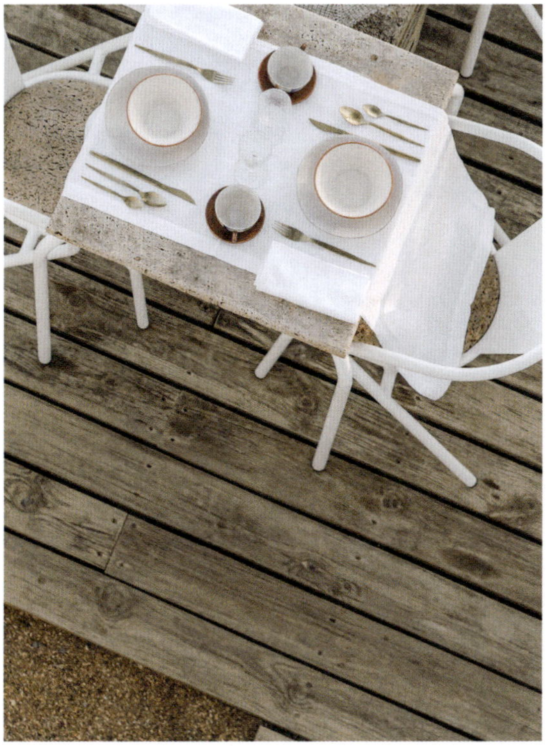

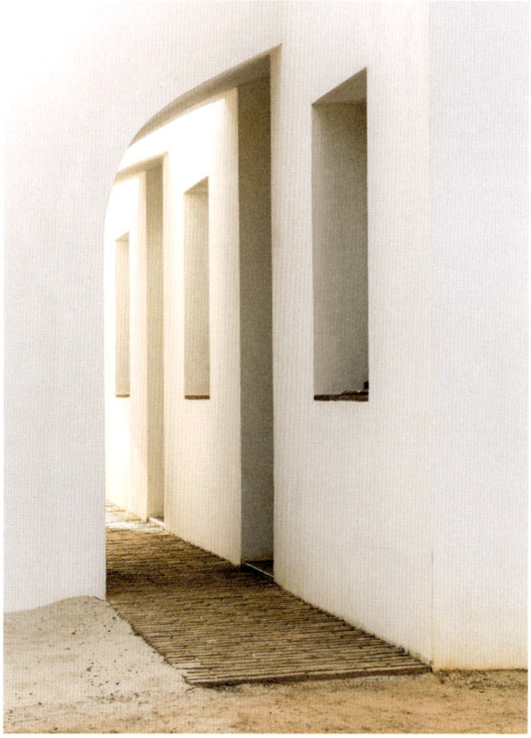

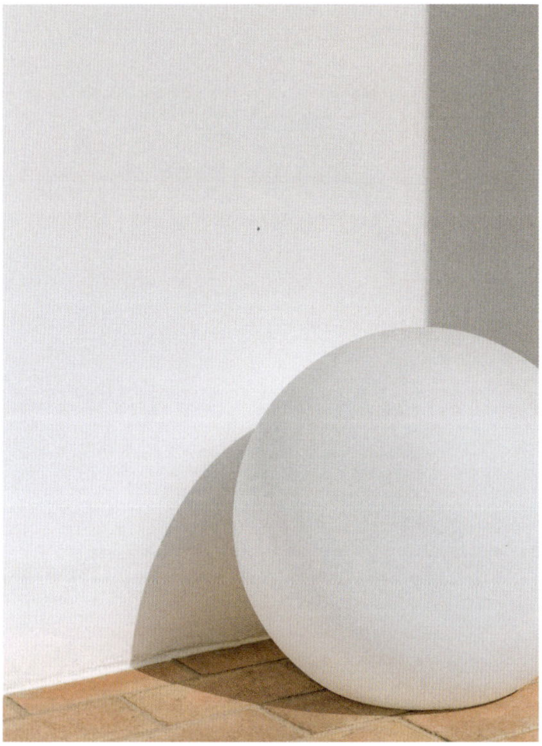

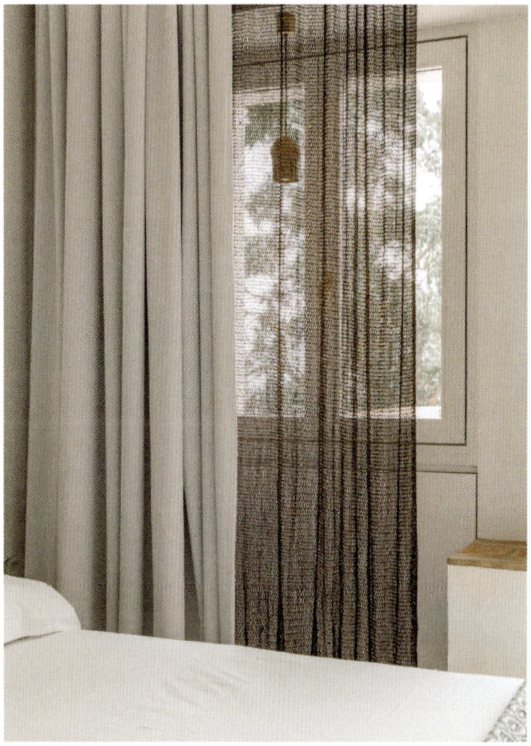

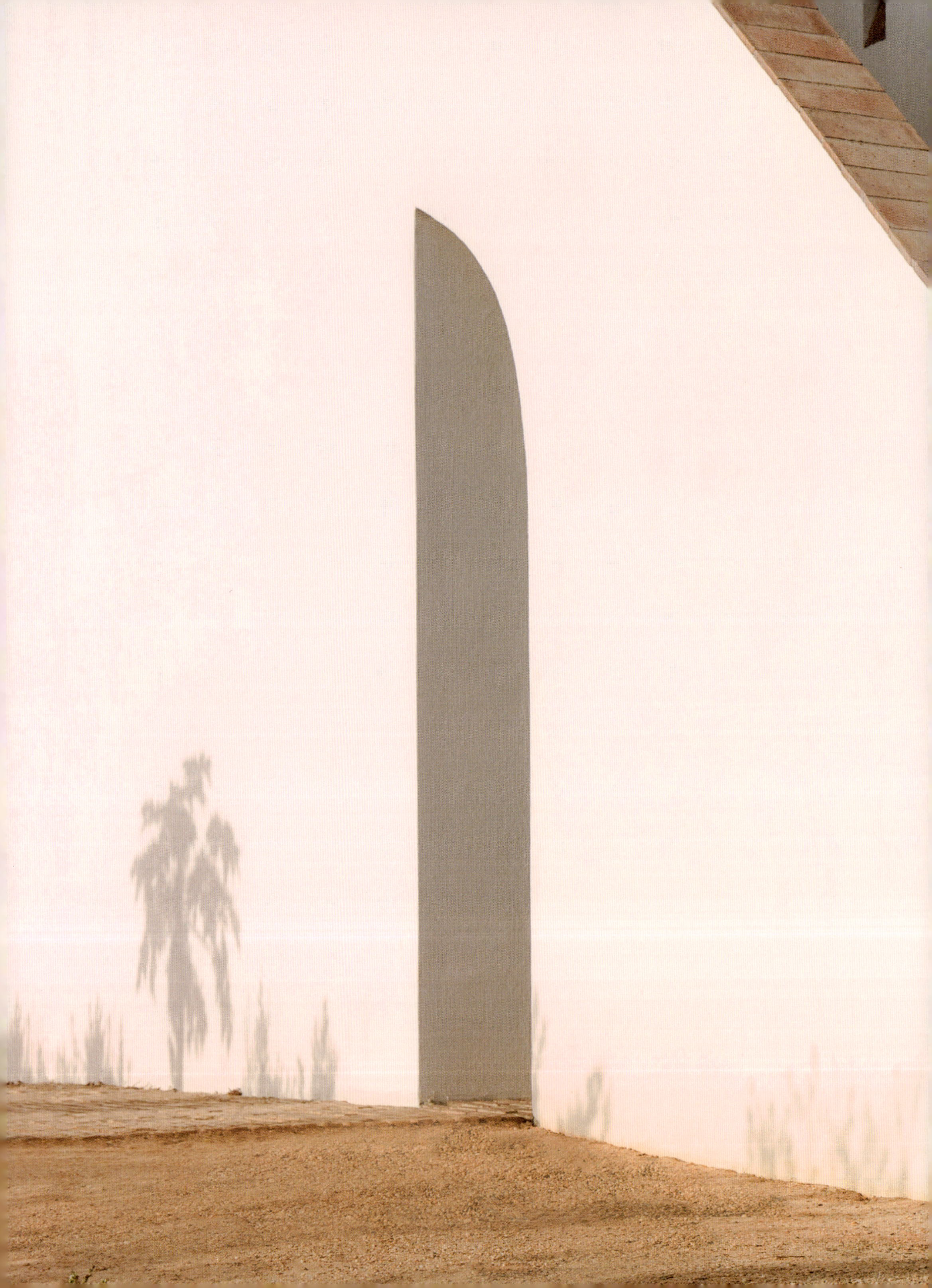

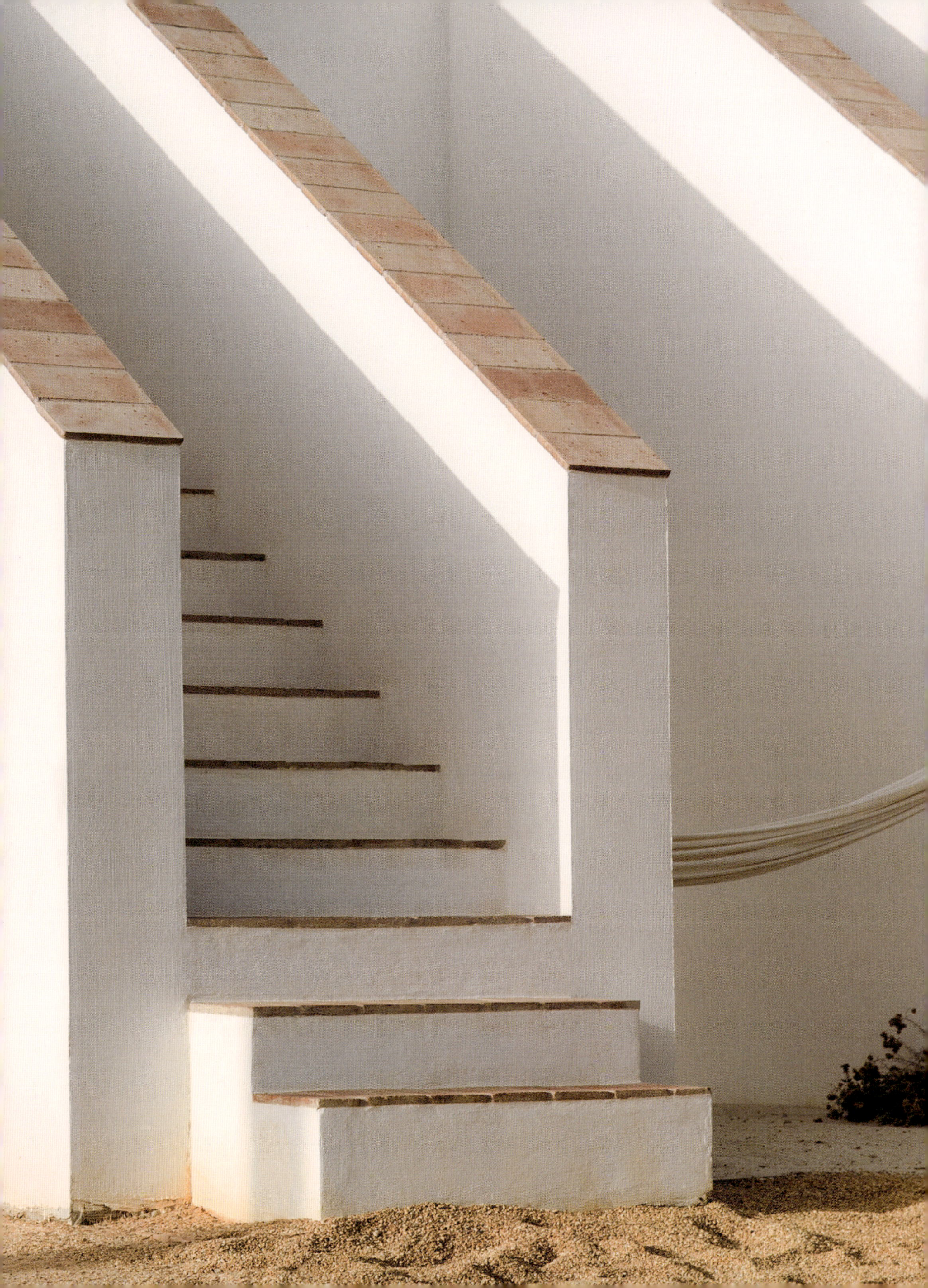

可 持 续 风 格

精 选

Sustainable Style

A CURATED SELECTION

摄影：Iringó Demeter   **造型**：Lune Kuipers   **家具**：Ochre
化妆：Emma Broom   **发型**：Maki Tanaka   **模特**：Stephanie Omorojor at Elite

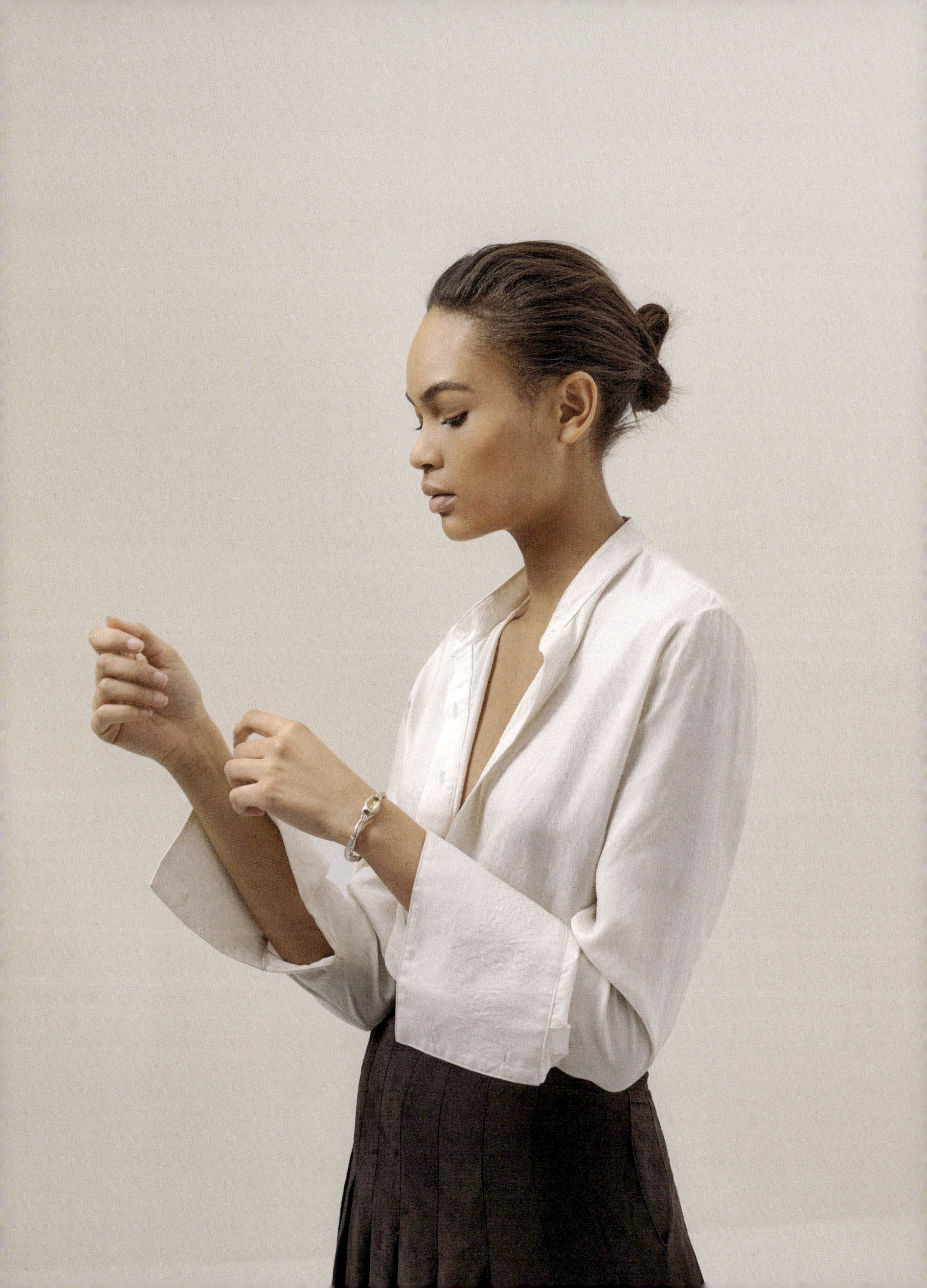

前页
衬衫，百褶裙，手镯 by ALICE WAESE

本页
上衣，裤子 by CIENNE

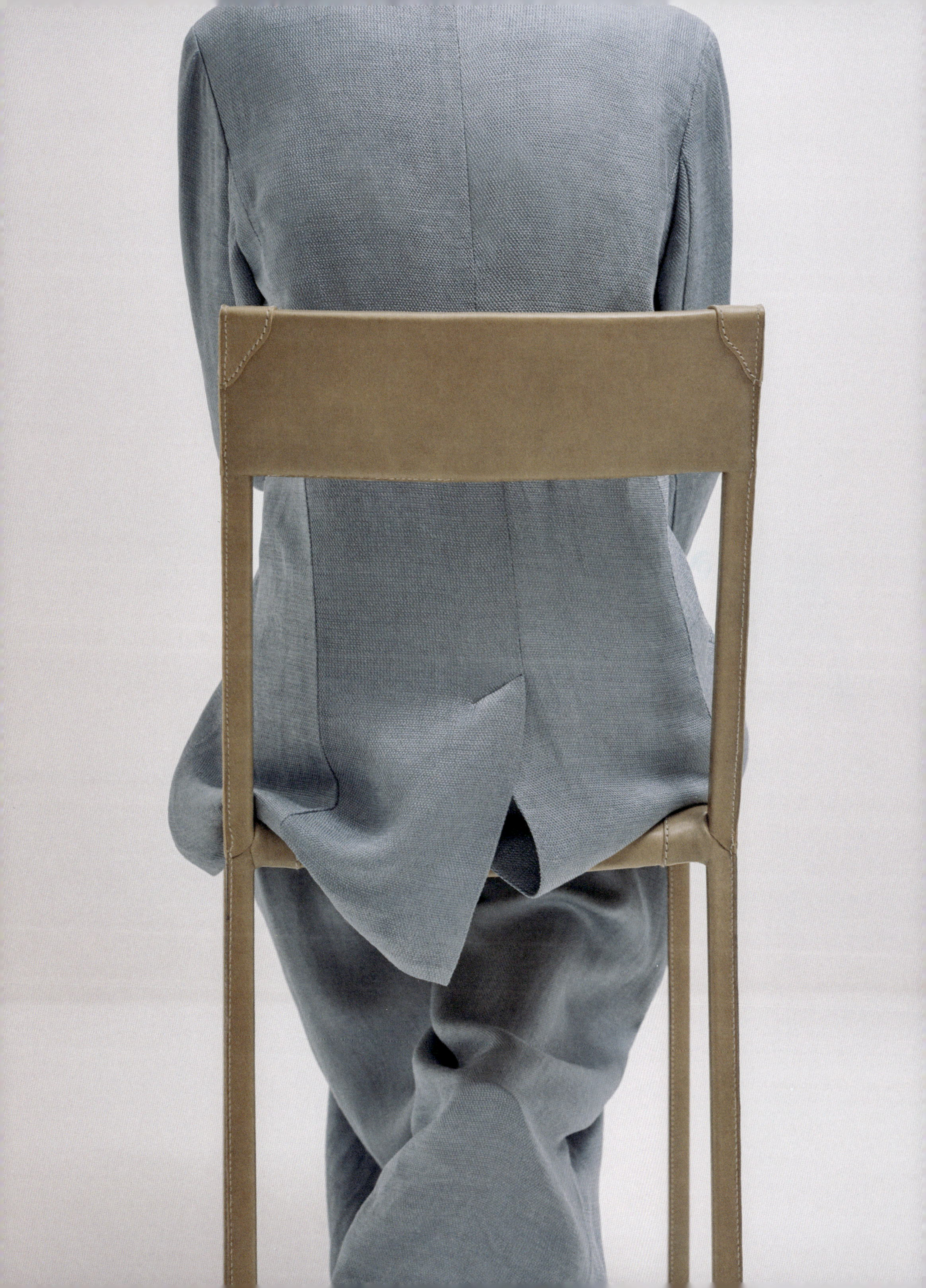

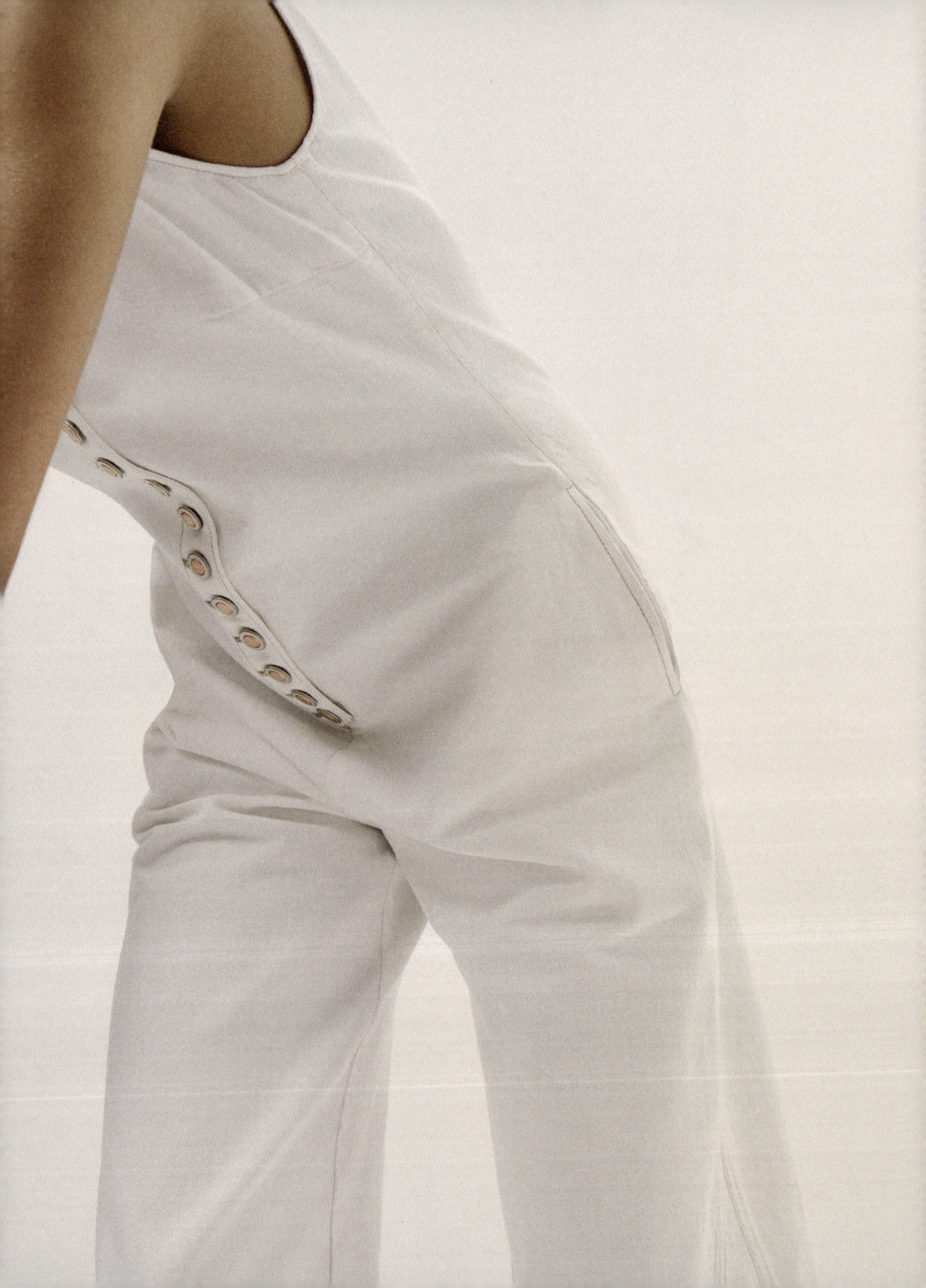

本页
长袖衫 by **BASERANGE**

对页
连体裤 by **WHERE MOUNTAINS MEET**

本页
羊绒背心，裤子 *by* OYUNA

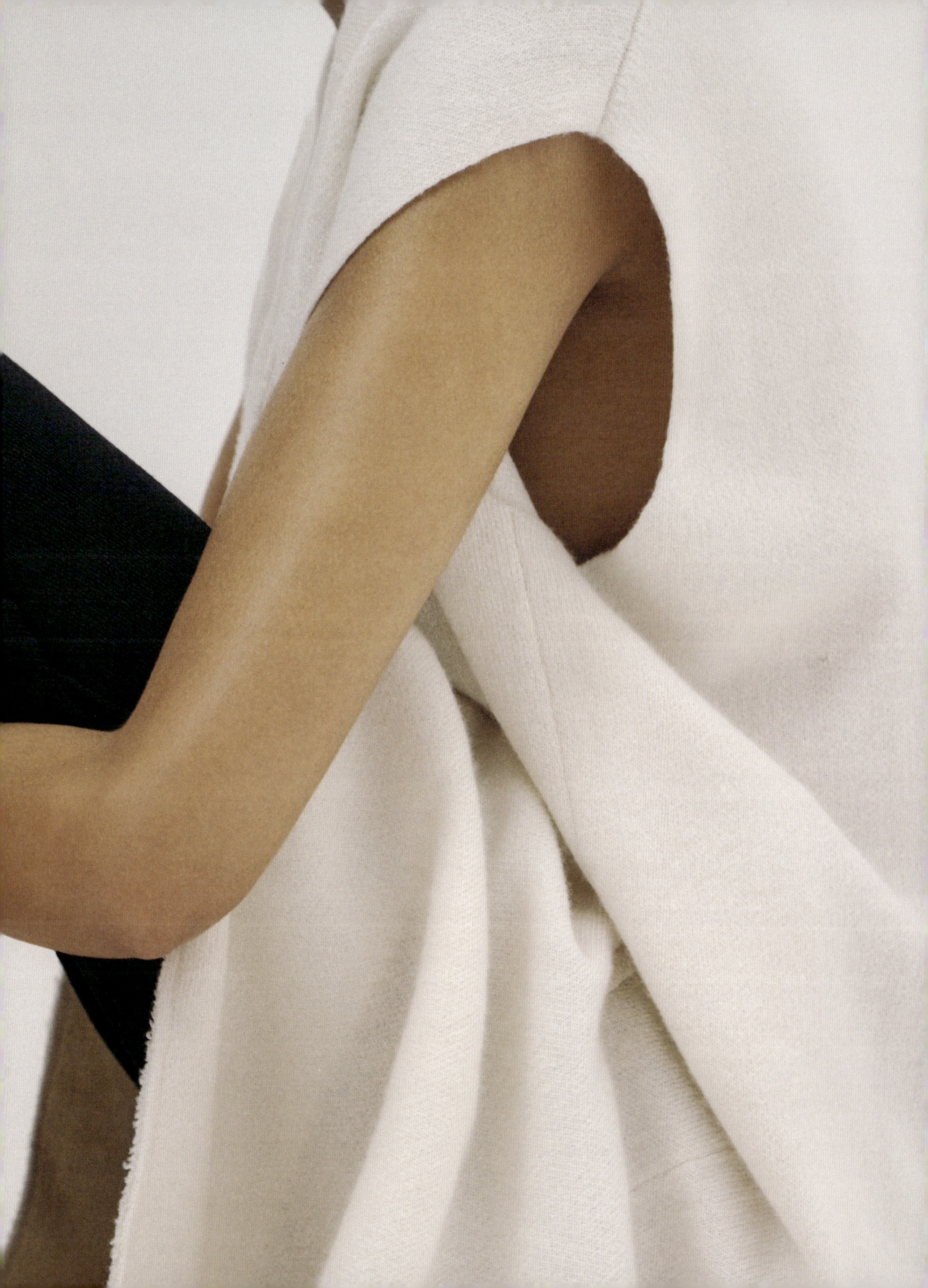

本页
芭蕾鞋 *by* FEIT

对页
真丝裙 *by* MARINA LONDON

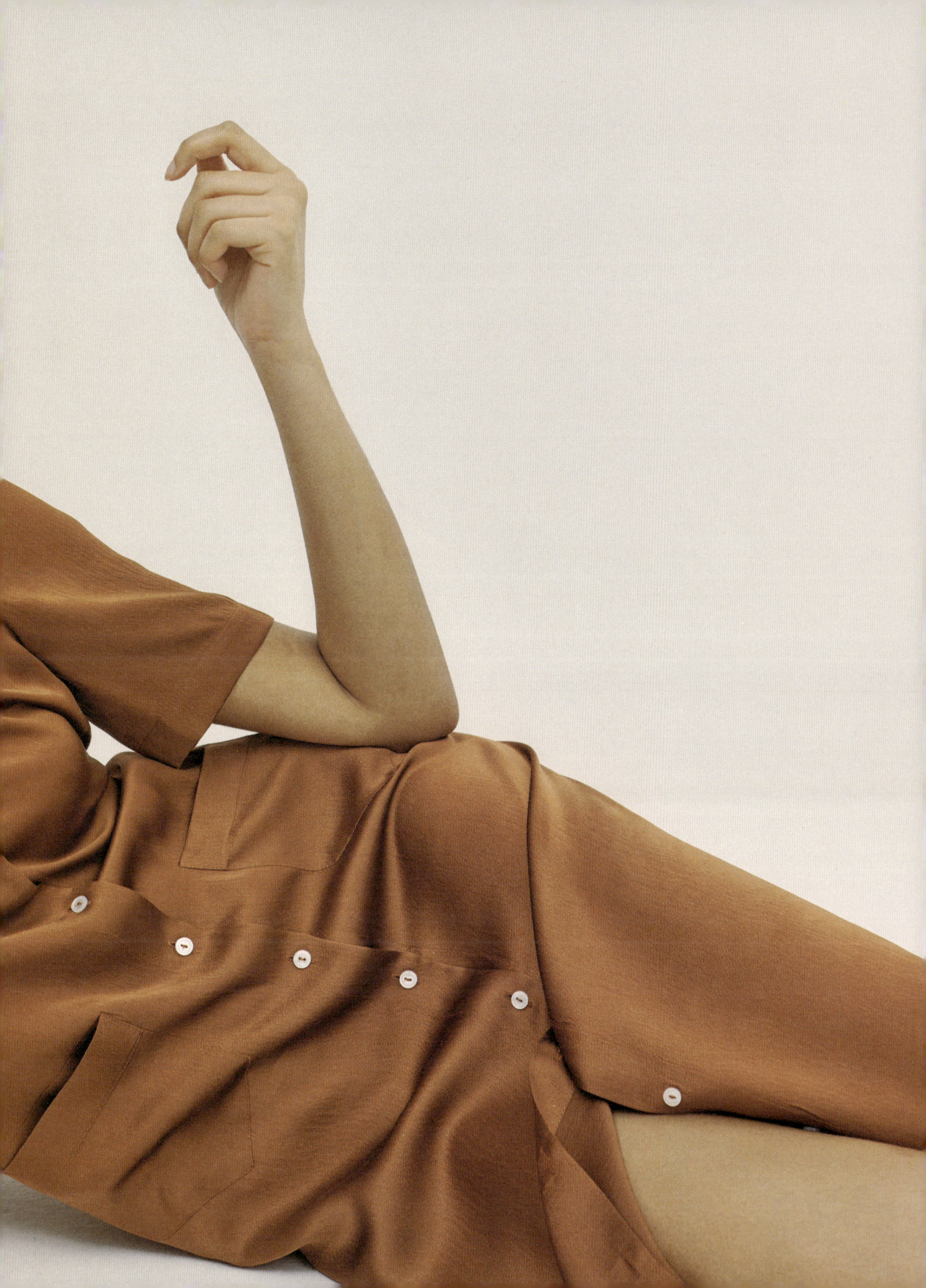

I

艺 术 与 设 计

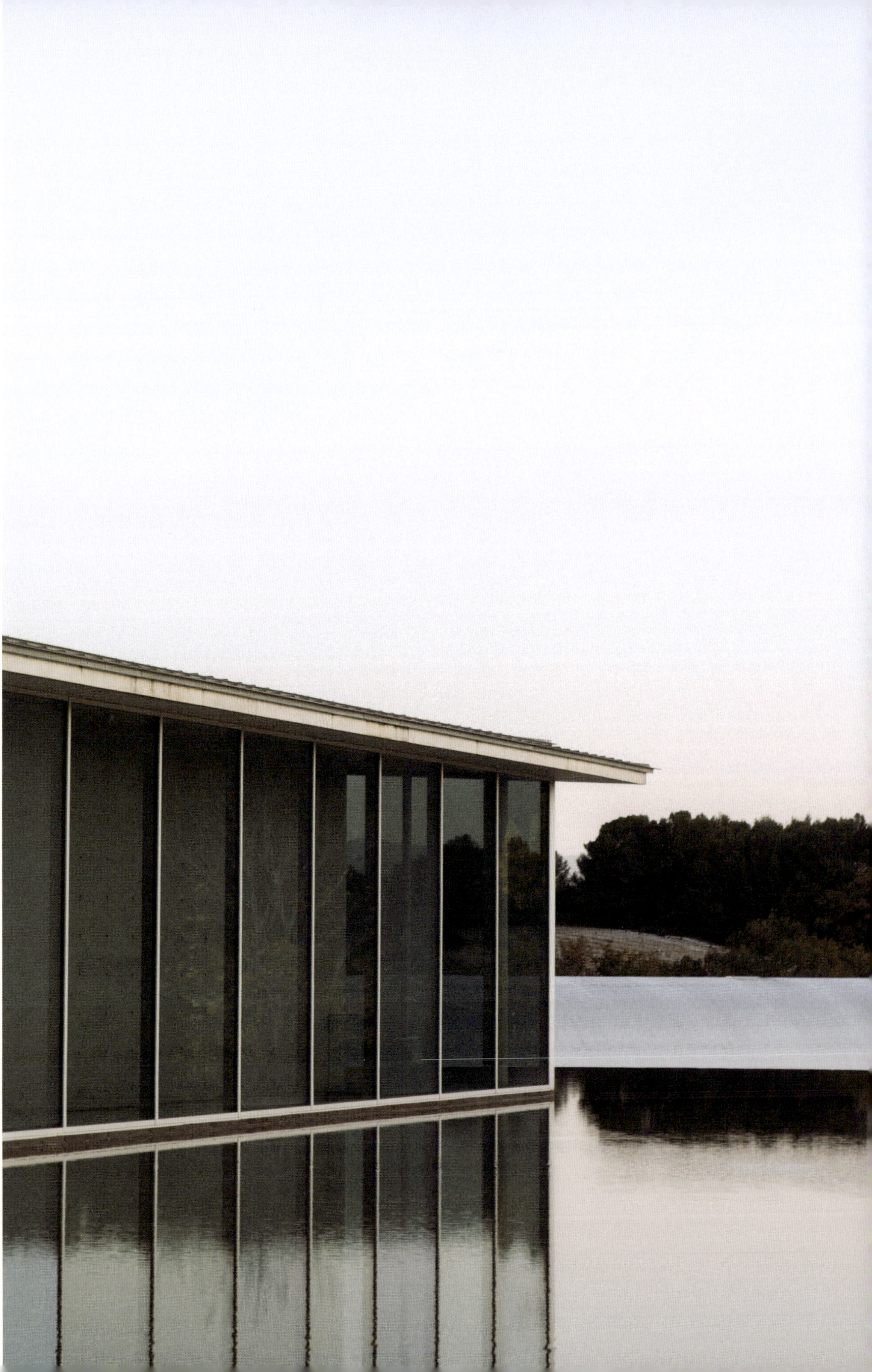

大 师 计 划

安 藤 忠 雄 的 拉 科 斯 堡

The Masterplan

TADAO ANDO ON CHÂTEAU LA COSTE

文字：Alice Cavanagh　摄影：Rory Wylie

爱尔兰房地产、酒店开发商帕迪·麦克基伦收购了普罗旺斯艾克斯城外的拉科斯堡酒庄，要把它打造成一个具有现代艺术风格的建筑公园，吸引来自世界各地的游客。过去的24年里，他以惊人的方式实现了这个计划，目前酒庄内已经收藏有弗兰克·盖里、让·努维尔、伦佐·皮亚诺、理查德·塞拉等人的作品，而他的第一份收藏来自日本建筑师安藤忠雄。

安藤忠雄设计了酒庄的核心建筑——艺术中心，那里现在是游客中心和餐厅，是酒庄中心的一座水上建筑。它引人注目的结构为整个酒庄定下了基调。这位77岁的建筑师还设计了其他几座建筑，包括小教堂、亭子和大门。我们采访了安藤忠雄，谈到了他对这个项目的设想及其实现方式。

谷物：你是第一个在拉科斯堡酒庄工作的建筑师。帕迪·麦克基伦是如何说服你来为他做设计的？

安藤忠雄：帕迪在2006年第一次联系我，谈到拉科斯堡酒庄的设想。他的想法一开始有点儿不切实际，但我对他的热情深信不疑。简单地说，就是要为一座雕塑公园做总体规划并在入口附近建一个艺术中心。

谷物：你专门来这里做过考察吗？

安藤忠雄：是的。我第一次来这里，就知道要怎么设计了。我的设计要与周围的自然环境融为一体，让人们能更深切地感受到当地的文化。这里的任何设计都不应该扰乱现有的葡萄园和自然景观。我想建一座与现有建筑、艺术和环境无缝连接的建筑。

谷物：你对这里和周围乡村的第一印象是什么？

安藤忠雄：拉科斯堡酒庄是一个地势平缓的葡萄酒庄园。我第一次来的时候，对这里的光线和附近的圣维克多山印象深刻。还有一座旧教堂废墟引起了我的兴趣。我决定在重建和修缮的时候尽量少干预，保存废墟的原貌，同时又让它成为一件艺术品。

谷物：你提到了普罗旺斯独特的自然光线。你如何描述它，它又如何影响了你？

安藤忠雄：这里的光线让我想到了法国的修道院，比如多宏内修道院和塞南克修道院。这些宗教建筑里的光线营造了空间感，带来了生命力。我第一次走进多宏内修道院，就感受到了巨大的能量。在它深沉的静谧中，我意识到光线可以传达建筑所要表达的宗教的庄严。要想欣赏光的美感和它所照亮的空间，黑暗也是必不可少的。与修道院一样，限制建筑物内人造光的数量至关重要。我把这个想法应用到了地中美术馆的莫奈画廊，只有漫射的阳光才能准确地呈现画作的精妙之处。这是为了复制莫奈当年画这些画的光线，让游客得以用与艺术家相同的方式体验艺术作品。当代的博物馆往往意识不到自然光的美丽和潜力。天黑时，博物馆、画廊也应该跟着变暗。人们在欣赏建筑时，应该意识到光和时间的短暂性。出于这些原因，我有意识地减少了拉科斯堡酒庄人工照明的使用。

谷物：你提到了莫奈，而你之前在创作过程中也借鉴了塞尚……

安藤忠雄：毕加索曾说，塞尚创造了一个全新的绘画世界。毕加索一生都在用新的方法感受和创造艺术。总的来说，我非常喜欢那个画家辈出的时代，无论是印象派还是后印象派。莫奈和塞尚是我最喜欢的两位艺术家，因为他们通过完全不同的方式，创造了绘画艺术的新领域。

谷物：你能讲讲艺术中心周围的无边水池吗？为什么这个元素如此重要？

安藤忠雄：那是为了吸引游客的注意力，让艺术中心既起到游客中心的作用，又不会显得太突兀。把一座建筑放在一个反射面上，可以将它的空间感翻倍。此外，将水池建在停车场的屋顶，能够遮住下面的车辆，否则它们会扰乱周边的景色。

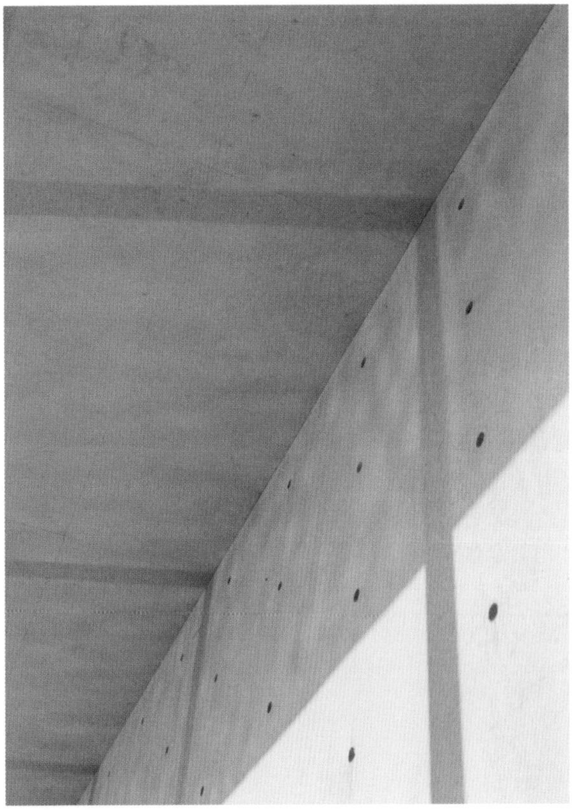

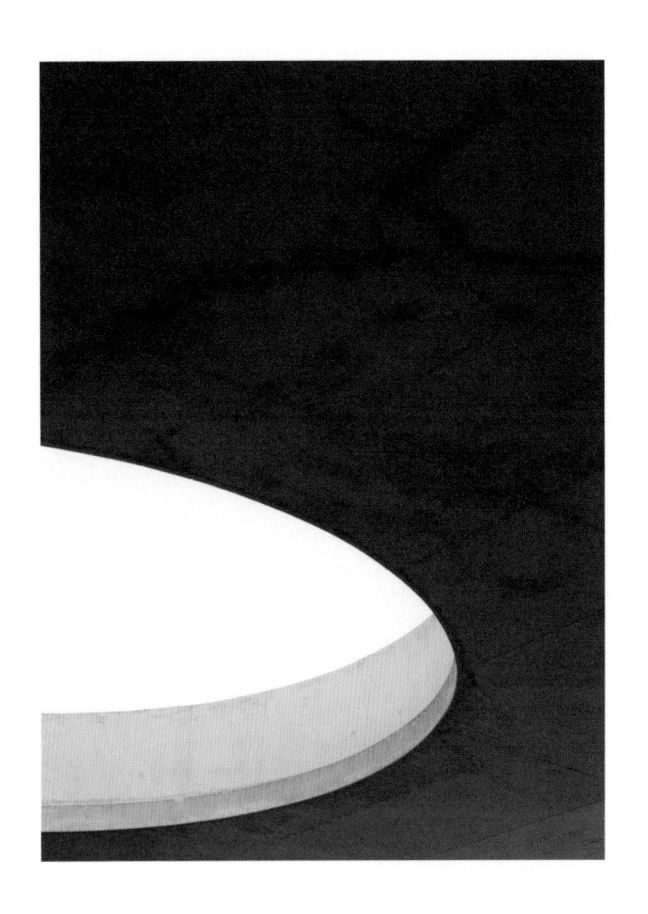

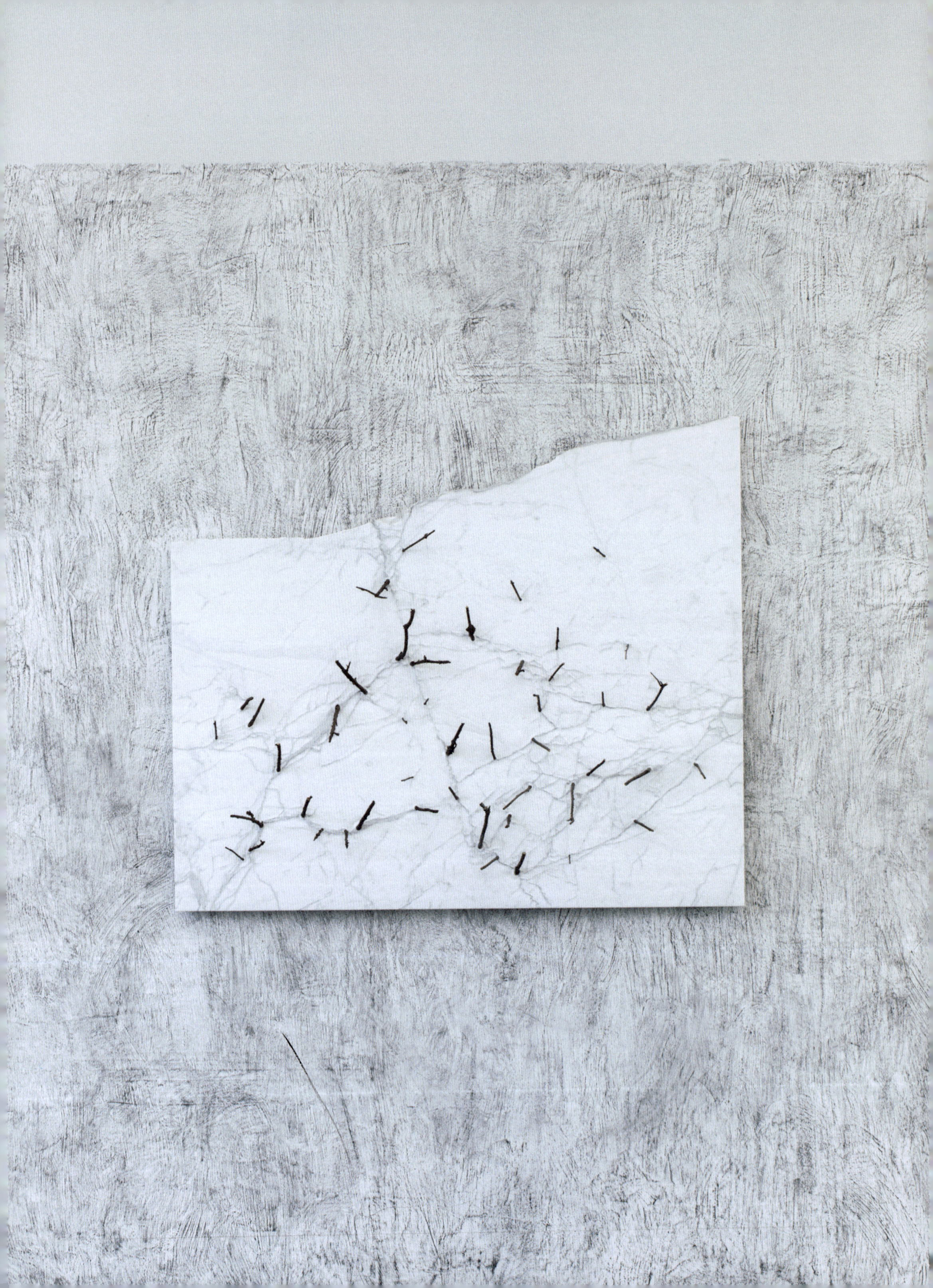

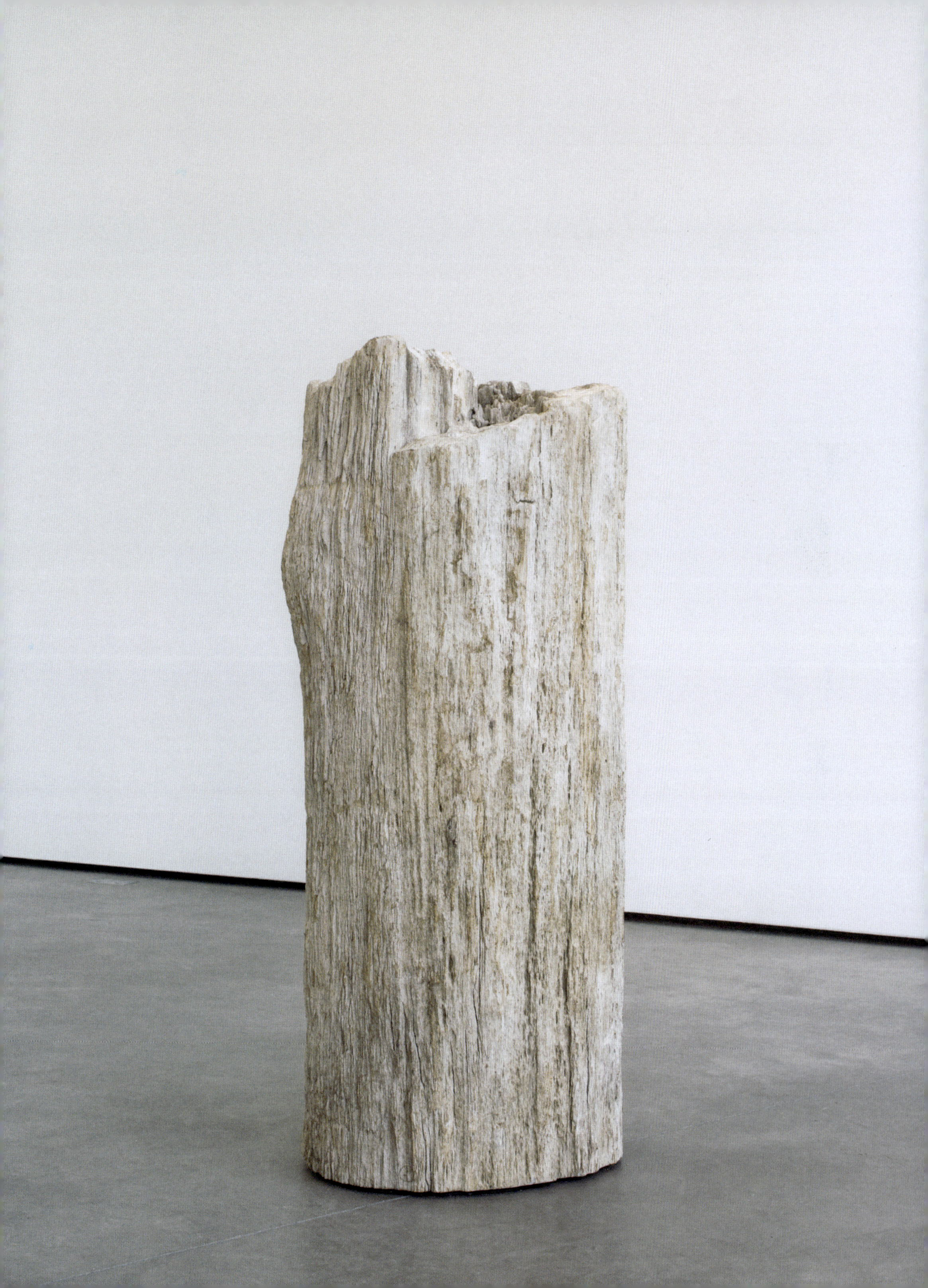

在拉科斯堡酒庄享受艺术和美酒之后，你可以在拉科斯堡酒店住一晚。酒店的28间套房不仅提供充足的空间，还都设有私人露台，让你能尽享周围美景。你还可以在宁静的图书馆、起居室、钢琴酒吧和花园里放松身心，再去沙龙餐厅或路易森餐厅用餐，品尝当地的有机食材；或者去水疗中心，用盐、黏土、油和花制成的天然产品，尽情放松身心。

官网：villalacoste.com

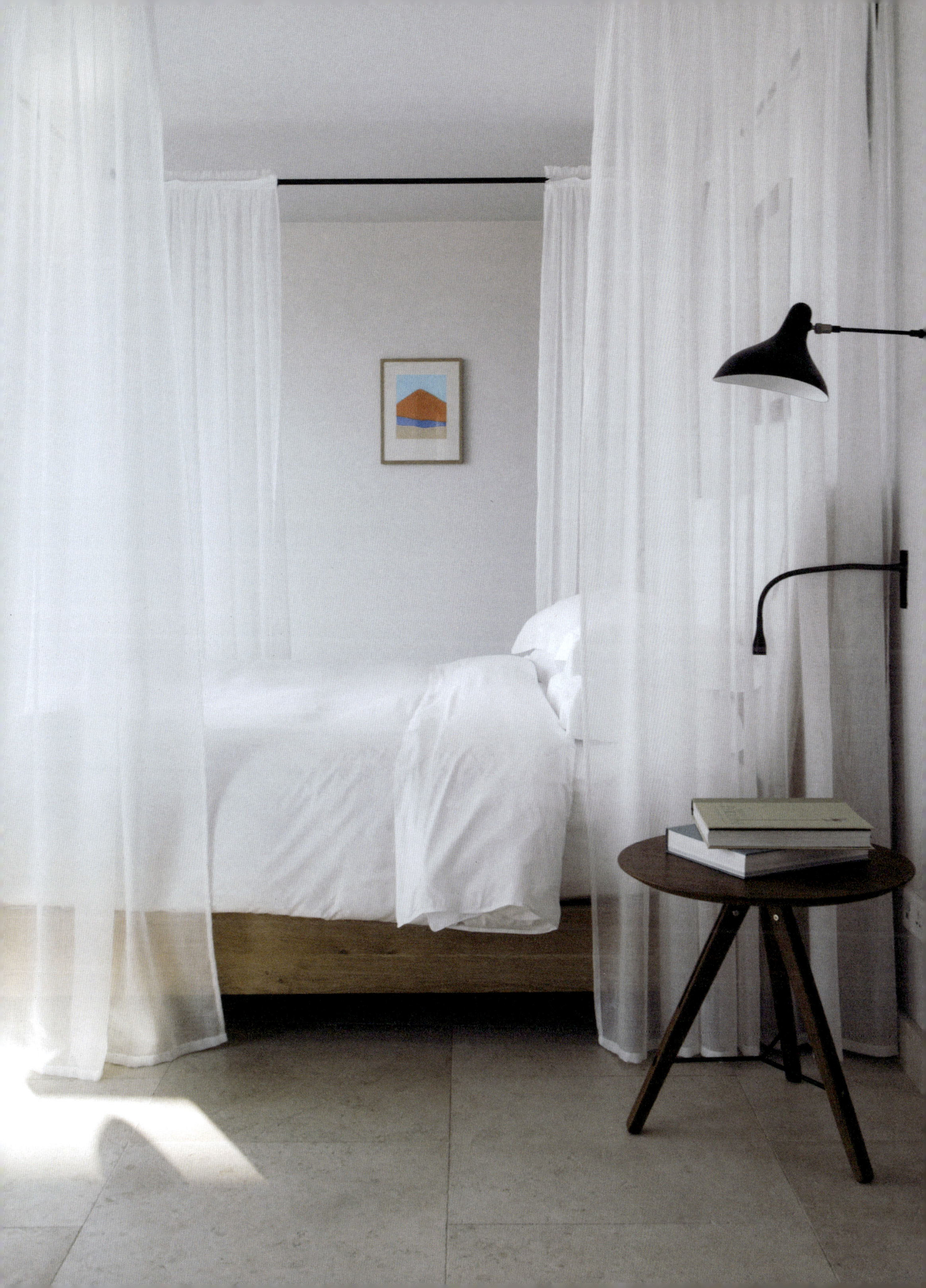

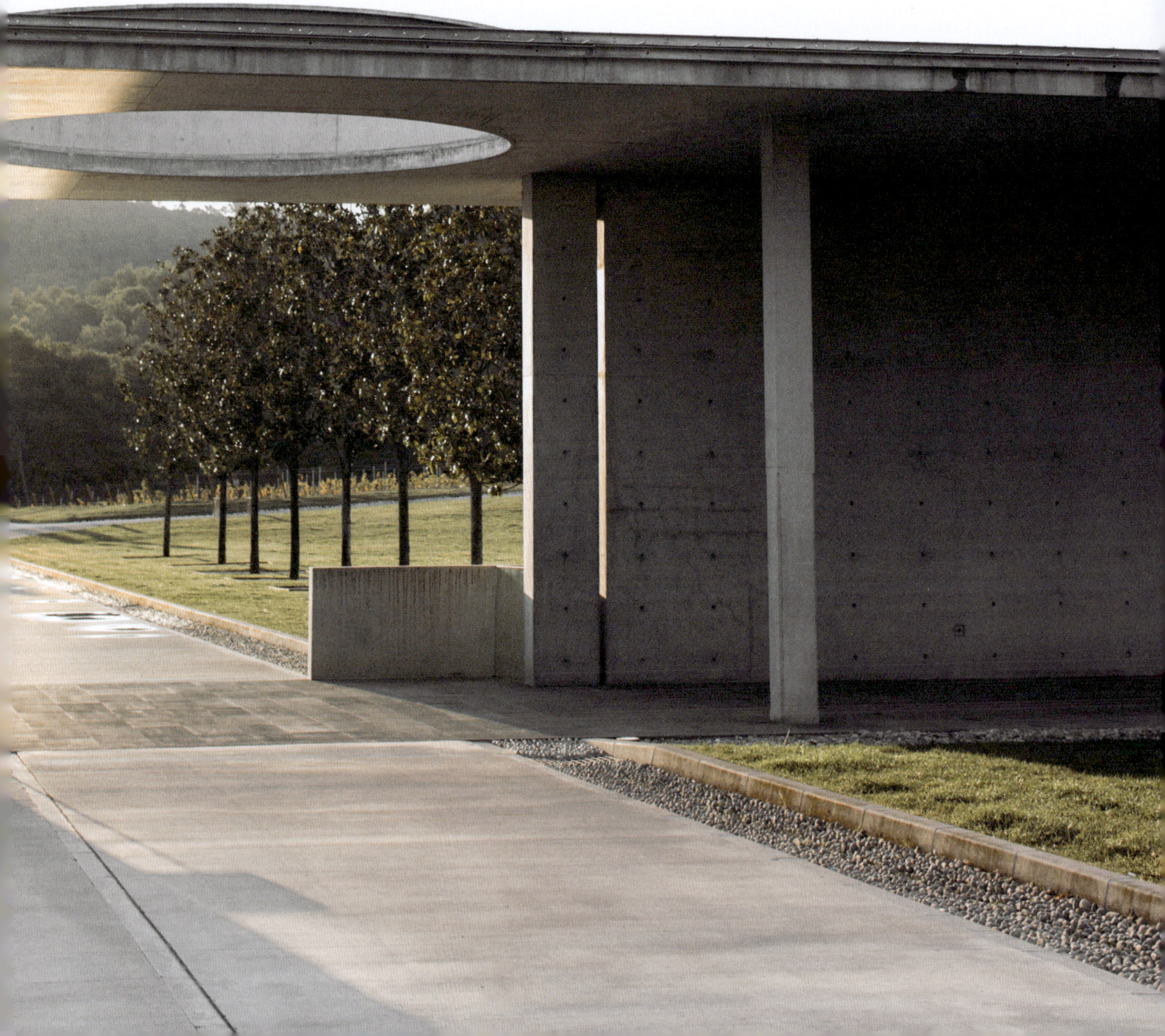

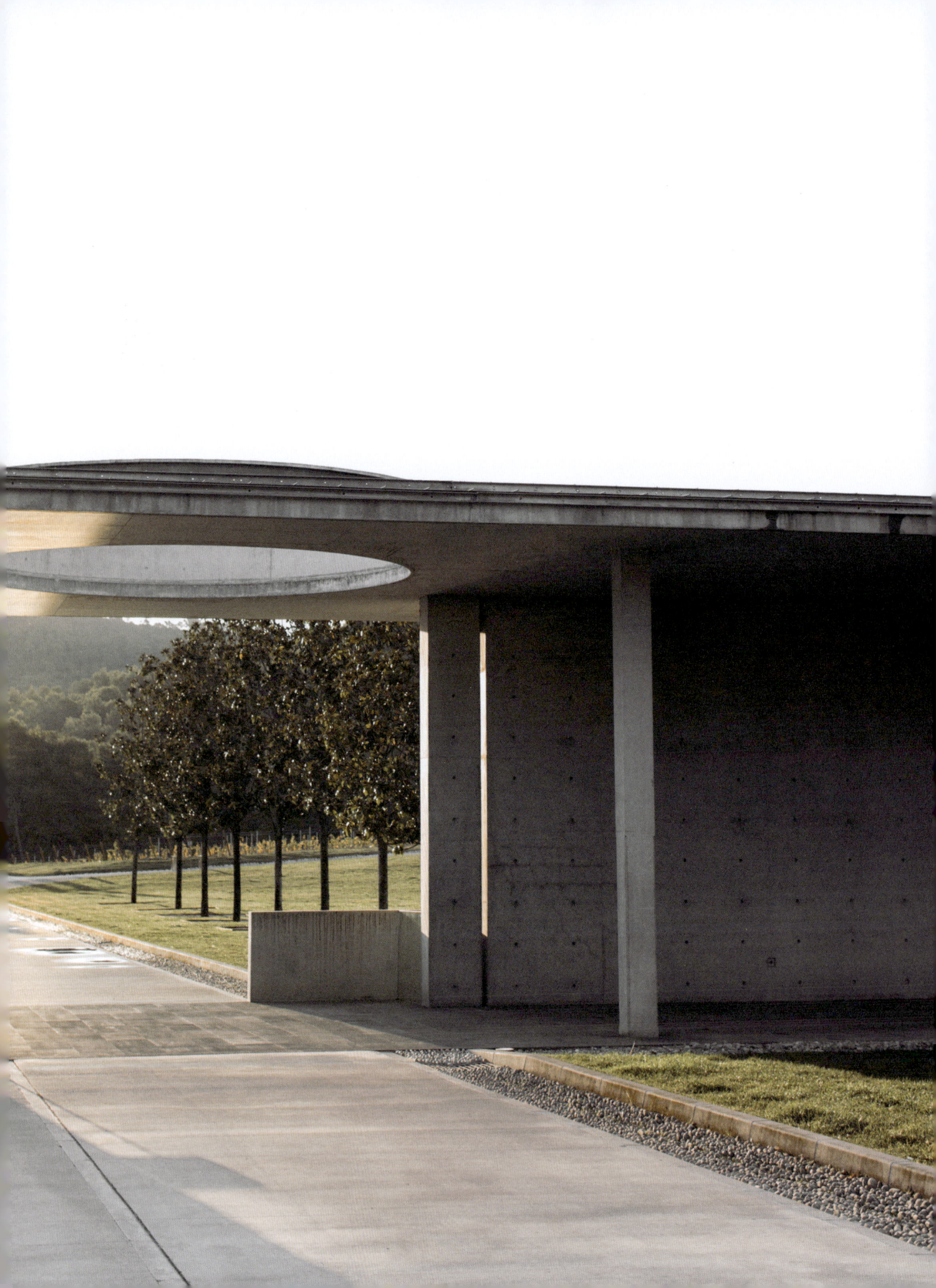

"我们都知道，自然是永恒的，也是活的。我笃信，任何神圣的空间都必须以某种方式与自然相关联。"

谷物：你还为酒庄设计了大门、小教堂和亭子。它们是和艺术中心同时构思的吗？

安藤忠雄：小教堂和亭子的设计建造晚于艺术中心。亭子的设计是为了呼应一件藏品。当时帕迪·麦克基伦已经购买了《四个立方体，思索我们的环境》，那是2008年我为华盛顿肯尼迪艺术中心的一个展览创作的作品。艺术中心的规模和结构都要求使用水泥，但对于亭子和小教堂我则寻求更轻、更多样化的建筑材料，而且我还能自主为亭子选择合适的地点。

谷物：你设计过几座宗教建筑。在想象宗教建筑的结构时你会考虑什么，会融入哪些基本要素？

安藤忠雄：在设计宗教建筑时，我着眼于创造一个可以长时间感染人的空间，利用光和自然来创建一个随环境变化的结构。在某种意义上，教堂式建筑与日本茶室式建筑相同，其关键点不在于地板、墙壁或天花板，而在于由这些元素创造出的空白空间。我认为一座建筑的建筑师是否受到基督教、佛教或非宗教传统的启发并不重要。我的观点可能是受到日本宗教态度的影响，特别是神道教。上帝存在于自然现象中，这种观念让日本人非常尊崇"灵性"。在日本，各种宗教不仅能在同一社区中共存，一个人还可以同时信奉多种宗教。一栋房子里可能既包含神道教祭坛，又包含佛教祭坛。这种共存是日本灵性的重要组成部分。

谷物：你觉得世界上哪些地方与大自然的联系最紧密？

安藤忠雄：我举个例子，当我认真地观看杉本博司的摄影作品《海景》（Seascapes）系列时，会看到地球和环境的无限本质。我们都知道，自然是永恒的，也是活的。我笃信，任何神圣的空间都必须以某种方式与自然相关联。当水、光或风从大自然的原始力量中被提取出来时，它们就接近神圣了。日本传统建筑会采和"借景"，即"借来的风景"的方式，让背景成为花园的一部分，这是通过建筑构建自然的一种方式。内部和外部的界限是可以相互渗透的。建筑通过不断与背景元素碰撞和对话带来新的能量和生命。我利用几何在自然界中创造秩序，在建筑中寻求人与自然的交流，我设计的建筑寻求与自然材料对话的空间。在这样的建筑里，人们可以感受到光、空气和雨。

官网：chateau-la-coste.com

月 亮 的 反 射 面

朴 英 淑 的 月 亮 罐

Reflections of the Moon

THE MOON JARS OF YOUNG SOOK PARK

文字：Ruth Ainsworth   摄影：Rich Stapleton   特别鸣谢：Phillips

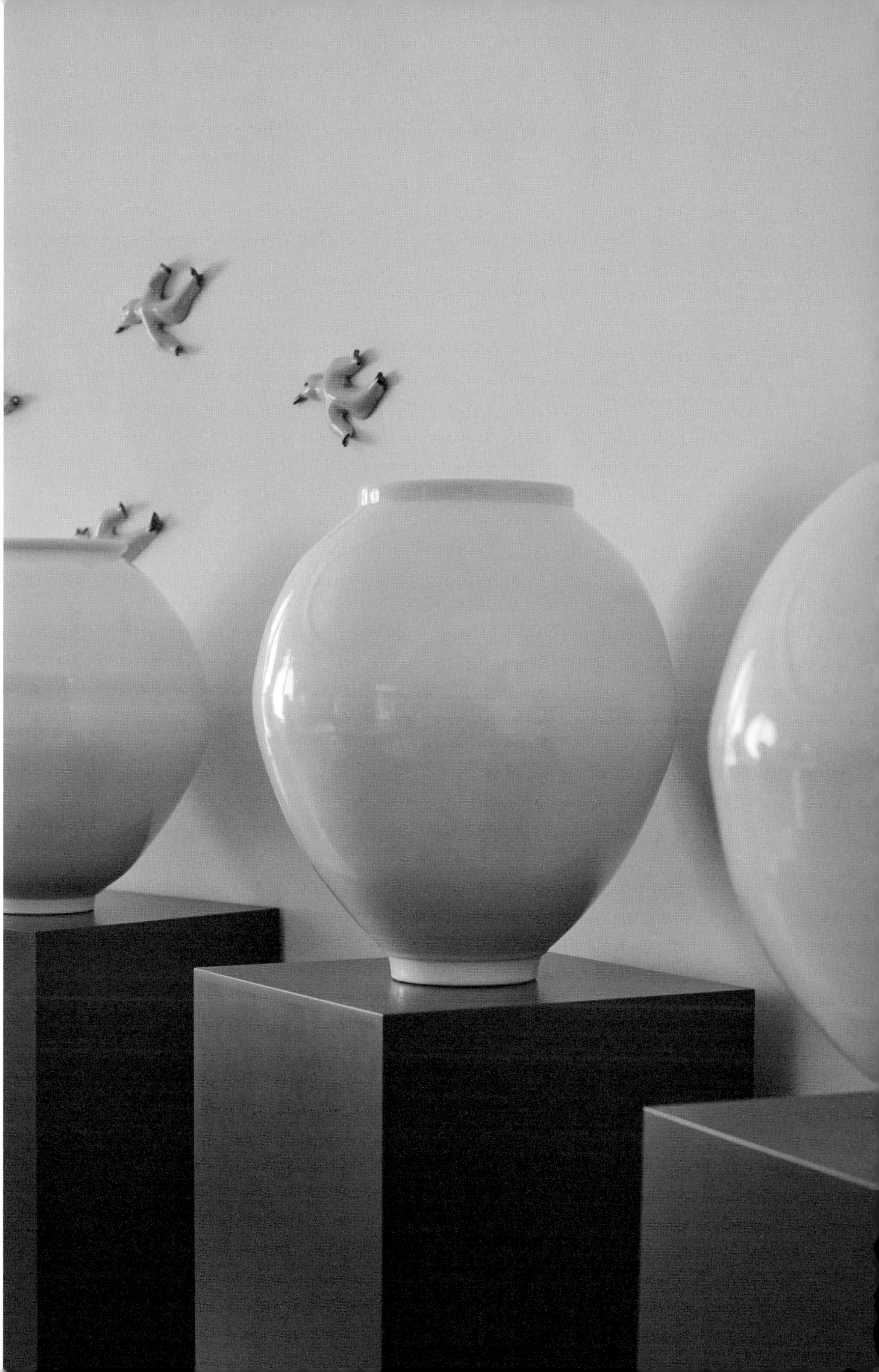

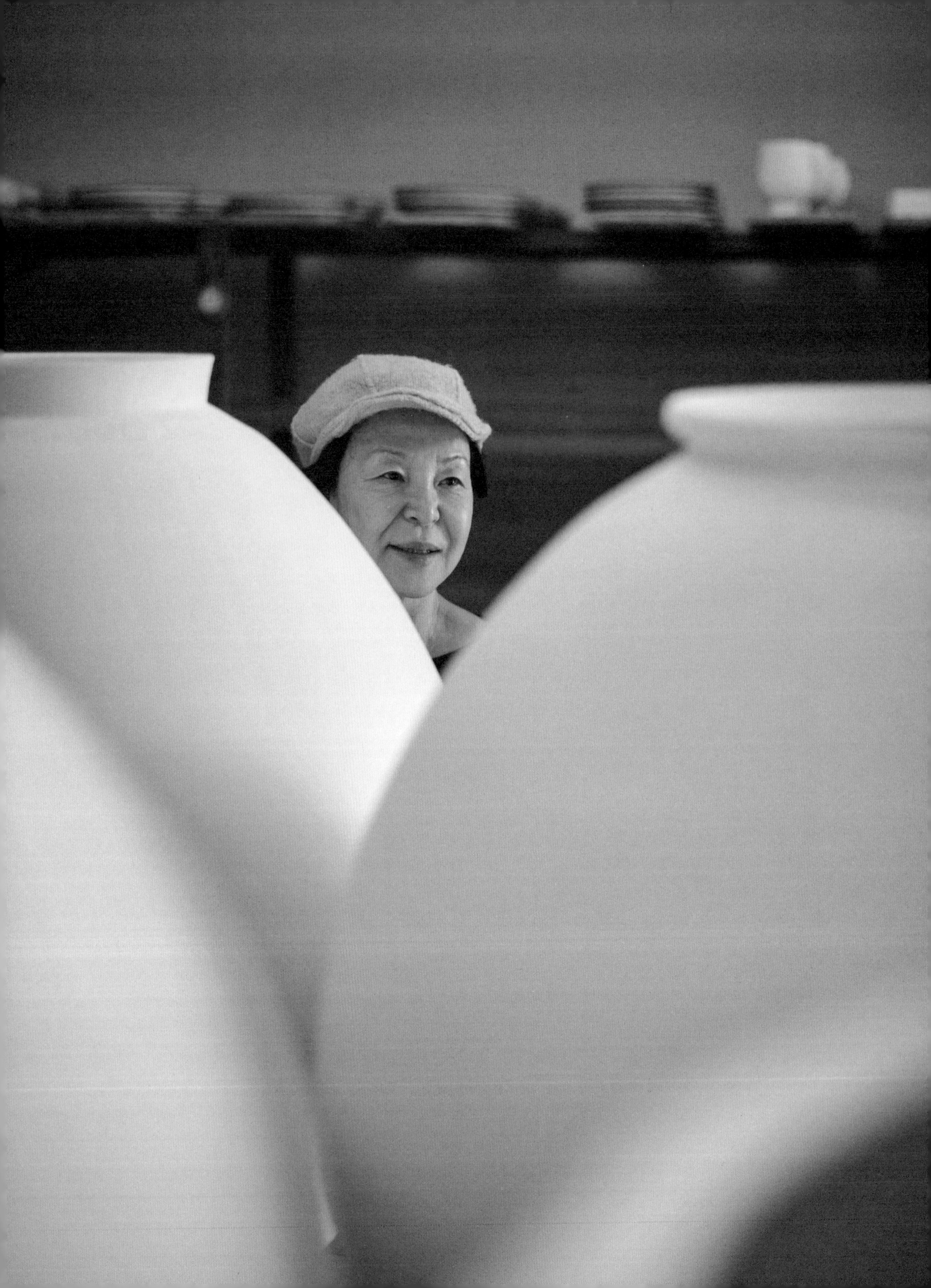

月亮罐宁静空灵，像湖水中月亮的涟漪。朴英淑是这一艺术的现代大师。她告诉我们，做月亮罐的过程一点儿都不容易。这些罐子大部分在窑里就破了，只有大约10%的成品率。纯白色的釉虽然明亮，却是最难做的，需要极大的韧性和体能。年过七旬的朴英淑每天要去健身房燃烧掉500卡路里，还自己种菜。在她的工作室里，几十个月亮罐罐边上堆满了成袋的干辣椒。她说自己从工作中获取能量，一辈子都在"烧土为宝"，怎么可能不快乐和年轻呢？

2000年，朴英淑的内心燃起了强烈的愿望，想要为韩国的传统文化做点事。月亮罐体现了近代儒家思想的节俭和纯洁，她要学习这门手艺。做这项任务花了五年时间，经过不断的试验和失败，朴英淑终于完成了。现在她已经将月亮罐的釉料和烧制技术提高到了一个新水平，还增大了它的体型。她的作品被收藏在维多利亚与艾伯特博物馆（世界上最大的装饰艺术和设计博物馆）、大英博物馆、西雅图艺术博物馆和哈佛大学赛克勒博物馆中。

回头再看，朴英淑的一生似乎都在为做月亮罐做准备。她的父亲制作复杂传统的镶嵌家具，因此她从小就懂得精细工艺的价值。长大以后她成了古董收藏家，同时也是家庭主妇和母亲。20世纪70年代后期，她开始制作小型陶瓷作品。也是在这一时期，她被月亮罐的简洁所吸引，购买了第一件出自18世纪的罕见的月亮罐，并渴望复制这件藏品。这件藏品现在已被收入首尔的三星美术馆，被列为国宝。

我们坐下来喝绿茶，面前精美绝伦的白瓷茶具吸引了我的注意，那也是朴英淑的作品。茶壶在倒茶的时候滴水不漏，而且保温效果特别好。她不会过多地计算或测量，因为熟能生巧。多年来她和父亲一起工作，并作为收藏家处理无数艺术品，几代人的技能和知识让她手的触觉和对形态的理解成为本能。她的作品表现出传承的力量和谦逊的美德，她认为自己不是个创作者，只是个媒介而已。月亮罐最难做的部分是"肚子"，两个半圆要在这里粘在一起。她把这比作婚姻，两个半圆必须和谐共处才能圆满。最终陶罐的形状取决于两个半圆独特的关系，而烧制的过程则是她完全不可控的。

提到朴英淑，就不得不提她的艺术家同胞李禹焕。80年代初，李禹焕偶然路过她的陶艺工作室，就慧眼识珠、误打误撞成了她的良师益友。她很感激他有时苛刻但颇有见地的评价。他曾说过为她自豪，并称她已经到达了职业生涯真正的高峰。他们多次合作，并于1987年在东京举办了大型联合展览。他们于2016—2017年合作的最新作品，曾在纽约的朴英淑"YSP画廊"开幕展上展出。朴英淑的瓷器为李禹焕意味深长的极简画作提供了完美的介质。他们近期也有计划开设一家合作作品博物馆。朴英淑谈起这个计划时很兴奋，她正为这个目标不懈努力。

对于朴英淑来说，月亮罐有打动人心的力量。许多博物馆没有足够的空间完整独立地展示这些作品，让她很伤心。月亮罐的美并不光彩夺目、显而易见，它需要一些时间才能被人们所欣赏。没有一件作品是完全对称或完美无缺的，就连月亮本身也不是完美无瑕的。每件作品都留有创作者的痕迹，正是这种生命力让每件作品独一无二，充满潜力，脆弱又有韧性，如水般清澈、宁静。

官网：*yspceramicart.com*

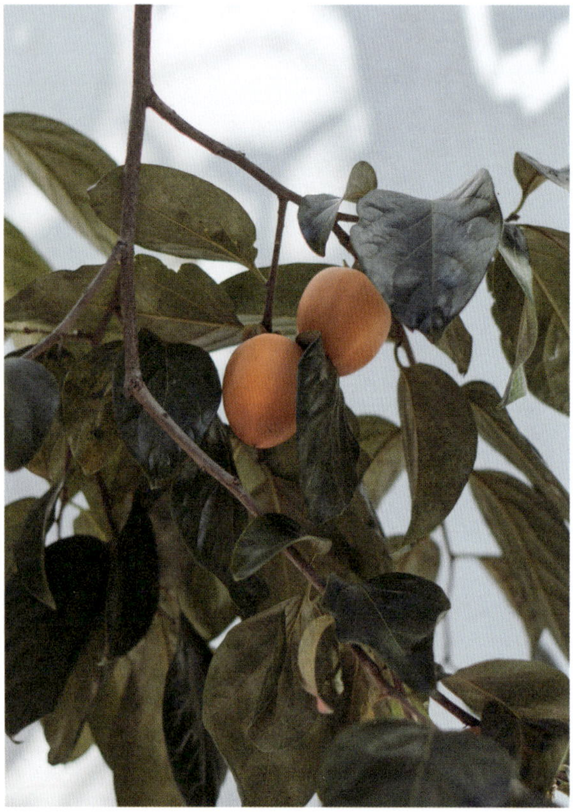

"月亮罐最难做的部分是'肚子',两个半圆要在这里粘在一起。她把这比作婚姻,两个半圆必须和谐共处才能圆满。"

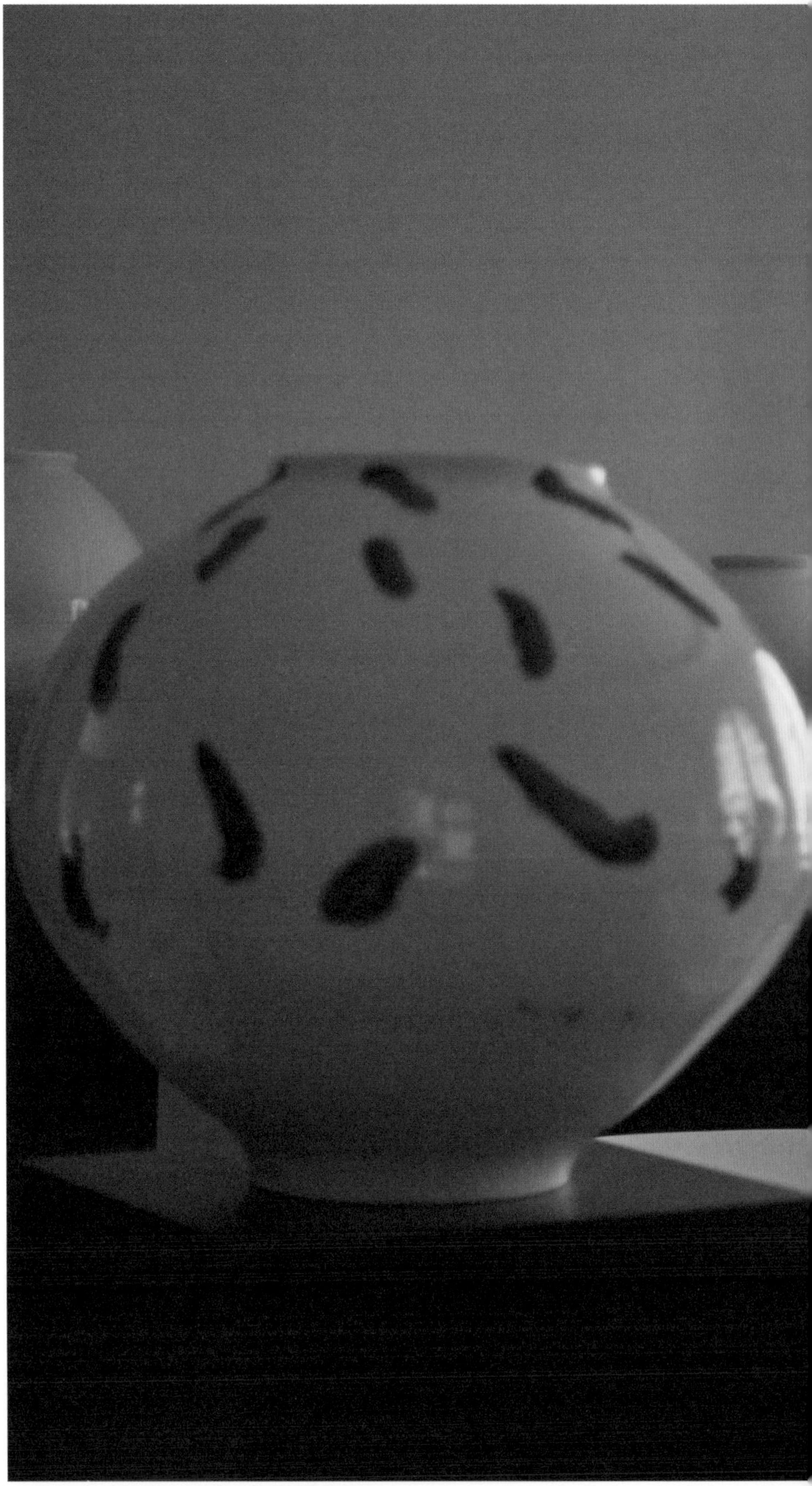

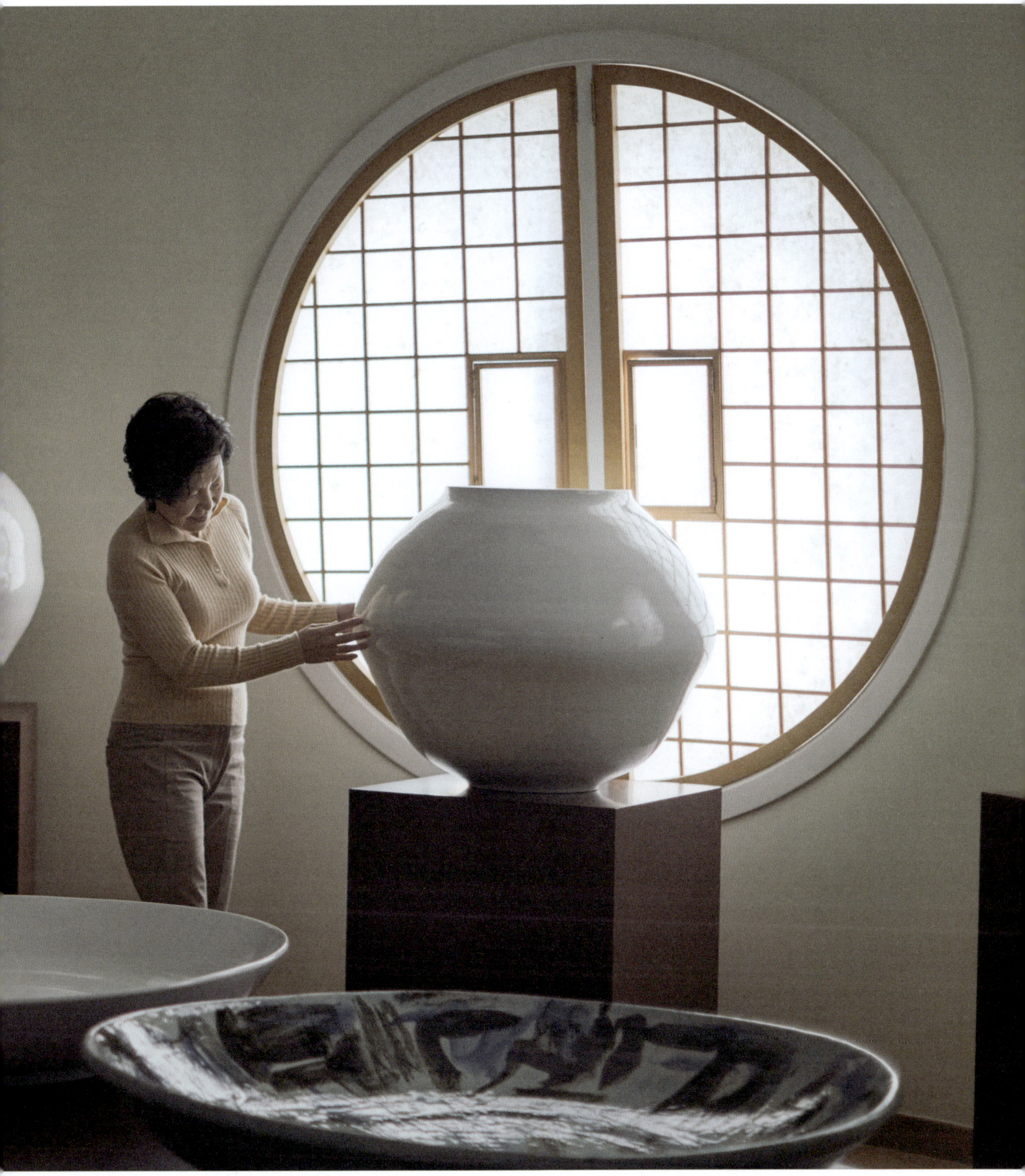

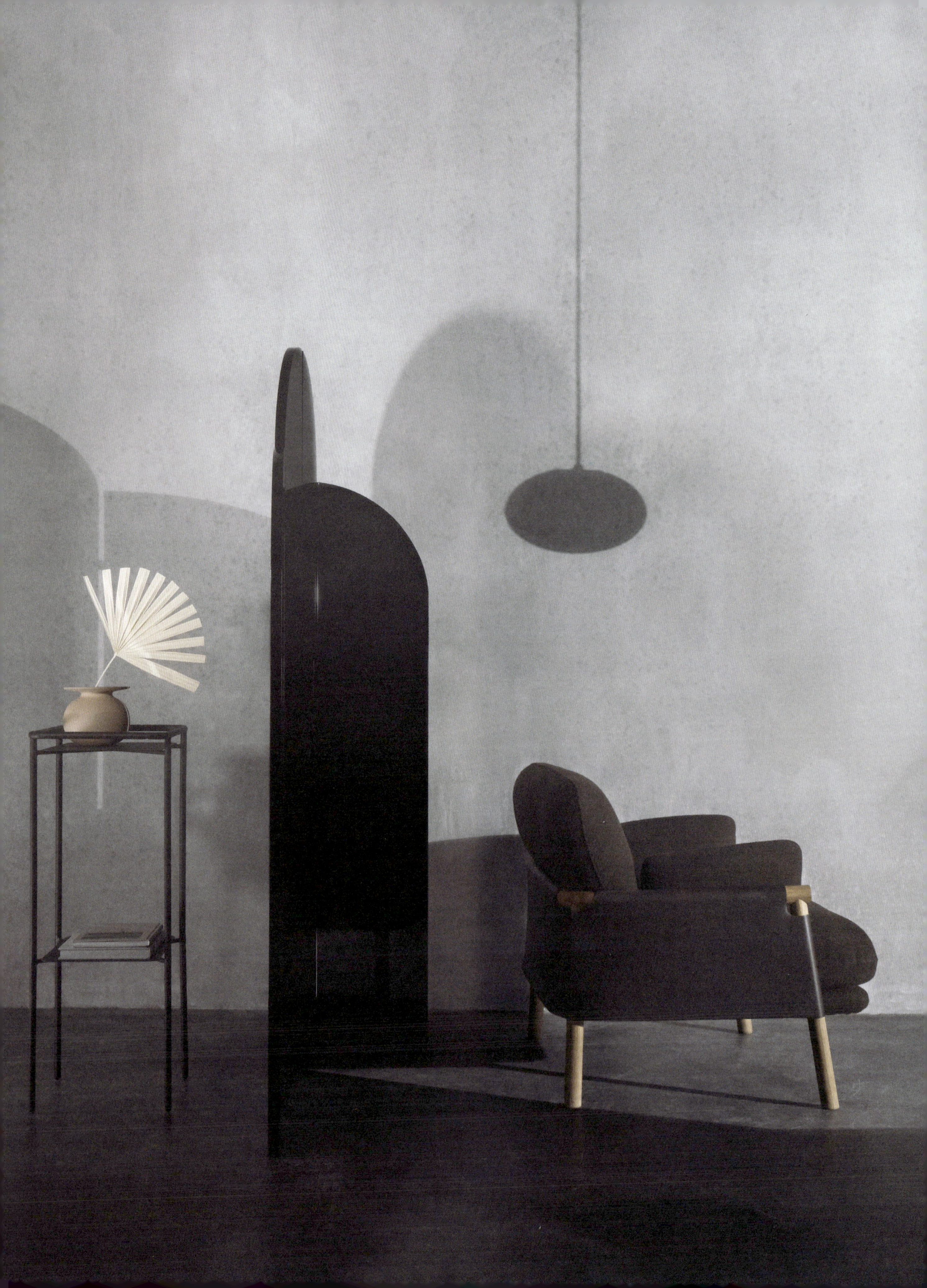

分

空间分割的艺术

Partition

DIVISION OF SPACE

摄影：Claus Troelsgaard　艺术指导：Kate Imogen Wood　场地：Menu Space

前页
钢琴屏 by SACRECOEUR STUDIO
EJ880 赛凡纳椅 by ERIK JØRGENSEN
哥本哈根托盘桌，花瓶 by MENU

对开页
WDN1床 by WOODENMIND
大理石镜子，床枕，石灯 by MENU
地毯 by TRADITION
皮革 by SORENSEN LEATHER

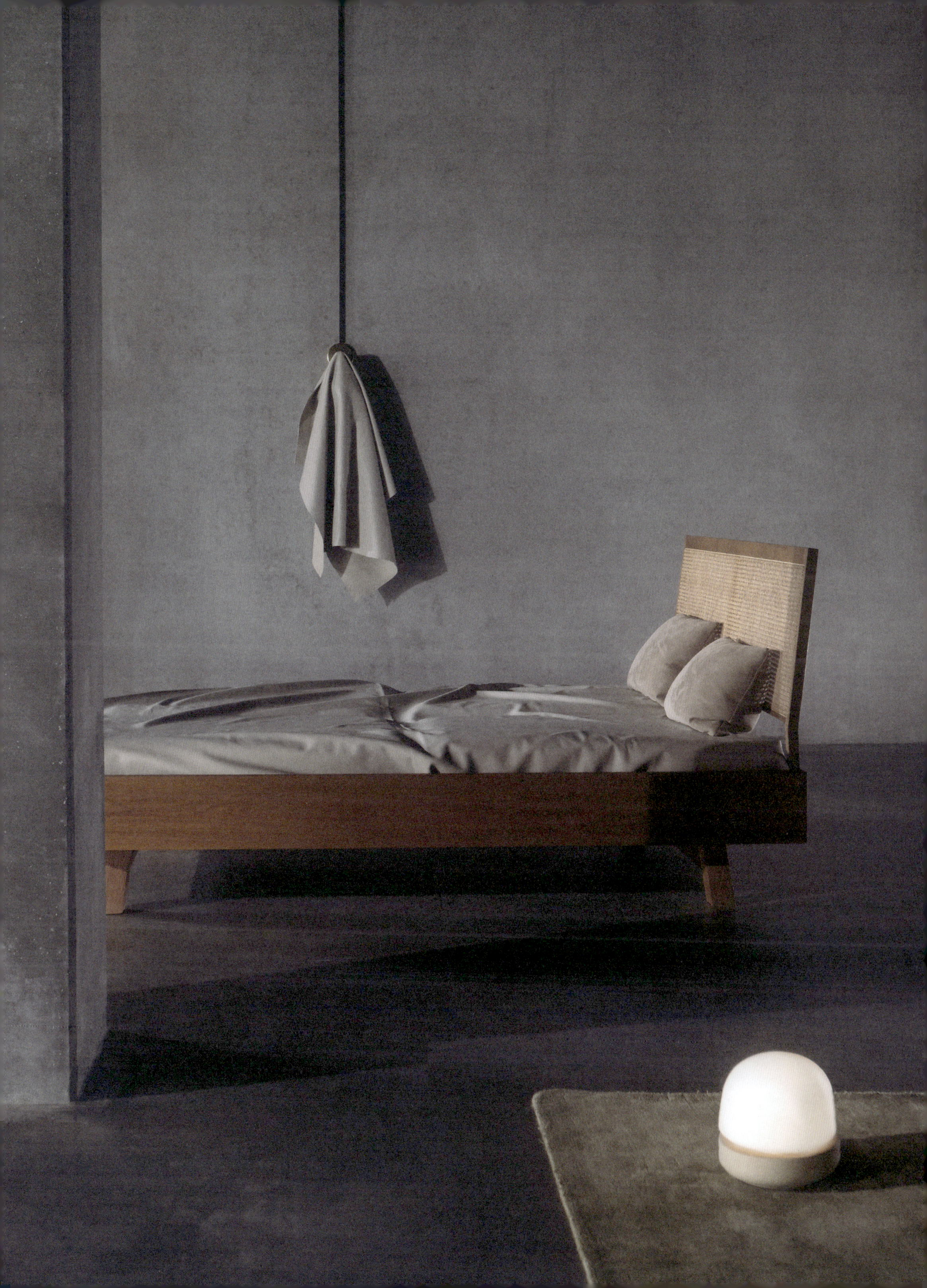

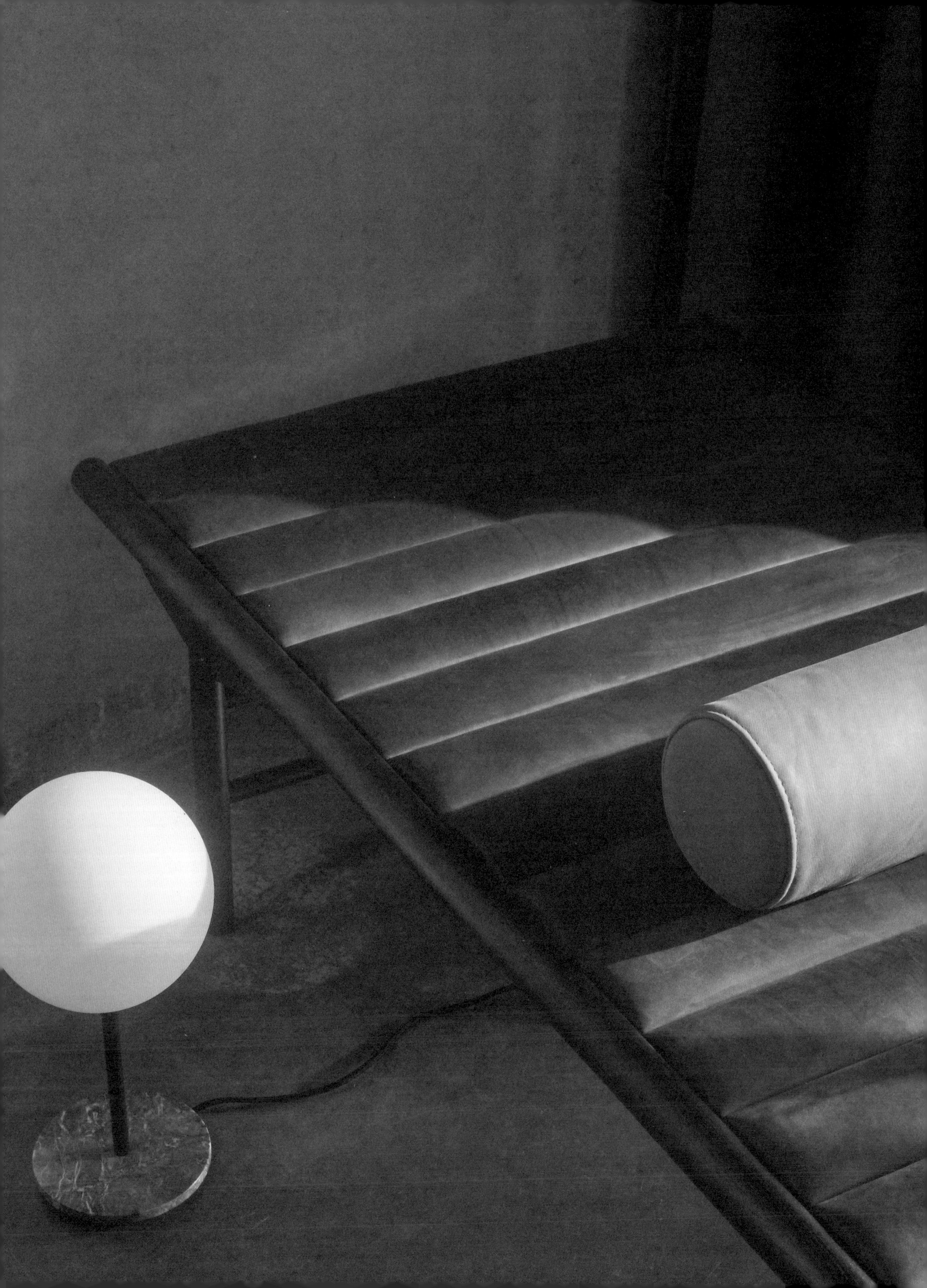

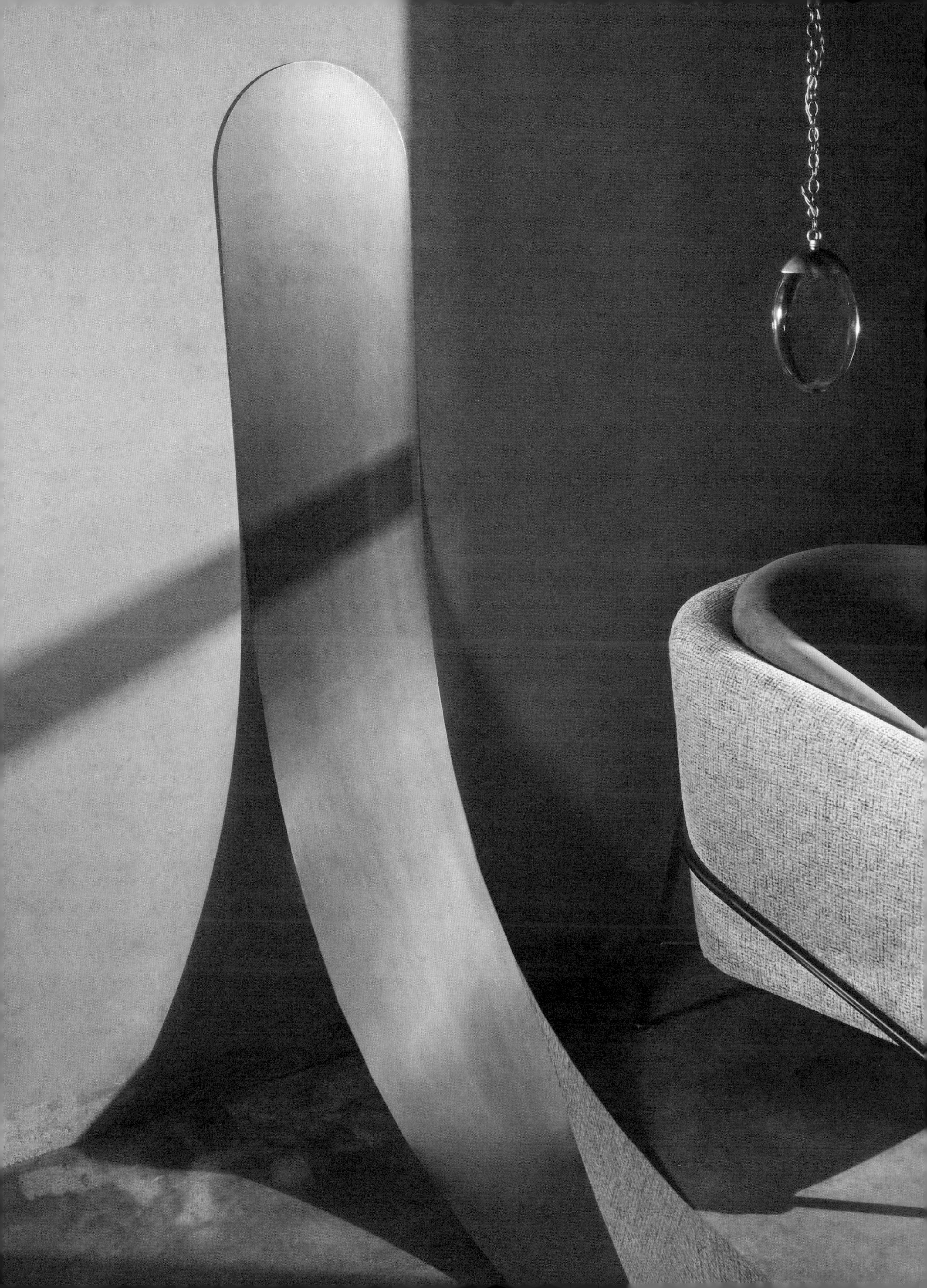

前页（左）
桌灯，床铺 *by* MENU
圆枕 *by* KRISTINA DAM

前页（右）
镜子 *by* PETTERSEN & HEIN FROM ETAGE PROJECTS
椅子 *by* MINOTTI FROM HOUSE CPH
灯 *by* OCHRE

本页
PK22™椅子 *by* FRITZ HANSEN
窗帘 *by* KEIJUSHA FROM THE APARTMENT
椅子，装饰品 *by* MENU

本页
皮幕 *by* SORENSEN LEATHER
书 *by* KRISTINA DAM
玻璃杯 *by* AYTM
匙 *by* 艺术指导

下页
沙发 *by* GUBI
地灯 *by* MARSET
橡木 *by* FRAMA
罐子 *by* KOJI SAKAMOTO FROM THE APARTMENT
地毯 *by* LEA KARGAARD
咖啡桌，碗 *by* MENU
花瓶 *by* AYTM

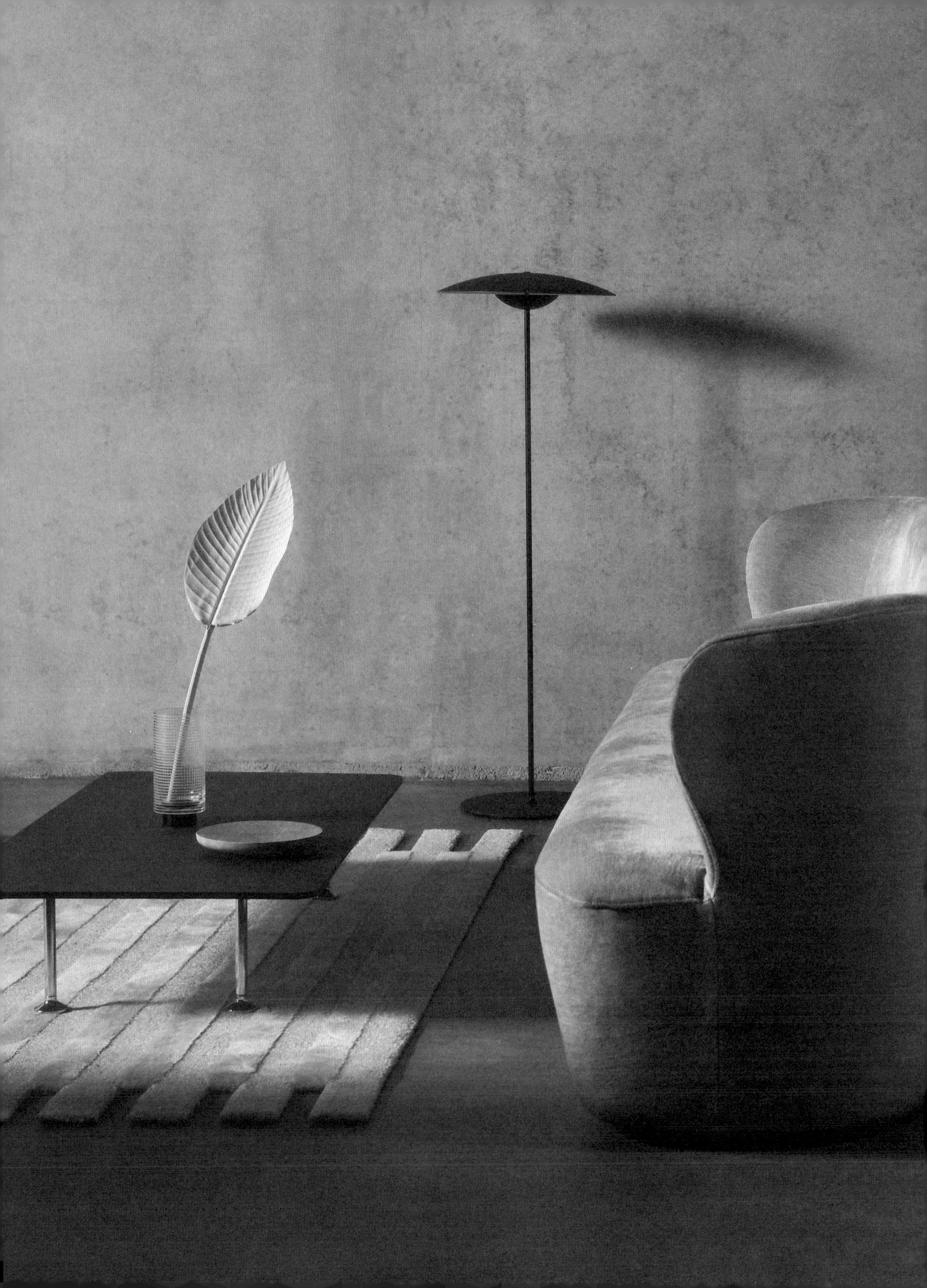

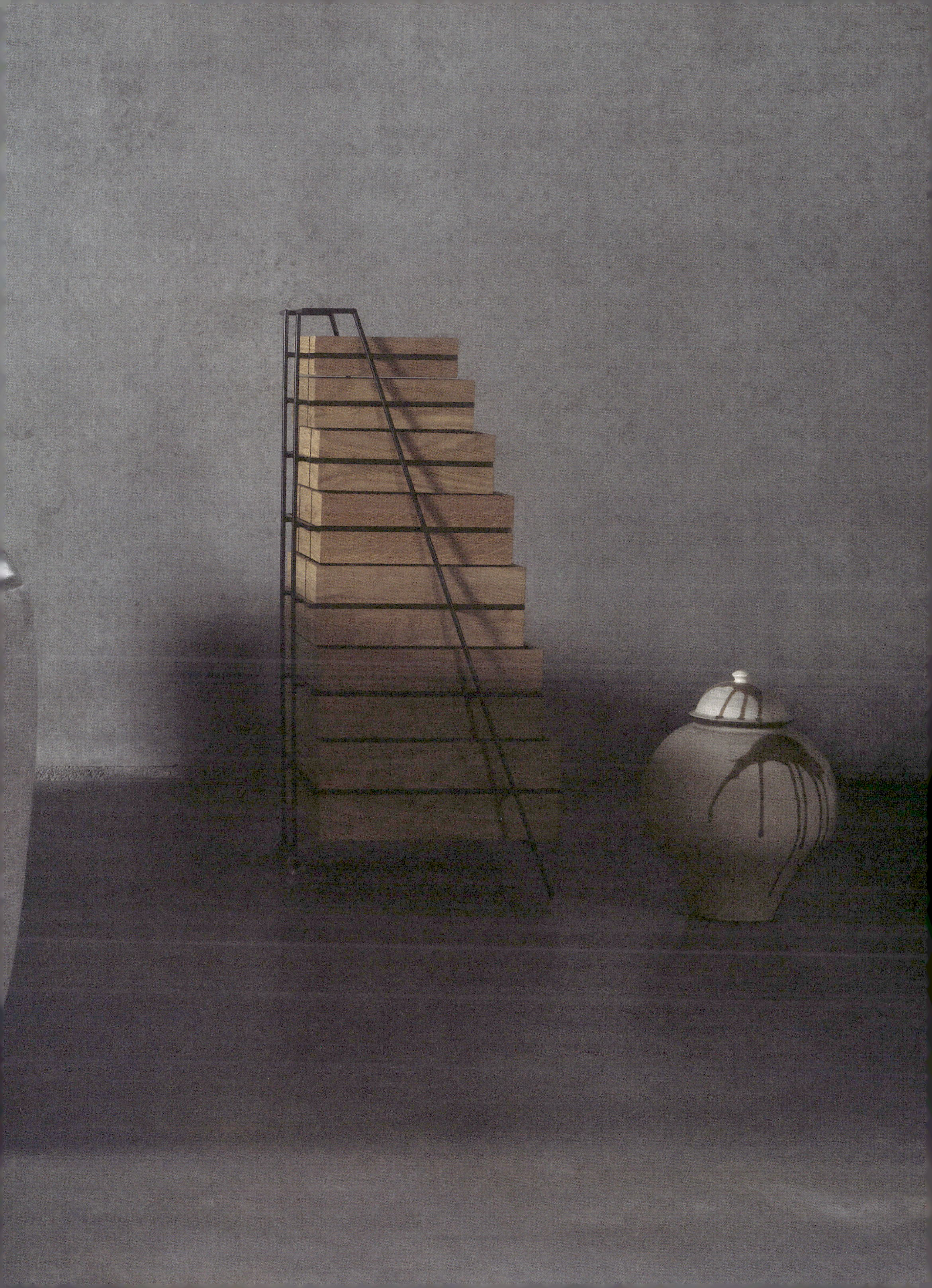

只 是 开 始

阿塞尔·维伍德的卡奈尔城

Only the Beginning

AXEL VERVOORDT'S KANAAL PROJECT

文字：Ruth Ainsworth　摄影：Ash James

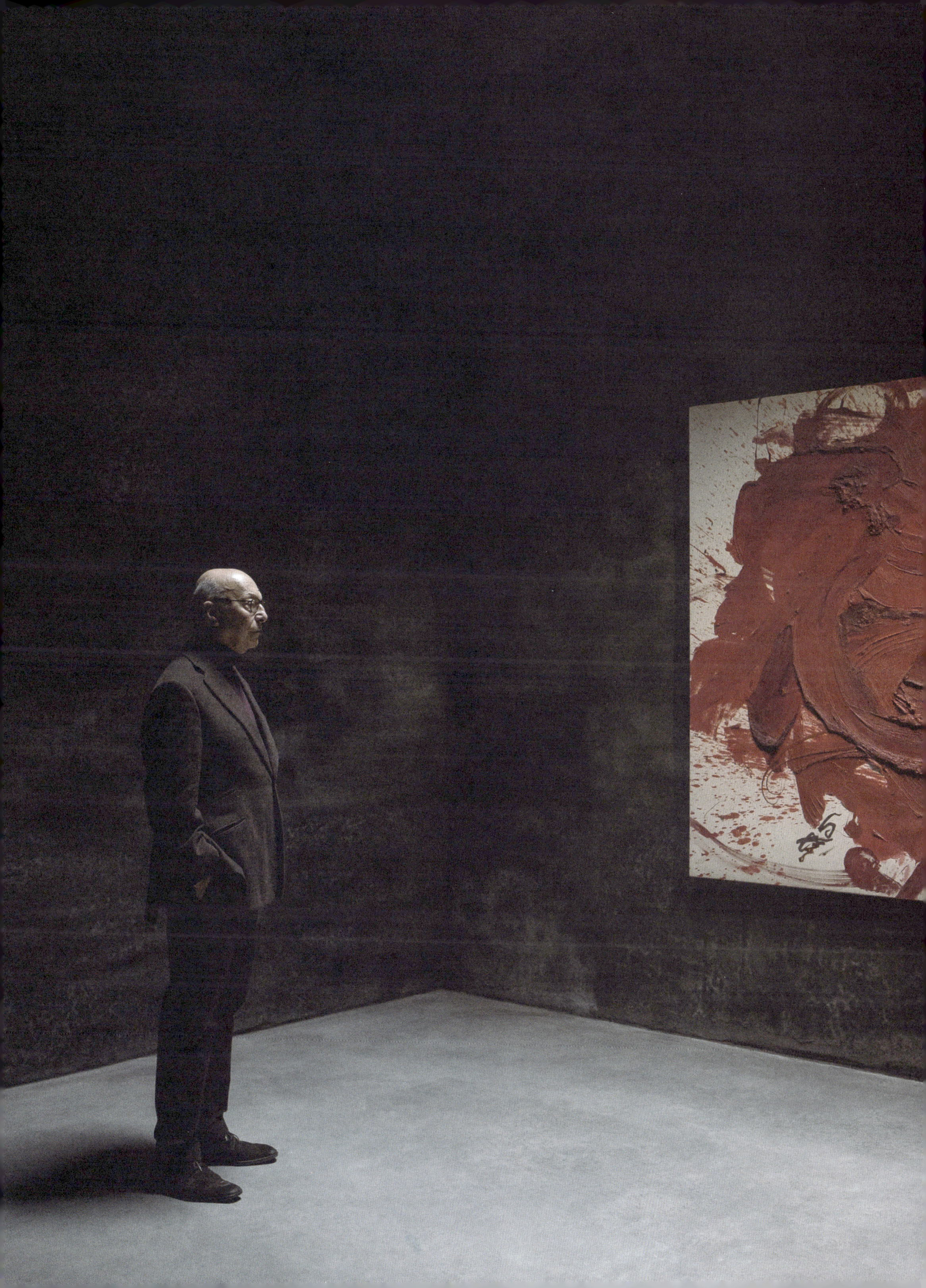

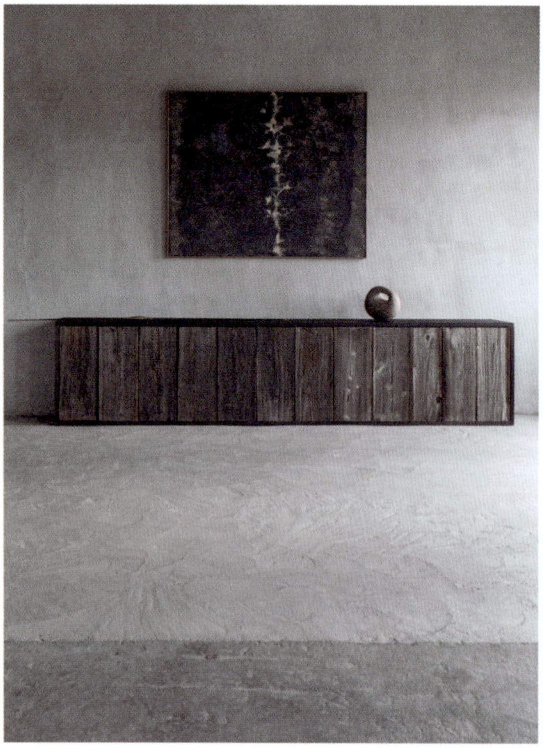
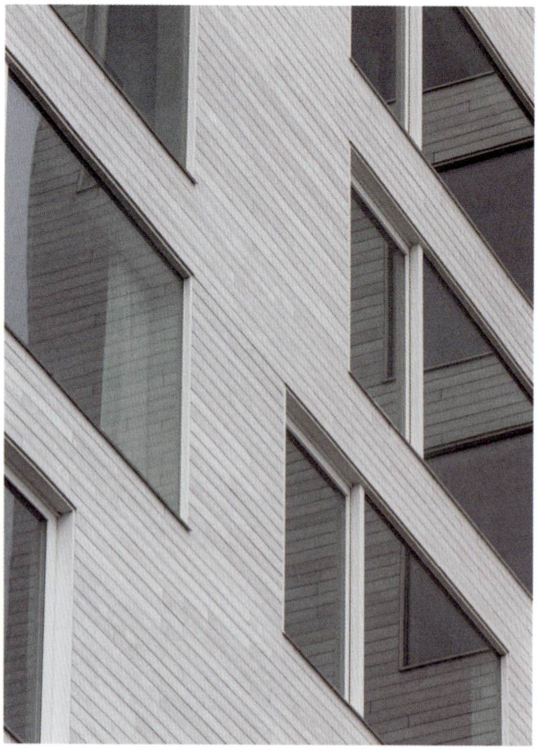
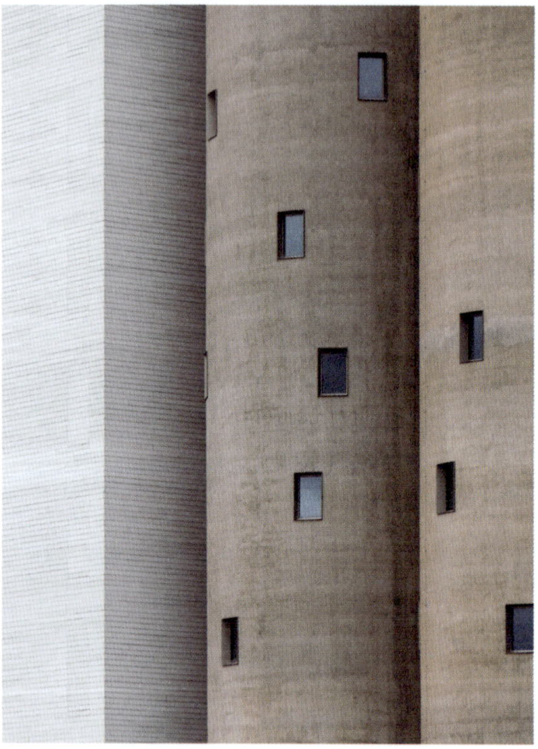
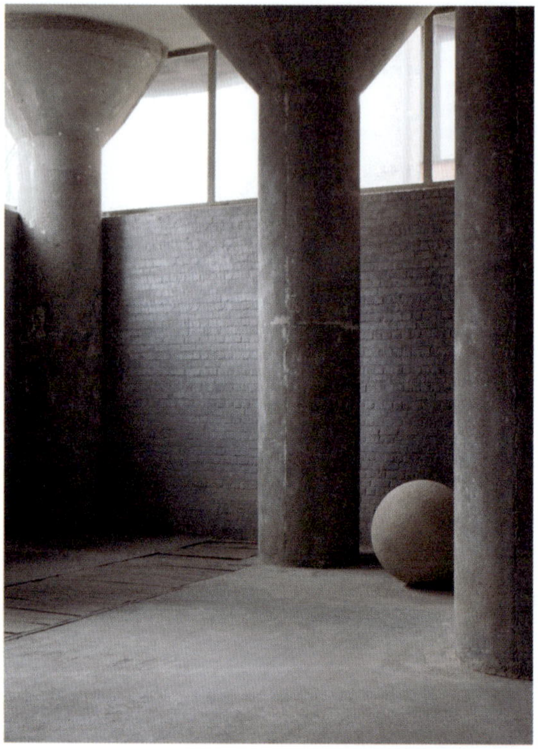

1998年，著名设计师、收藏家和艺术品经销商阿塞尔·维伍德和儿子鲍里斯、迪克，偶然看到了19世纪安特卫普市郊阿尔伯特运河岸边废弃的啤酒厂。他们在这块破旧不堪的地方看到了潜力，最终将它改造成了卡奈尔城。2017年11月，人们期待已久的现代艺术展开幕式上，汇集了艾尔·安纳祖、露西亚·布鲁和村上三郎的作品，还有亨罗一世系列，这场开幕式由阿塞尔和梅·维伍德基金会策划，艺术家组织ZERO和具体美术协会共同参与。

阿塞尔·维伍德公司成立于20世纪60年代末。阿塞尔的儿子鲍里斯负责艺术和古董收藏，以及当代艺术画廊和室内设计，迪克则领导房地产部门。在家族的共同管理下，这个面积约55 000平方米的艺术中心已经发展成一个"被自然所包围的文化和居住综合体"，新建筑与经过改造的红砖仓库、高耸的谷仓和谐共处。本着长远发展和社区建设的理念，维伍德旨在建立一个包括公寓、办公楼和商户在内的自给自足的社区。这里有法国面包房普瓦兰、CRU公司经营的有机市场、餐馆和多功能礼堂，以及维伍德公司的办公室和展览馆。

阿塞尔一生都在贯彻日本美学中的"侘"。他强调外表的朴实、自然瑕疵中的美感和时间的转化效应。卡奈尔城就是一个很好的例子。建筑师三木町（Tatsuro Miki）说："这个地方本身就具备'侘'的品质，怪不得维伍德一眼就看上了它。"三木町与阿塞尔合作过许多项目，包括设计卡奈尔城的新艺术空间。对维伍德家族来说，"侘"并非一个纯粹的主题或美学风格，而是一种相当灵活的态度，这使得他们的构想能够实现。据三木町说，这种效果甚至超出了他们的预期。"'侘'就像具体派（Guitai，一种日本艺术流派）的风格，是让事情发生的艺术。"他说。

"美丽的开始来自灵感乍现。卡奈尔城是个不停流动的项目，没有总体规划，随时可能彻底改变。"这是整个项目的远景，他说，"我们非常重视比例和材料。使用最好的材料，随着时间的推移，它们的质地会越来越出色！我尽量不向功能妥协，如果将空间限制在某种功能里，它就失去了生命力。一些普通的场所，如停车场或超市，反而可以自由地展示艺术，因为它们无须墨守成规。"本着这种精神，卡奈尔城展出的艺术品在相对未受影响的工业空间里找到了独特的展示方法。宫岛达男、玛丽娜·阿布拉莫维奇和奥托·博尔等人的作品被永久安装在8个原始混凝土筒仓的地板上。

阿塞尔·维伍德是个和蔼的人，当他谈到这个自己毕生投入的项目时更是喜不自禁。在展厅暗处的大柱子之间，是七八世纪陀罗钵地的孟（Mon）王国的佛像。"我们第一次来这里的时候，里面装满了旧发动机，"他说，"但对我来说，它就像一座埃及庙宇。具体派艺术告诉我们，要接受事物的本来面目。而工业建筑正是因为这个原因才变得有趣。它不是为了漂亮而建，而是为人服务的。我觉得这一点很感人，有一种宗教性。"在这个建筑的某些角落，你可以感受到那种虔诚的氛围。《世界边缘》（1998）展品就被安置在附近，那是阿尼什·卡普尔用红色颜料和玻璃纤维制成的低悬穹顶，具有纪念意义。它所在的建筑物里一片漆黑，象征着跳动的心脏。它对面是詹姆斯·特瑞尔的《红移》（1995）。在黑暗的酒厂小教堂里，这件展品慢慢从红色过渡到蓝色，闪闪发光。这两件展品都有强烈的渗透性，让人们在参观时陷入沉思。

阿塞尔将艺术品收藏描述为一场他穷尽一生的朝圣之旅，一些藏品已经在这里展示了40多年。在他看来，只有与人分享，艺术品收藏才有价值。"策划亨罗一世系列时，另一个系列已经在我脑海中成型，"他说，"我只会跟着感觉走，不想被任何规则限制。策展对我来说是件非常个人和私密的事。"他把整个项目作为一个整体来思考：既要野心勃勃地策划，又必须保持谦逊和慷慨的态度。构思和执行项目的过程，与其说是商业投资，不如说是一件礼物或者遗产，因为完成策展显然只是开始。在新展厅的中心，具体派大师白发一雄的画室引人注目。自然光过渡到黑灰色的空间中，照亮了三幅动作派画作，每幅画都是以一位中国武士的名字命名的。"白发一雄希望他的画浑然天成，没有自我的痕迹。"阿塞尔说，"大爆炸是从空虚中产生的，对我来说，这些画就是大爆炸，它们才是真正的开始。"

官网：*kanaal.be*

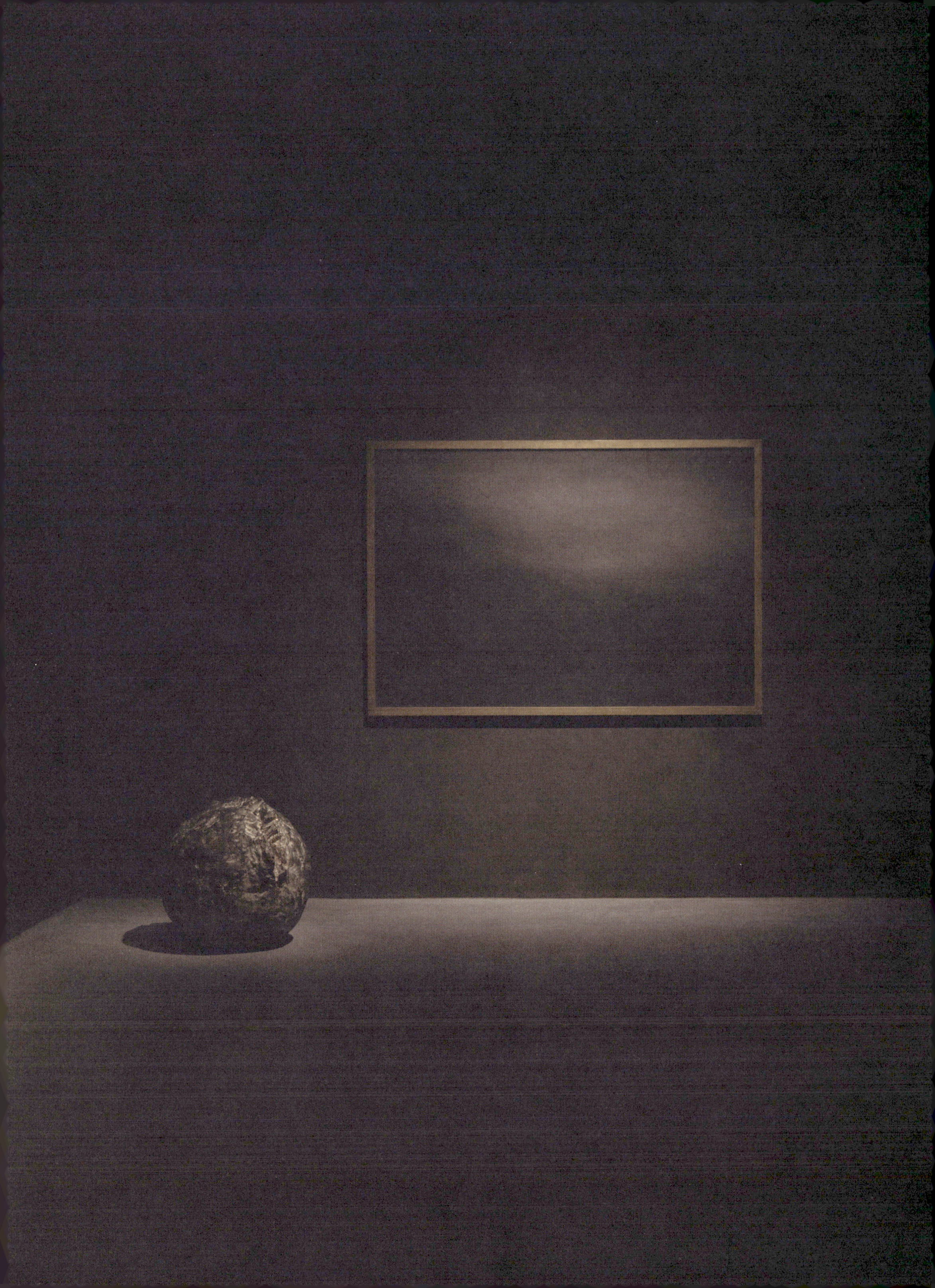

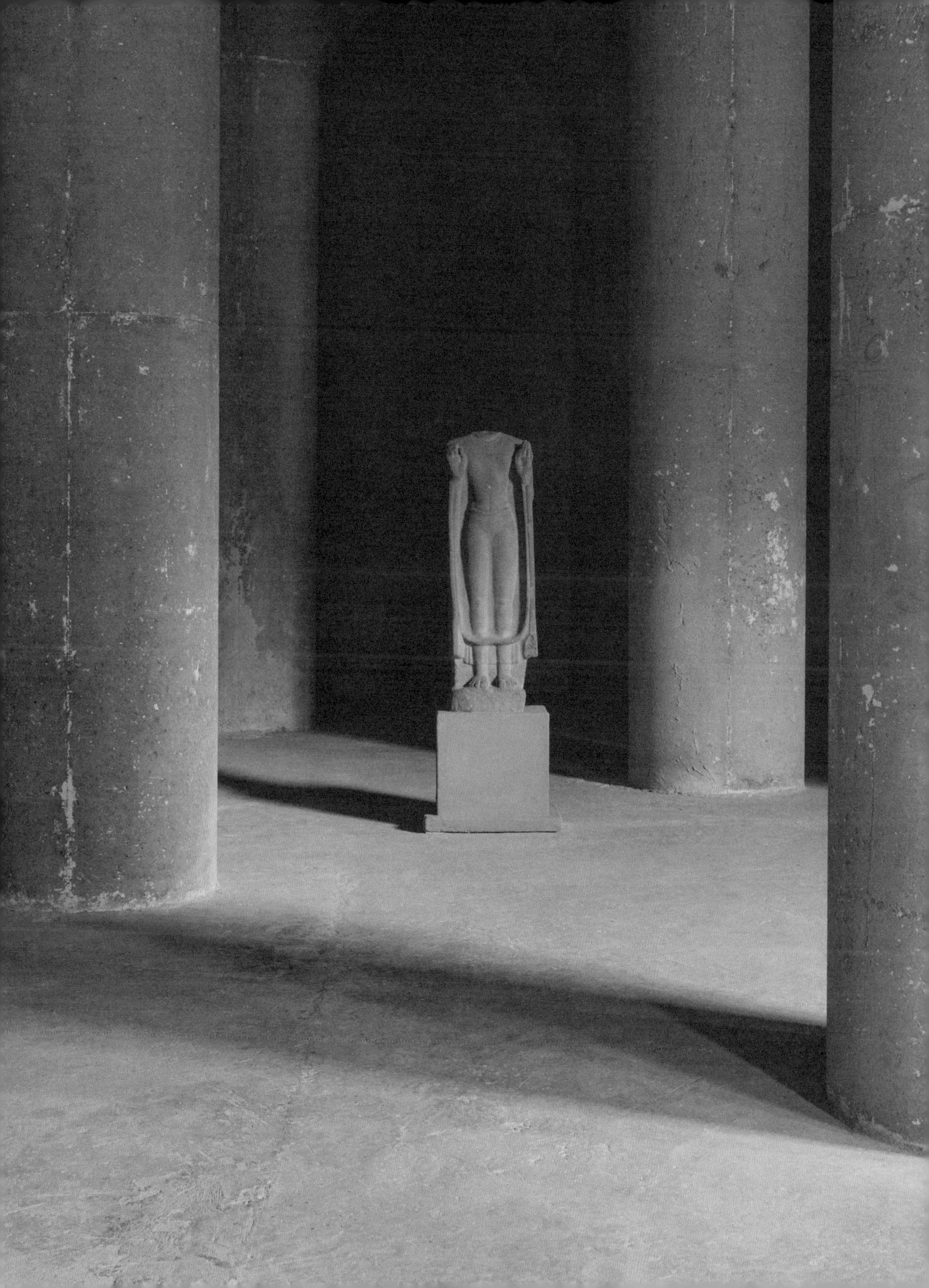

Tippet Rise 艺术中心

艺术、自然和音乐

文字&摄影：Matthew Johnson

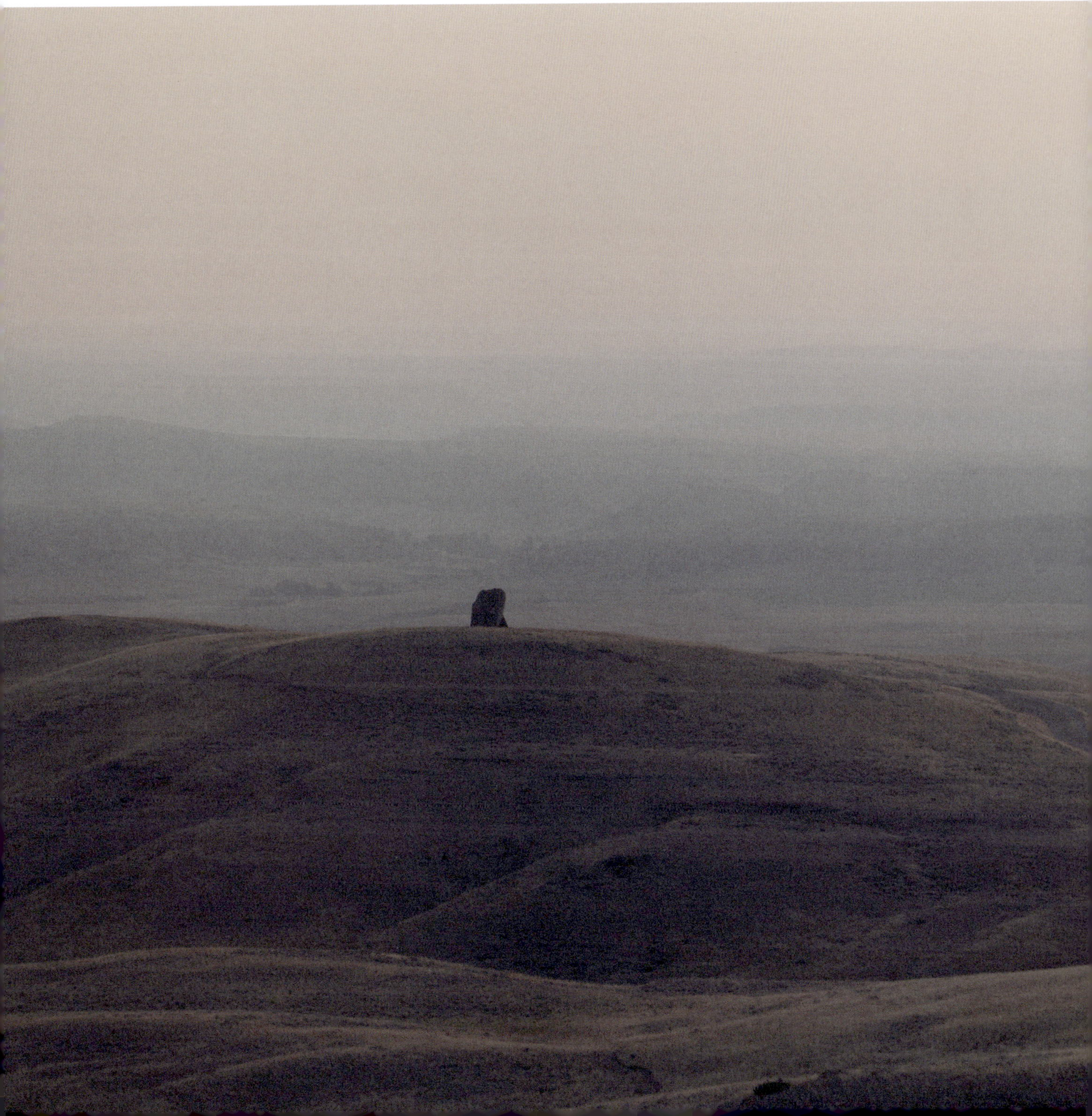

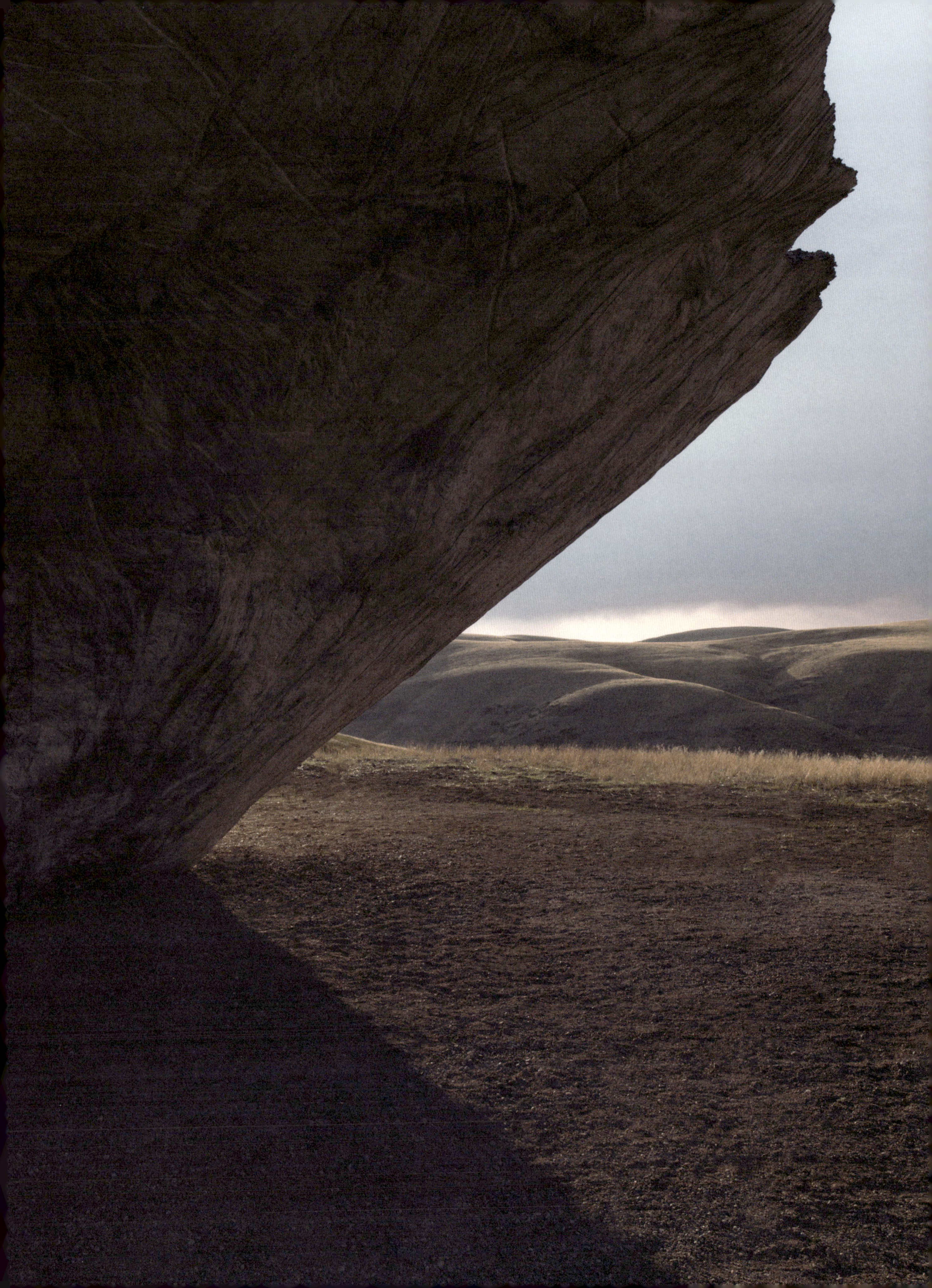

托尼的卡车很高，要拉住把手才能爬进去，像小孩骑猪一样。坐在司机旁边，我感觉自己非常渺小。挡在我和蒙大拿州壮丽风景之间的，是前挡风玻璃上那条长长的拱形裂缝。我觉得那条裂缝好像越变越长，长到整块玻璃都要碎了。而托尼只会掸掉法兰绒外套上的碎片，无动于衷地继续开车。下午早些时候，我在博斯曼黄石国际机场降落，从那之后光线一直不停地变化。在Tippet Rise艺术中心的地界，天空的景色似乎更加多变。我本应和其他客人一起参加欢迎招待会，却忍不住地回头望天，看它在4 500公顷的土地上变幻不定。每隔一会儿，天空的某个地方就会出现空隙，太阳透过缝隙照下来，发出金色的光芒，铺满大地。同时，邻近的云层却不紧不慢地下着雨，在空气中留下潮湿的痕迹。

　　我呆呆地站在那里，凝视着眼前一连串戏剧性的景象，挂在脖子上的相机感觉越来越重。我的联系人，艾莉森，过来和我打招呼，我迫不及待地问能不能到外面去看看。她手里拿着皱巴巴的日程表，想要说什么，却也总被眼前的景色打断。整个周末，我就像一只不停抓门想出去的小狗，不断地问："我们还能出去吗？外面的风景可能又变了。"

　　透过挡风玻璃，我凝视着光亮美丽的山峦。它们此起彼伏，让人望不到尽头。夜晚即将来临，突然间，穿越这片广阔的土地好像变成了一件不可能完成的任务。这里只有8座露天雕塑，每一座都躲在角落或阴影里，相隔很远。这种安排是有意的，选择这片无边无际的土地就是为了这个目的。每件艺术品都有自己的空间，它们互不打扰。托尼看着表，皱起了眉头。"没多少时间了，我们去'多莫'（Domo）吧，它离这儿比较近，路上还可以看看'熊牙门'（Beartooth Portal）。"

　　这两座雕塑由马德里的恩森堡建筑事务所（Ensamble Studio）制作，用混凝土模子铸造而成，与蒙大拿州土地紧密结合在一起，看起来自然又神秘，既是艺术品、建筑，又是居所。它们的轮廓在地平线上出现时，看起来像自然的地质构造，只是来自一个不属于我们的世界而已。托尼在"多莫"附近停下了车，"多莫"是所有雕塑作品中最大的。我从车里跳出来，走近了一点儿。在谷仓里举行的招待会上，我只能听见外面微弱的风声，但在山上我们听到了很大的风声。一阵雨点毫无规律地落下来，仿佛有醉酒的音乐大师在指挥。天高地远，渺无人烟，"多莫"耸立在那里，遗世独立。想象一下，一个人在这旷野里跋涉好几个星期后，终于走到了这座神秘建筑旁，这里看起来像是最后一个可能有生命迹象的地方。他筋疲力尽地靠在墙上睡着了，过了一会儿被一群好奇的游牧民吵醒，他们围着他，用棍子戳他……我停止遐想，抬起头，天快黑了，空中最后一抹云的影子渐渐消失，雕塑的轮廓很快会融入夜空。

　　我们沿着山丘往下开，轮胎下面的碎石嘎吱作响。托尼让车速慢下来，给几头母牛让路。它们跑到小路上停下来，盯着我们，嘴里咀嚼着金色的牧草。托尼显然见怪不怪，他轻轻地按了按喇叭，小声说："它们老是在不该停的地方停，有什么可看的？"母牛们继续盯着我们，嘴里继续嚼着牧草，终于把路让出来了。回艺术中心的路又长又直，路左边是"白日梦"（Day Dreams），这座复古雕塑是由帕特里克·道尔蒂用一座校舍改造而成。盘绕的树枝结合在一起形成了巨大的藤蔓，仿佛木质龙卷风袭过，沿着两边、穿过屋顶、向下爬到教室里面。快到奥利维尔音乐厅时，我们看到，空荡荡的舞台上散发出温暖的光芒，一排排空座位等待着周末的观众。穿过音乐厅，可以看到其他客人在威尔舍（一个新开的餐饮和聚会区）里走来走去，盘子和酒杯里装得满满的。我们也从满是灰尘的卡车上下来，冲进去抓起盘子，给自己装满食物。

　　Tippet Rise艺术中心的创始人凯茜·霍尔斯泰德和彼得·霍尔斯泰德在房间里四处走动，全神贯注地与人们交谈着，看起来热情洋溢。凯茜卷曲的白发随着舞步跃动，顽皮可爱。彼得那顶褪色的水兵帽，跟照片上一模一样，遮住了他的细框眼镜。他整齐的白胡子下面是一丝微笑。显然，他们对即将到来的周末和接下来的很多周末充满信心。Tippet Rise艺术中心号称世界上面积最大的雕塑公园，也是古典音乐爱好者和表演者的朝圣之地。这两种艺术形式的共存，以及这种共存所体现出的体贴和关怀，是霍尔斯泰德一家终生追求的目标。

　　奥利维尔音乐厅在离威尔舍不远的小路上，它经过精心设计，使音乐以最纯粹的形式表现出来。在过去的几十年里，随着原声技术的发展和进步，每隔五六年霍尔斯泰德家族就会建一座新的音乐厅。他们不仅紧跟声音技术的每一次革新，还研究每种乐器的

"每件艺术品都有自己的空间，它们互不打扰。"

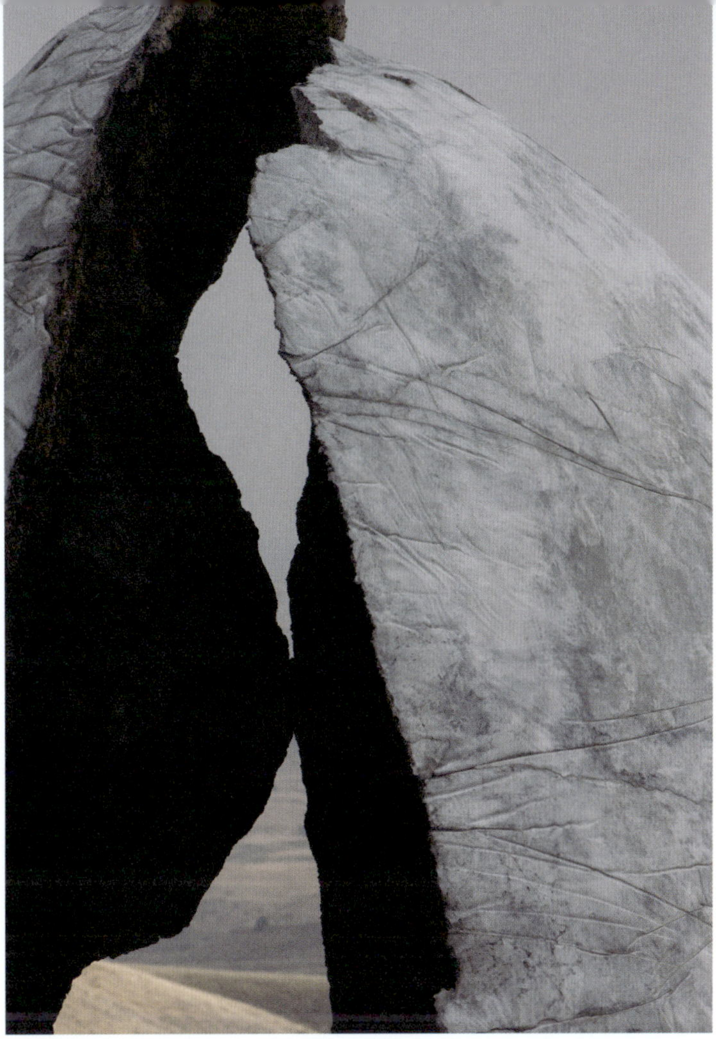

波长，计算房间的理想尺寸，以便音乐有最完美的表达。他们对奥利维尔音乐厅最先进的设备非常自豪，这与我想象中的Tippet Rise艺术中心一片天然的绿洲、没有技术和现代性的束缚，多少有些矛盾。但我仔细琢磨后，又觉得这完全符合它的性格。这个艺术中心就是他们为了分享生活中意义重大的美好事物而建，跟彼得第一次听钢琴老师罗素·谢尔曼演奏贝多芬，或者霍尔斯泰德夫妇去丹麦朗厄兰岛的蒂康（Tickon）雕塑公园是一个性质。在Tippet Rise艺术中心，表演和音乐共存的方式，以及雕塑与这片广阔陌生的土地共存的方式，都是人们经过深思熟虑，为了给艺术一个舞台而进行的尝试。

  我端着盘子，在一张桌子旁坐下，凯茜正在和马克·尼奇奥聊天。马克·尼奇奥是个单簧管演奏家，也是周末来这里演奏的管乐合奏团的成员之一。他们都和科罗拉多州关系密切，马克是土生土长的科罗拉多州人，凯茜和彼得在科罗拉多州维尔镇有私宅。在定居蒙大拿州之前，霍尔斯泰德夫妇本打算把艺术中心建在科罗拉多州。

  "科罗拉多州广阔壮丽，"凯茜说，"有一种无可争辩的庄严。"但说起蒙大拿州时，她却不谈风景，而是谈起了感受。"在蒙大拿州，你会感觉土地很沉重，好像压在你身上，永远也卸不掉，让你感到阴郁和悲伤。"用这种方式描述自己所尊敬的东西很有趣，我立刻明白了她的意思。不久之前，我仿佛站在群山之巅，但头顶上的天空却在哭泣。不仅在自然界中，艺术和音乐也能引发这种感觉。凯茜称它为"悲伤的喜悦"。这两个词看起来矛盾，但任何人都能理解。这就是人性，就像当黑暗最终笼罩我们周围的群山时，群山开始变得庄严宏伟，感觉来了。你无法判断它是激发了你的潜能，还是昭示了你的卑微。

官网：*tippetrise.org*

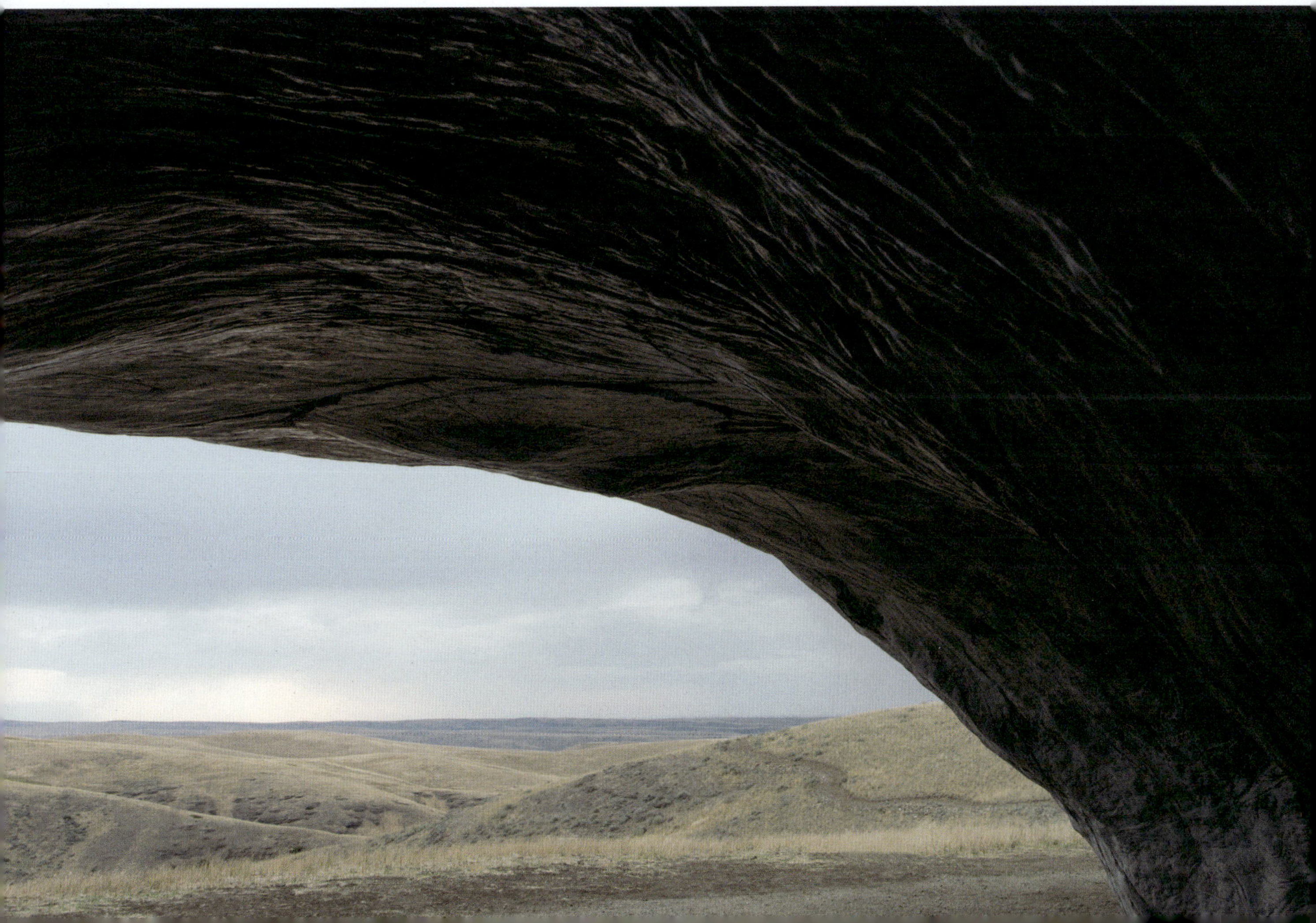

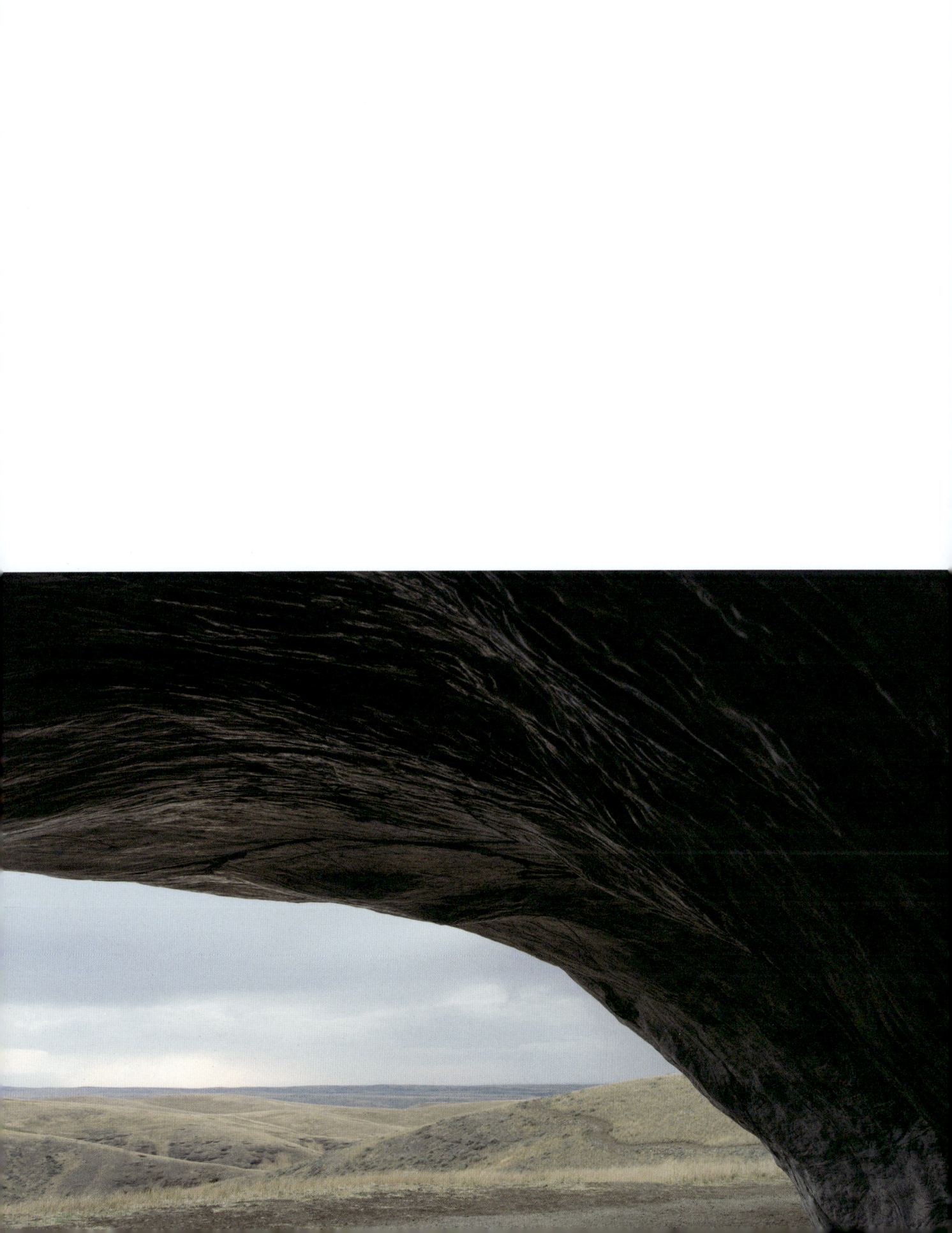

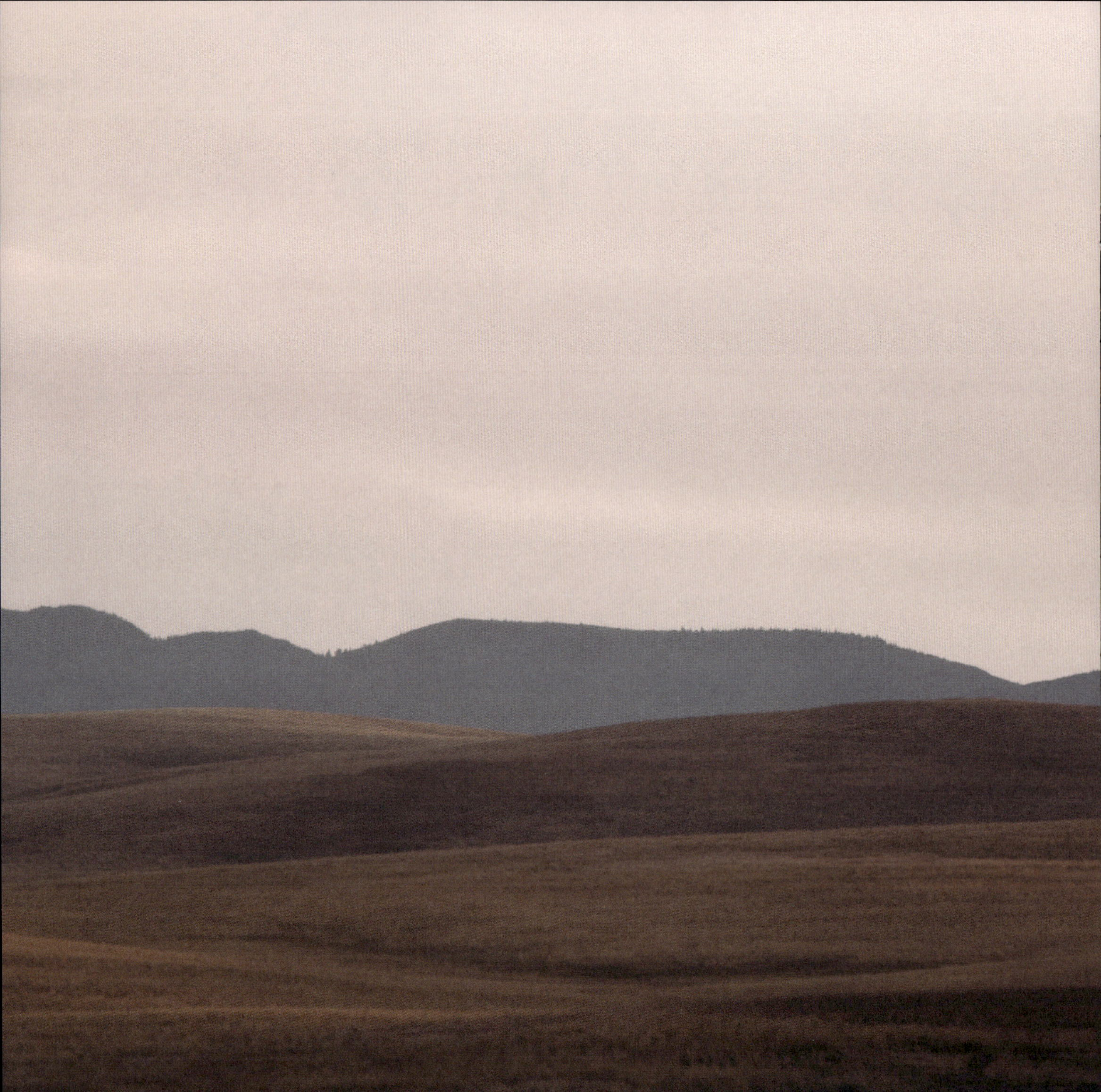

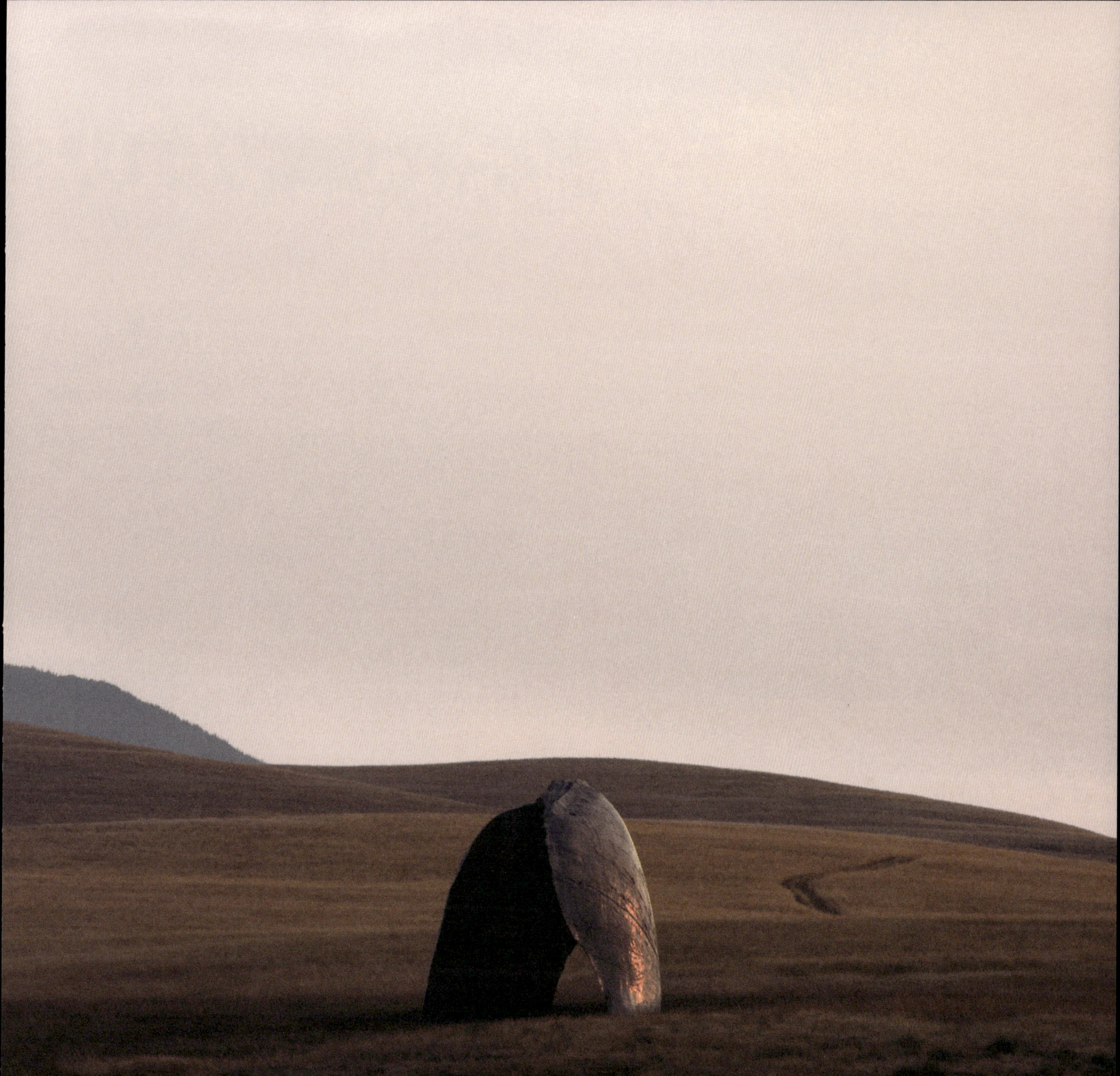

II

风尚

羊绒控

格雷格和他的奢华生活品牌

The Cashmere Man Can

GREG CHAIT OF THE ELDER STATESMAN

文字：Sean Hotchkiss **摄影**：Justin Chung

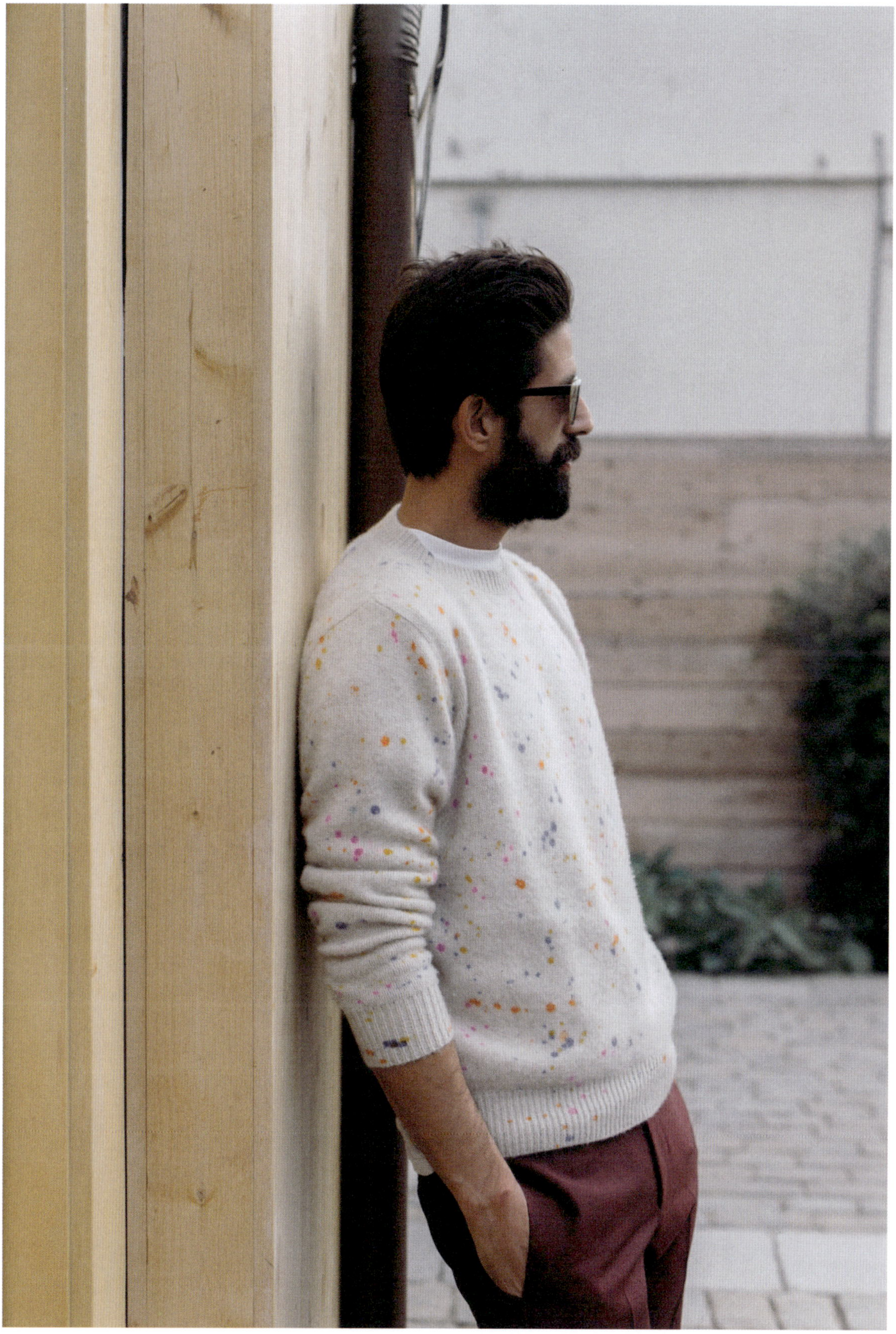

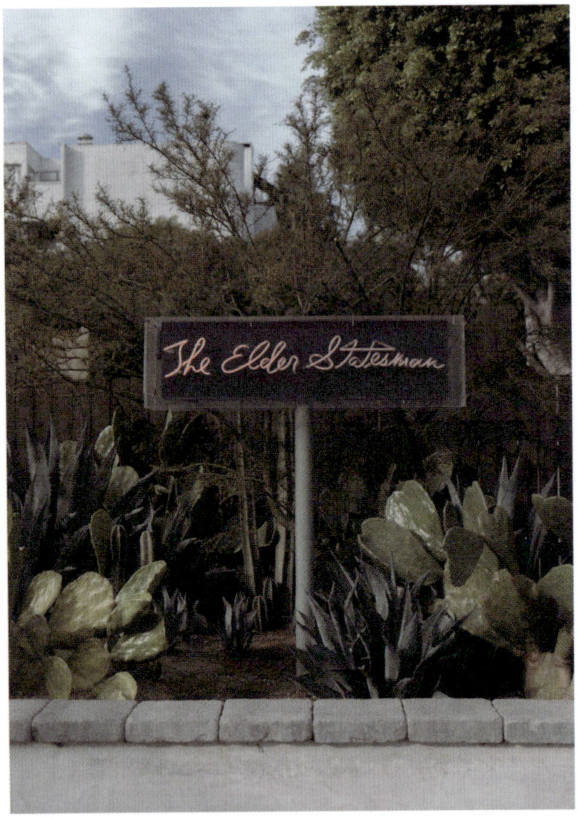
The Elder Statesman

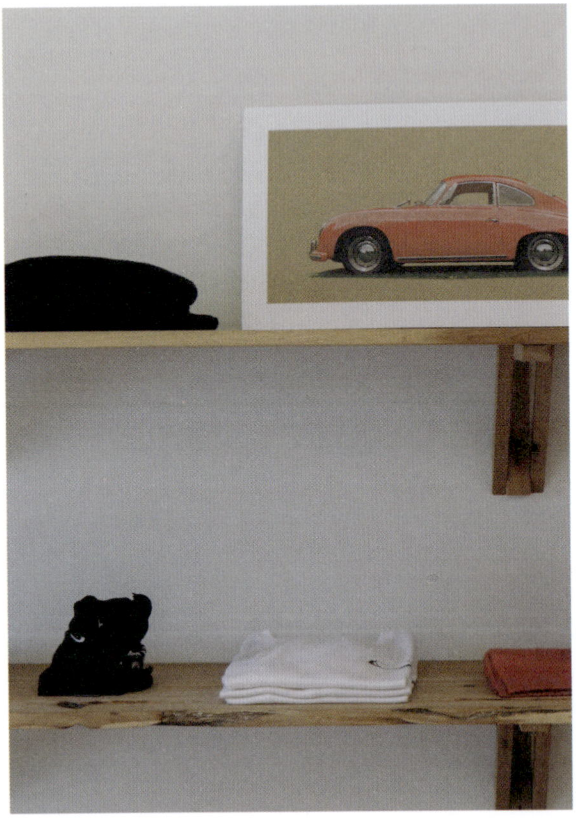

在瑞士度假胜地圣莫里茨有一所极尽奢华的房子，里面全是羊绒。我指的是，墙壁、天花板、地板还有座位上都铺满了羊绒，这些酒红色的羊绒加起来，相当于600多件毛衣，它们全部来自加利福尼亚奢华生活品牌 The Elder Statesman。品牌创始人格雷格·查伊特（Greg Chait）回忆起他见到房子主人时的第一个问题："你真的需要这么多吗？"

同样的问题，查伊特在2007年甚至没有时间问自己。那时候他住在威尼斯海边，一个朋友借给他一条羊绒毯。他太喜欢那条毯子了，想要买张一模一样的，却怎么也找不到。于是他决定自己做。他找当地人定做了两条羊绒毯，每条花了数千美元。很快，这两条毯子就被洛杉矶的麦克斯菲尔德（Maxfield）精品店买走了。几天后，查伊特乘飞机去了意大利，从那以后就一直从事羊绒生意。

12月初的一个凉爽下午，我与查伊特在卡尔弗城的工厂见了面。工厂非常宽敞，随着人们对豪华、好玩的羊绒制品需求的增长，这家公司也在迅速扩大。The Elder Statesman 的品牌店坐落在海登大道上一条比较宽敞的街道边。街对面，穿着 Vans 球鞋的 IT 精英们在乔丹·卡恩的毁灭者（Destroyer）餐厅前排起长队，等着品尝斯堪的纳维亚菜。工厂后面的停车场上，染过色的羊绒毛衣被清洗干净，晾晒在加州阳光下。我在工厂里走来走去，寻找查伊特。地上到处是毛绒动物和箱子，架子上摆满了奶白色的套头毛衣。刚从染坊出来的工作人员，像幼儿园小朋友一样，两只手都是蓝色的。我被带到楼上的办公室，查伊特正缩在那里，敲着笔记本电脑。他戴着一副金属框眼镜，穿着一件黄色运动衫和一条跟滑冰运动员穿的一样紧的紧身牛仔裤。他很英俊，皮肤是南非人典型的棕褐色。"哥们，咱们出去待一会儿，"他用略带鼻音的洛杉矶马里布口音说，"晒晒太阳好吗？"

我们在人行道上坐下，耳朵里是嗡嗡作响的汽车声。格雷格把阴凉的位子让给我，他脱掉运动衫，从袋子里捏出些烟草，卷了一根烟，点着后仰起头看天。

谷物：你好像很开心。

格雷格：是啊，因为我从未想过我会活到21岁，好玩吧？

谷物：好沉重的开场白。

格雷格：（笑）不，我的意思是说我从来没有想象过自己老了会是什么样子。我小时候跟成年人接触不多，所以无法想象自己有一天长大了会是什么样。我从没想过30岁以后的事，所以现在这一切都是额外的奖赏。

谷物：我在 The Elder Statesman 中能感受到这一点，很有意思。

格雷格：我们的品牌是一个大型艺术和手工艺项目。所以，没错，这是一个很有冲击力的品牌。这个品牌不仅要有幽默感，还必须保持原始的童真。也许我们以后的产品会更严肃、更保守，但现在的产品就是我喜欢的样子，完全反映了我的心境。

谷物：时尚有时会太装模作样，这样一个奢侈品牌令人耳目一新，感觉更自由奔放。

格雷格：人们总是问："为什么你的衣服感觉这么与众不同？"我认为这是因为它们是有灵魂的。我们对工作很投入，饱含热情。我们埋头于自己的创意，不跟竞争对手比较。我们不跟风，只从产品的角度来研究。我们要生产能够独立存在的物品，不借助于任何标签，各种类型的顾客都会找到喜欢它的理由。

谷物：但市场上到处都是包装炒作。事实上，炒作本身就是一种流行。

格雷格：超越炒作，这就是我们要做的事情，并且要继续努力。我就像一条鱼，没有记忆（笑），只是不断向前游。

谷物：作为一个模特，你把澳大利亚牛仔品牌 Ksubi 介绍到了美国。开始经营自己的品牌时，你是怎么想的？

格雷格：我喜欢宫下贵裕（Takahiro Miyashita）的服装品牌 Number (N)ine。那是我真正认同的第一个品牌，每次去纽约我都会去他的店里转转。我在心里说："这家伙是个天才。这儿有我想要的一切。"

谷物：优质羊绒好在哪里？

格雷格：我们一直在找能提供优质原材料的供应商。大多数原材料都来自蒙古，然后在日本、意大利、苏格兰、法国等地纺成毛线。达到一定的织数，就能产出高质量的毛线。真正的差异是设计。一件普通的平针织物，如果在制作之前做了大量研究和开发，成品也可以非常有意思。你和我穿的面料非常相似（他抓住我的T恤袖子），但是如果在这些面料上多下点功夫，成品会看起来很不一样。

谷物：我看见你们在阳光下晒毛线，这是出于环保的考虑吗？

格雷格：我不是环保卫士，但愿意一直为环保付出努力。我们不会做任何污染环境的事，所有剪裁下来的材料都尽量重复利用，比如把它们做成熊或其他动物玩具。所有的生产环节都在这儿完成，因此这是一个全封闭循环系统。我完全认同可持续发展的理念，世界正处于困境之中。对我来说，环保是一件合情合理的事，就这么简单。

谷物：每一个知道我要来采访你的人都说："那牌子特别好！"说完了还会跟一句，"那牌子真贵！"

格雷格：因为我们所有环节的成本都很高。我们用的面料是真正昂贵的羊绒，劳动力成本很高……这种商业模式现在已经不常见了，但它保证我们可以不牺牲创造性地控制生产环节。如果我们用和其他品牌一样的供应商，就没办法做到这一切。整个系统都是为了保证所有细节都能达到要求。

谷物：你和NBA最近出了合作款，这是怎么回事呢？

格雷格：我喜欢运动，但我心里更多的声音是在说："嘿，市场上没有专门为职业运动员做高品质衣服的商家，篮球运动员里有那么多时尚爱好者，篮球本身又是那么时髦的运动，运动员和球迷都很爱时尚，于是我们就找他们合作了一把。"

谷物：你与其他艺术家或者有个性的品牌合作吗？

格雷格：这些年来我做了很多合作项目，用羊绒换来了旅行行程、飞机票、艺术品、照片和高级餐厅的用餐券。我还受邀参加过很多婚礼和圣诞派对。

谷物：谁又会对羊绒说"不"呢？

格雷格：对呀，我送的礼物人人喜欢。

官网：*elder-statesman.com*

"这些年来我做了很多合作项目，用羊绒换来了旅行行程、飞机票、艺术品、照片和高级餐厅的用餐券。"

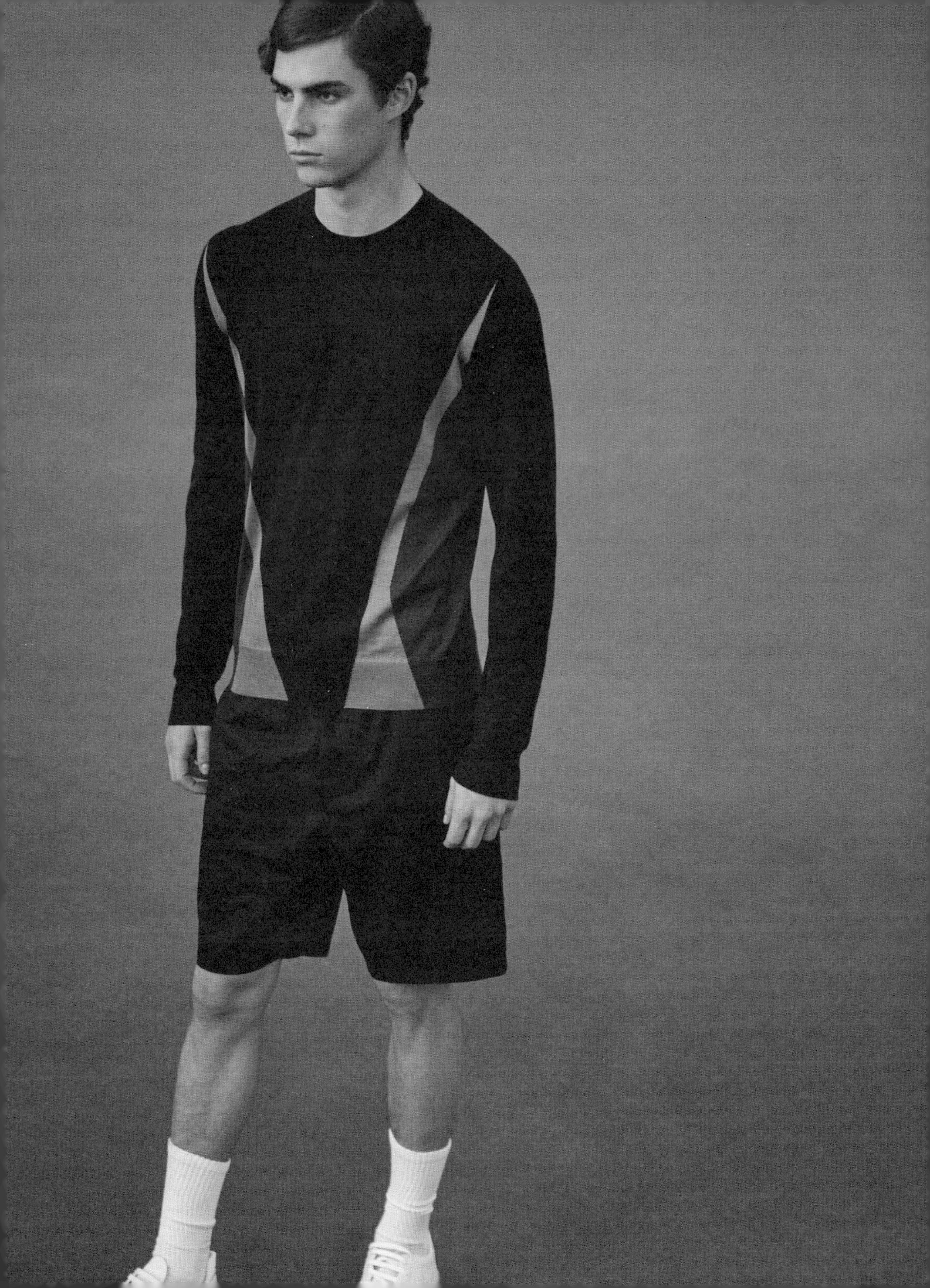

健 康

运 动 风

Get Fit

ATHLETIC STYLE

摄影：Sally Griffiths　艺术指导：Carrie Weidner
发型：Sirsa Ponciano　化妆：Akiko Owada
模特：Kyle Kellogg from Muse, Spencer James from Heroes
出品：Devon Reitzel Munson & Louise Lund

前页（左）
毛衣 *by* HERMÈS
短裤 *by* VINCE
V-10 运动鞋 *by* VEJA

本页
紧身衣 *by* SILOU
V-12 运动鞋 *by* VEJA

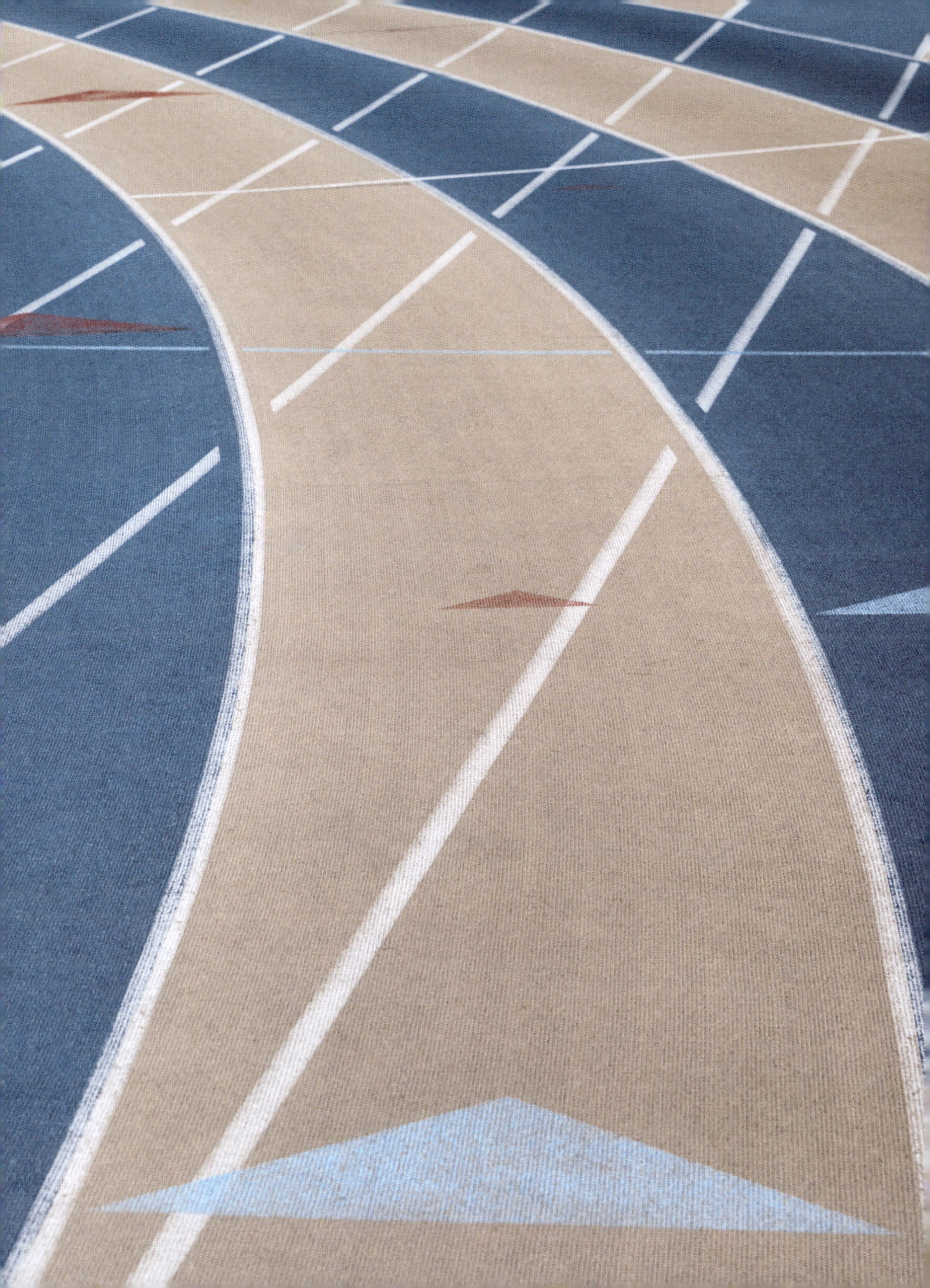

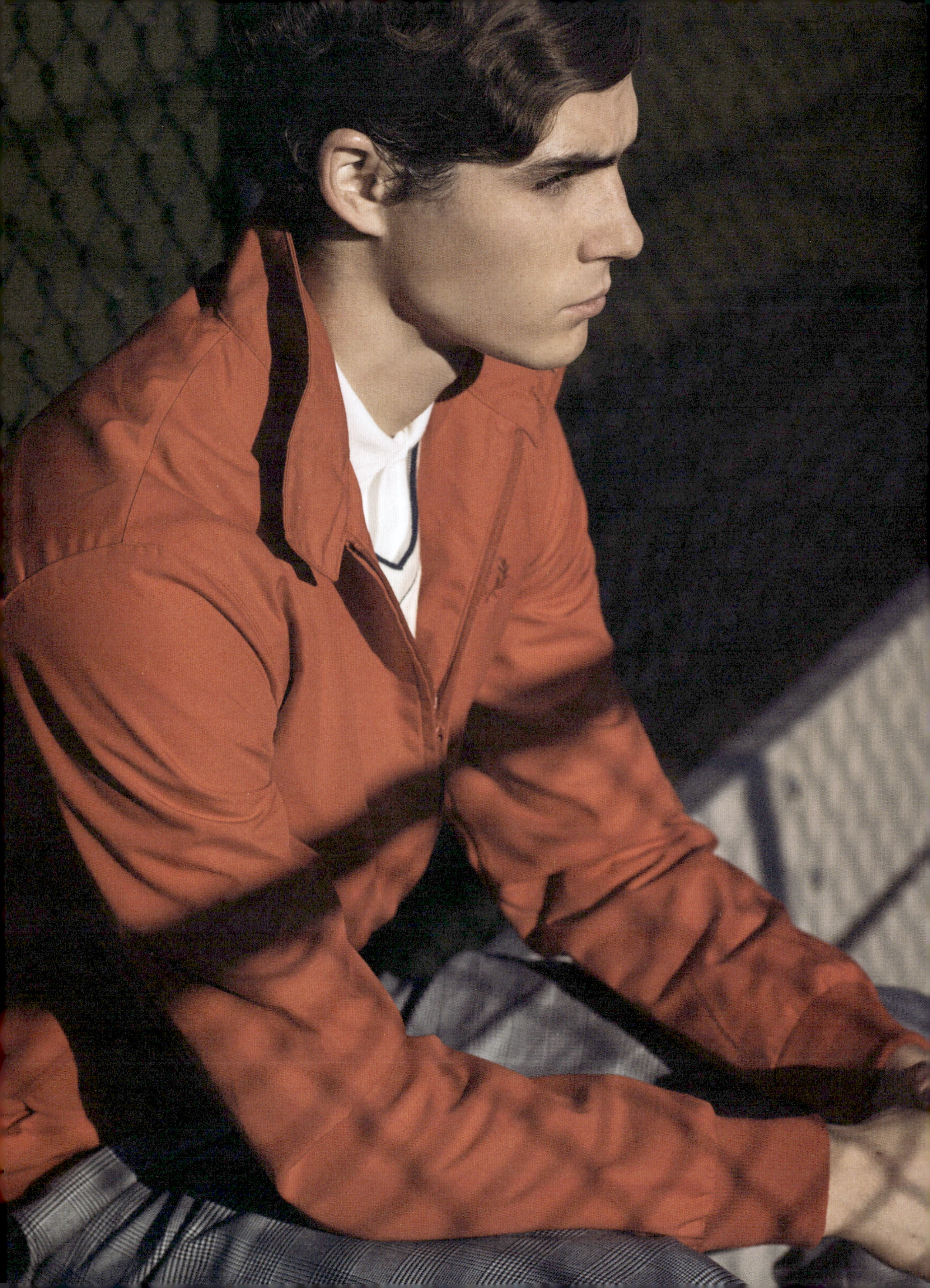

对页
夹克, 毛衣, 衬衫, 裤子 *by* FRED PERRY

对页
斗篷，裤子 by AGNONA
短上衣 by OUTDOOR VOICES
V-12 运动鞋 by VEJA

下页（对开）
连衣裙 by COS
侧条纹裤 by RAG & BONE
棒球帽 by VINTAGE
毛衣 by HERMÈS
短裤 by VINCE
V-10 和 V-12 运动鞋 by VEJA

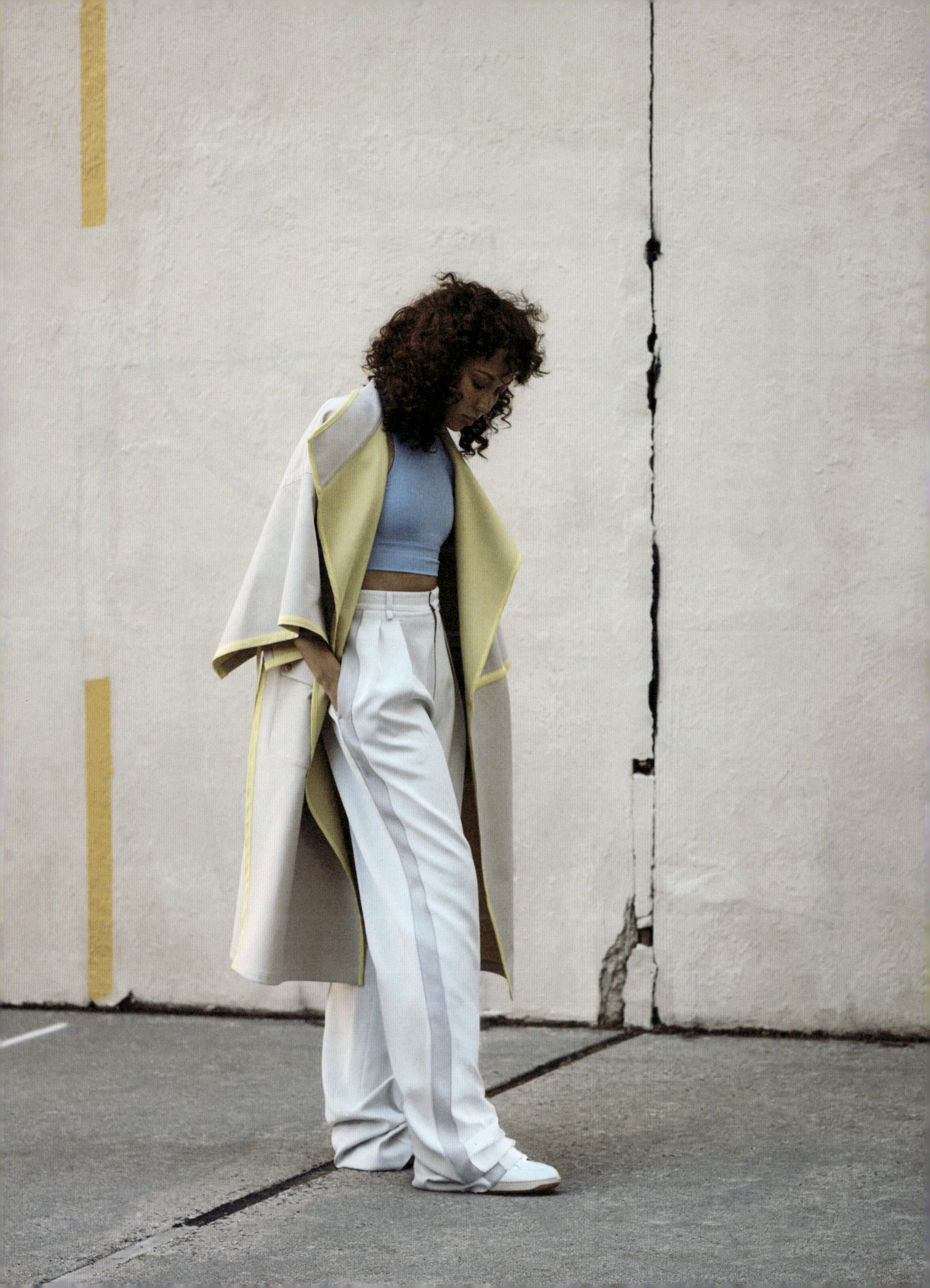

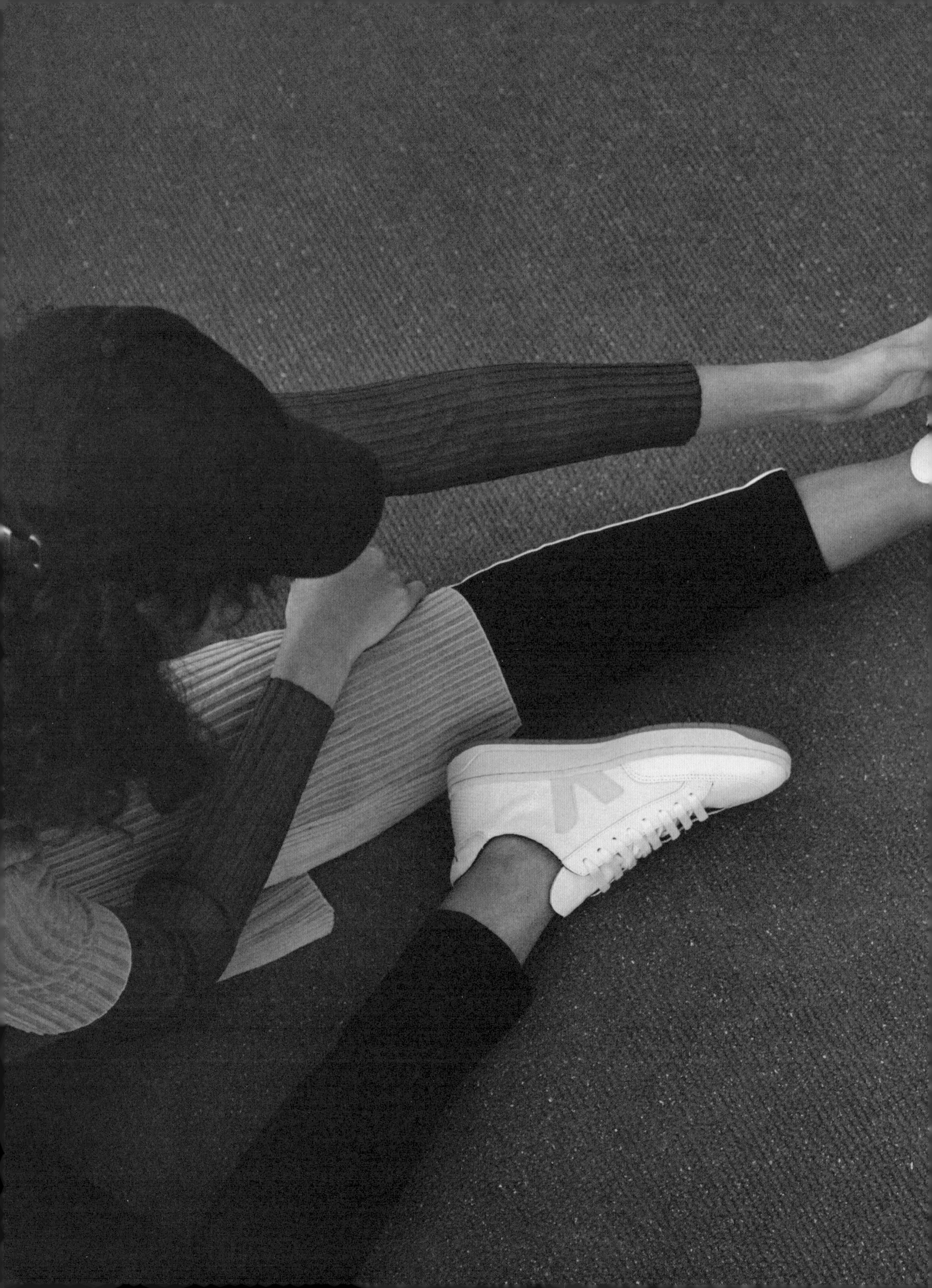

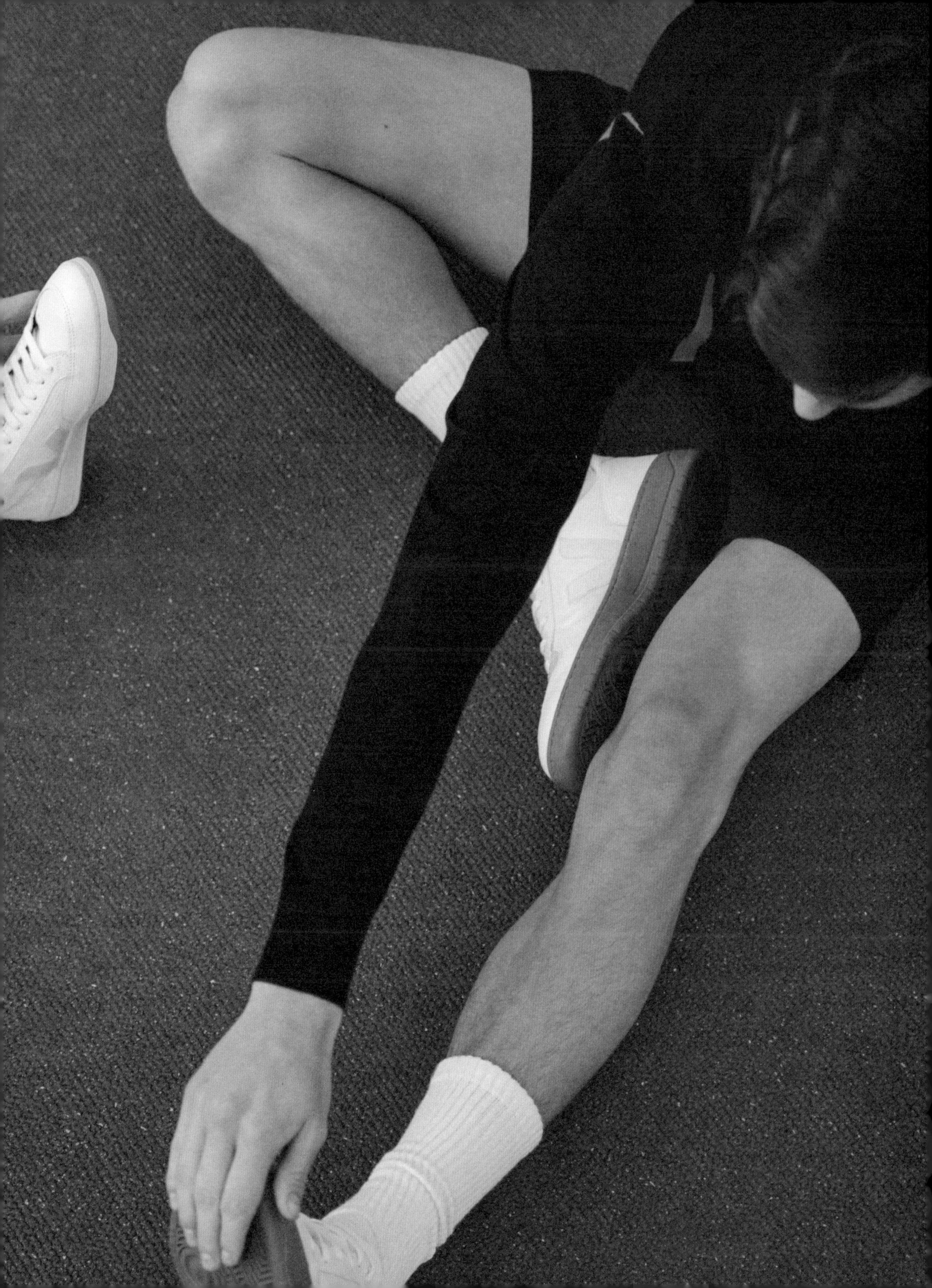

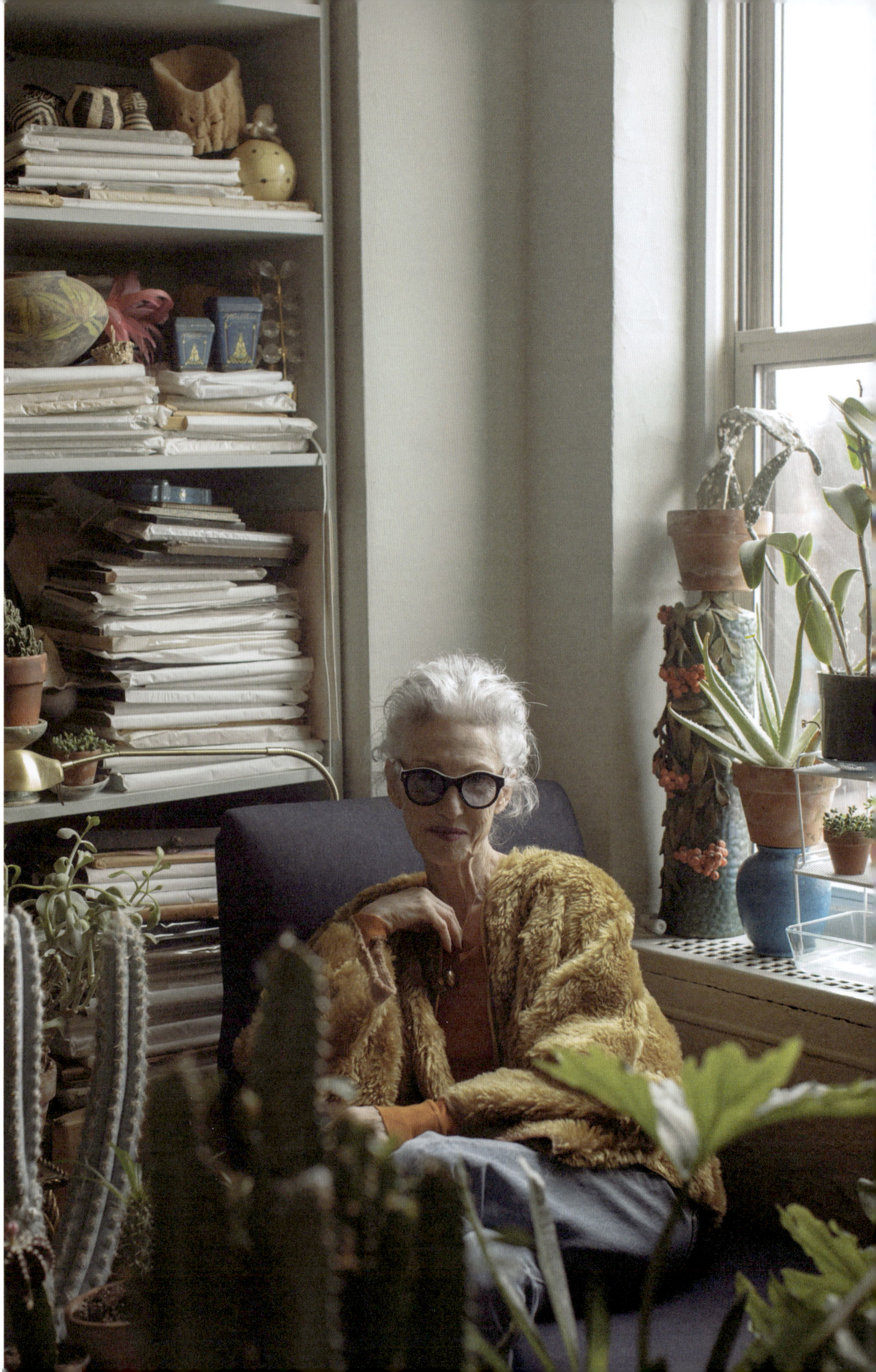

琳 达 · 罗 丹

自 然 美

Linda Rodin

NATURAL BEAUTY

文字：Jenny Bahn 摄影：Justin Chung

沿着走廊穿过金黄色的门，就到了琳达·罗丹的公寓。她已经在自己珍爱的房子里住了将近40年。墙上悬挂的知更鸟蛋蓝色画框已经褪了色，办公桌上摆放着一只冰清玉洁的塑料模特手，手上握着珍珠帘子。房间里收藏了很多贝壳、"兔子"，书架上摆满了书，所见之处尽是绿色植物。灰色和橙色的陶瓷花盆里是斑马仙人掌和宽大的棕榈叶，每个房间都是对极简主义和灰色城市的挑衅。这是罗丹所独有的空间，像百宝箱一样琳琅满目，像花园一样被精心照料。

罗丹对植物的爱是与生俱来的。作为同名护肤品系列"罗丹"的创始人和前创意总监，她的生活似乎一直与植物为伴。2006年，罗丹自创的护肤品牌 Olio Lusso 大受追捧。3年前，她开始研发植物产品，随后她推出价格昂贵的茉莉花和橙花精华，而她本人也越来越热衷于种植绿植。罗丹承认，这两者在她的潜意识层面存在着某种联系："我一直喜欢植物、花朵的气味。"

罗丹在曼哈顿郊区出生长大，那里四季都有绿色植物环绕。她家里的院子虽然简单，但一直被照顾得很好。"我母亲随意种了很多美丽的玫瑰，"罗丹回忆道，"院子里到处都是玫瑰丛。我父亲有个番茄园，我们还种了连翘，到处都是明亮的黄色。那里是典型的郊区、典型的长岛，院子里总是有新生植物。"20世纪60年代末，他们搬到纽约市区后，一个偶然的机会罗丹进入了时尚行业，并成了非常成功的时尚设计师。之后很多年她没有养过植物，但她对植物的热爱就像她的事业一样，事出偶然。

"每次看到漂亮的风景照，我就想：'为什么不种些植物呢？'"罗丹尝试着种了一盆，然后是两盆，出乎意料，这些植物都长得很好。她不断试验，在家里种下越来越多的植物，种植的技术也越来越娴熟。"你得学会倾听和观察，"她说，"只要不断地试验、学习、犯错，就会有收获。"眼前这些郁郁葱葱的植物就是她的试验成果。"我犯过错，经常给它们浇过量的水。但不同的植物需要的水量是不一样的，因此你不能固定一个时间给所有的植物浇水。比如说，你不能简单地说：'哦，每个星期六是给花浇水的日子。'因为有些植物不能每星期六浇水。"

当然，她也在不断地失败。"有时候一连几个星期，它们都半死不活，我只好放弃，我很伤心，因为我那么努力照顾它们。"好在那些植物在联合广场的花卉市场、唐人街的花店和28街的花区都能再买到。"我经常光顾这三个地方，认识那儿的花贩。他们会教我怎么照料这些绿植。当然更重要的是，我得学会倾听。"

虽然纽约的每个街角都有植物出售，但这并不是座绿化很好的城市。为了获得更多灵感，她会去其他地方旅行。"我刚从意大利回来，"罗丹告诉我，"我住在拉韦洛附近一家漂亮的酒店里，那里以前是一个王子的城堡，到处都是雕塑和树木，爬满了三角梅。我是临时起意去的。我不爱事先计划，做事情非常随意。看书的时候我喜欢了解有名的花园，但旅行的时候情愿走到哪儿算哪儿。"我问她是不是想搬离城市，到郊区去住。"哦，是的，"她热情地说，"但我不知道我是不是真的擅长园艺，我从来没有尝试过。"

到目前为止，罗丹在切尔西的公寓依然是她的私人港湾。她自称家庭主妇，家里的一切都是她喜欢的。从银色的贵宾犬Winky，到冰箱里取之不竭的可爱糖果，每件事物都代表着罗丹自己，其中也包括她的植物。我问她最喜欢什么，她说这个问题没法回答："我都喜欢，任何有生命、生机勃勃的事物我都喜欢，连野草我也喜欢。"

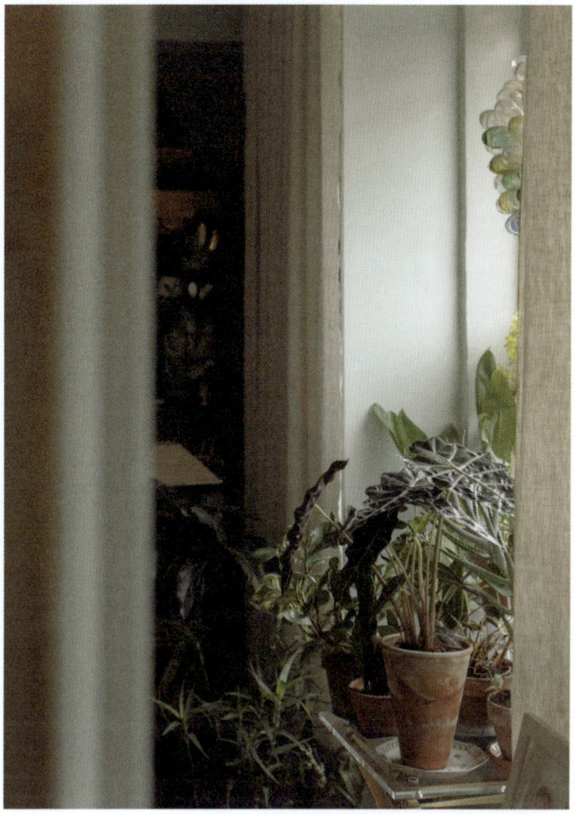

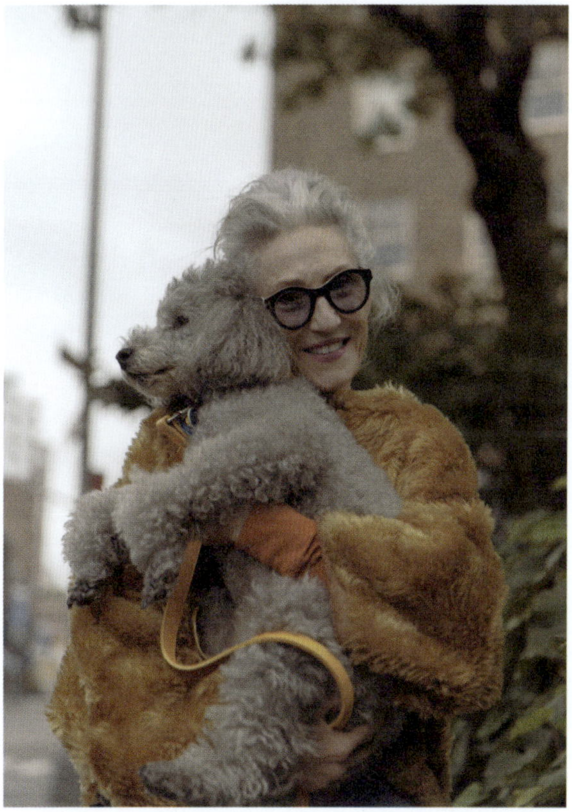

III

逃离

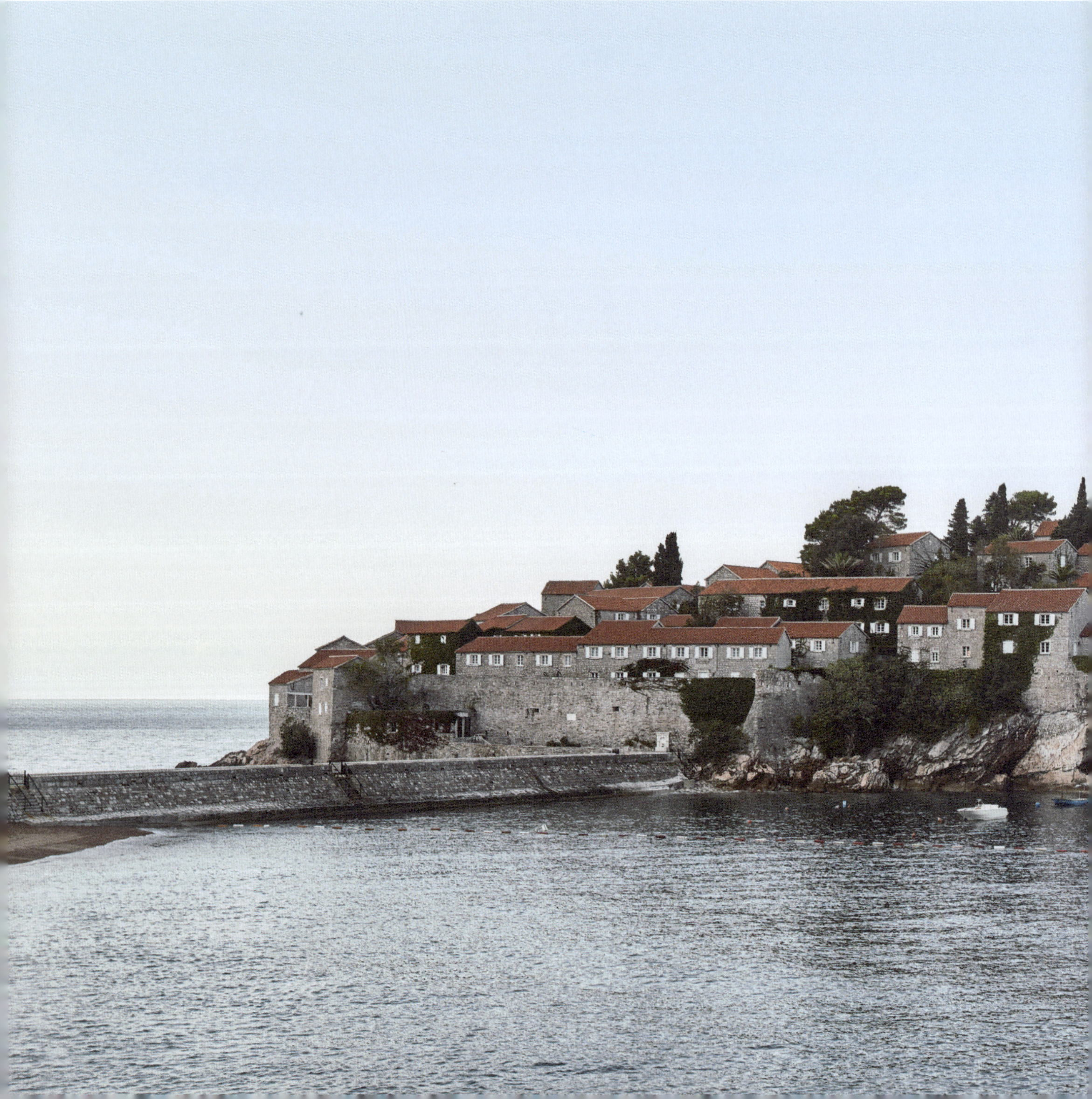

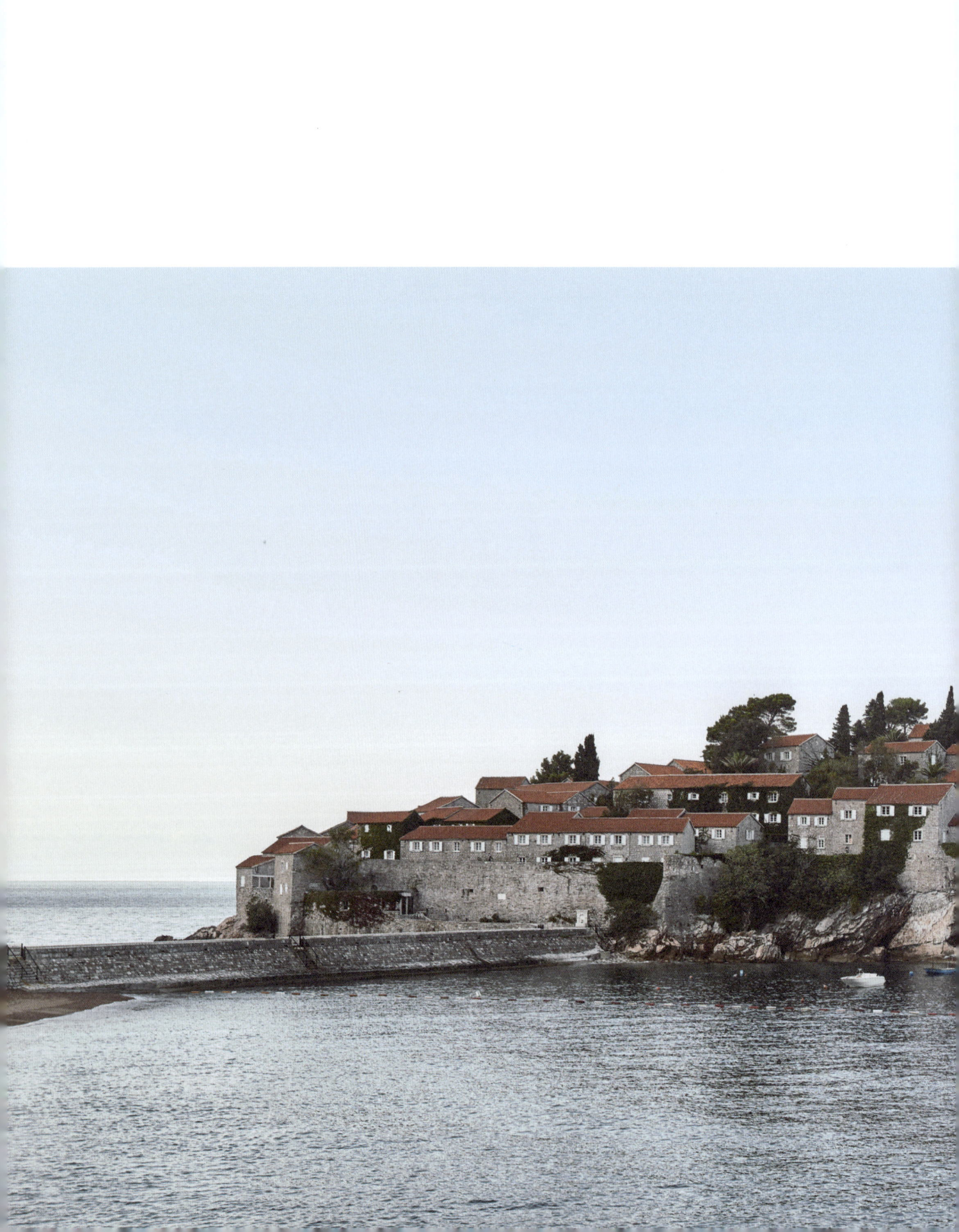

光 彩 熠 熠 的 小 岛

安缦圣斯特凡酒店，黑山共和国

文字：Rosa Park　摄影：Rich Stapleton

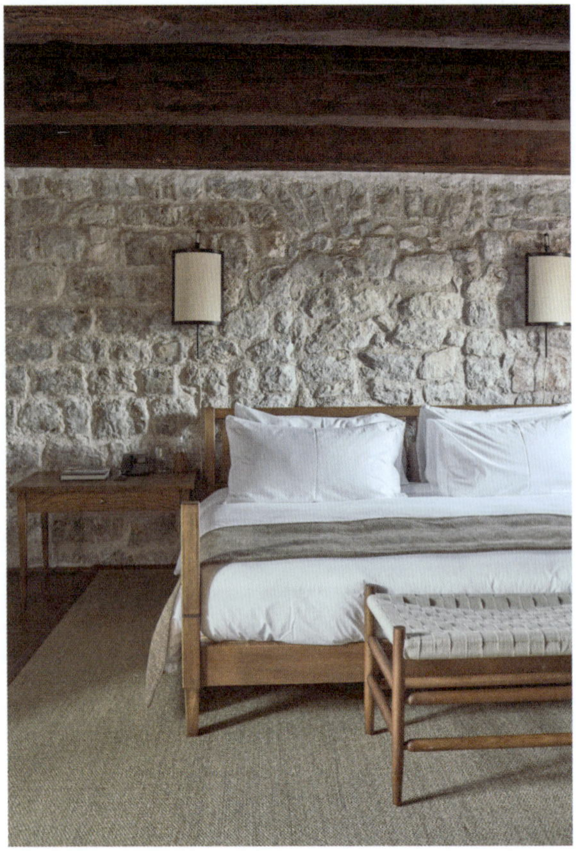

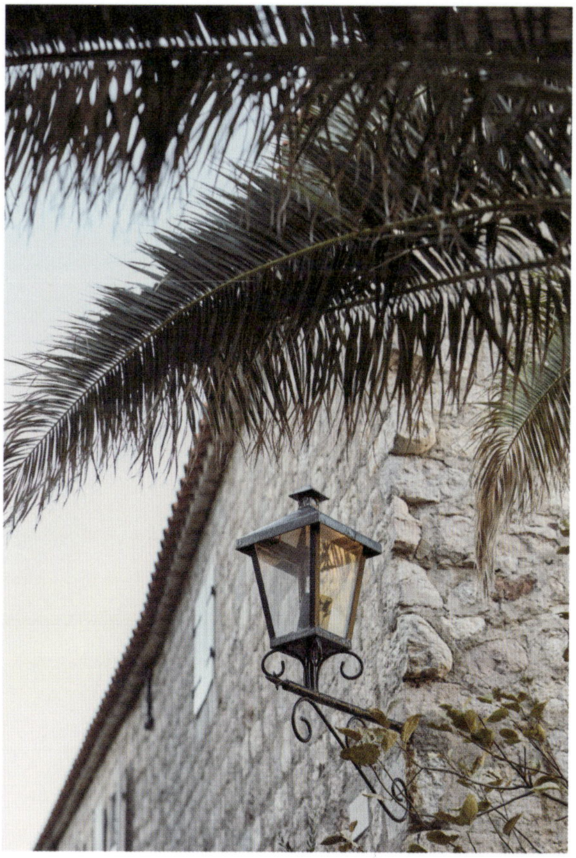

"沿楼梯爬到清风吹拂的阳台，通道的尽头是无敌海景。光线穿过摇曳的棕榈树和无花果树，在灰白的石头上投射出跃动斑驳的影子。"

从远处看，圣斯特凡岛金光闪闪。房子从悬崖上"长"出来，陶瓦像烧红的铁块一样闪闪发光。坚固的城墙沿锯齿状的岩石耸立，保护着15世纪的石头建筑和狭窄的鹅卵石街道。在黑山共和国海岸，这个隐秘偏僻的避世之所与大陆靠一条呈放射状的白色地峡相连，只有夏季几个月对外营业。

这里宁静的表象掩盖了它动荡的历史。几个世纪以来，这座小岛一直遭受海盗入侵和骚扰，到19世纪才变成沉睡的渔村。20世纪60年代，这座没有居民的小岛变成了度假村，奥逊·威尔斯、伊丽莎白·泰勒和索菲娅·罗兰等人经常光顾。最近一次修缮过后，这里的设施已经非常现代，标准间、小木屋和套房共有50间。暴露在外的木梁和砖石结构揭示着它起源于中世纪的悠长历史，而现代舒适的设施，如豪华的浴缸和优雅的家具，又让它牢牢地跟上了时代。

我们入住房间时，一瓶安缦的黑山红葡萄酒，被放在装满榛子和燕麦葡萄干饼干的罐子旁欢迎我们。食物很快被消灭掉，现在我们是岛的主人了。白亚麻窗帘在微风中摇曳，轻柔舒缓；茂盛的开花藤蔓植物，在墙上随风摇曳；古老的教堂在怒放的粉色夹竹桃后若隐若现；浮雕铜牌上写着童话般的房间名字：无花果，雪松，诗巷……沿楼梯爬到清风吹拂的阳台，通道的尽头是无敌海景。光线穿过摇曳的棕榈树和无花果树，在灰白的石头上投射出跃动斑驳的影子。历史在这里如此生动地呈现着，我仿佛看到渔民的妻子从粉刷过的木百叶窗中向外张望，与我打招呼聊天，共同企盼一个好天气。

圣斯特凡酒店的庭院现在是一个宁静的花园，让人们可以漫步其中；而广场是一个用餐区，客人们在阳光下聚在一起用餐。池塘里没有一丝涟漪，每一个隐蔽的角落你都可以坐下来消磨时光。回头凝视大陆，纯净青翠的群山与蓝绿色的水面连在一起，绵延数公里。亚得里亚海羽毛般的浪涛拍打着玫瑰金色的卵石。我凝视着波光粼粼的海岸线，船只摇摇晃晃地驶过，一晃几个小时过去了。一对情侣在海滩上散步，附近有人在烧烤，空气中传来蔬菜的味道。浓郁的紫藤花香弥漫在咸咸的微风中。我捡起一块鹅卵石，端详着它完美的花纹和无雕饰的天然之美。

官网：*aman.com*

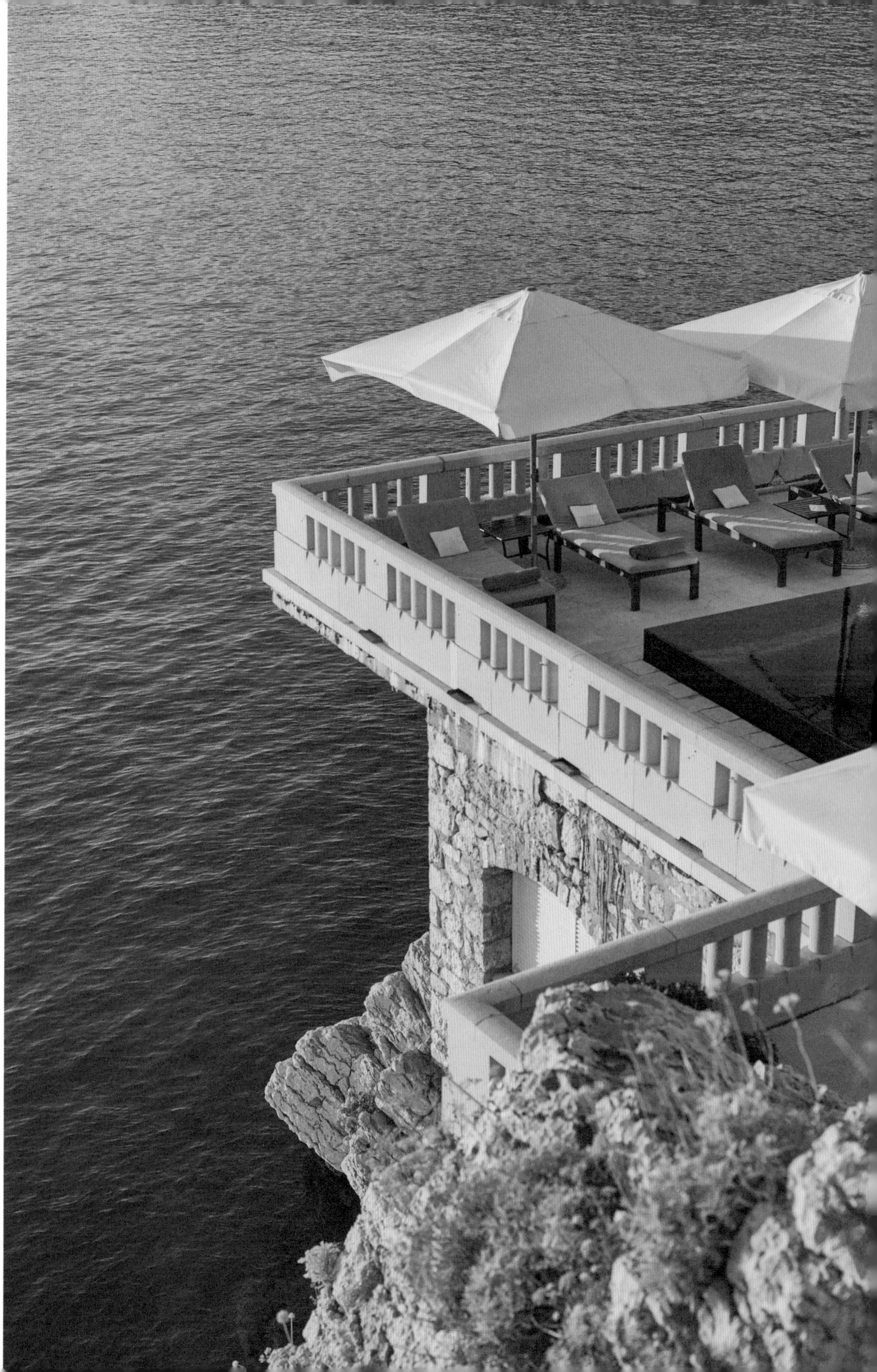

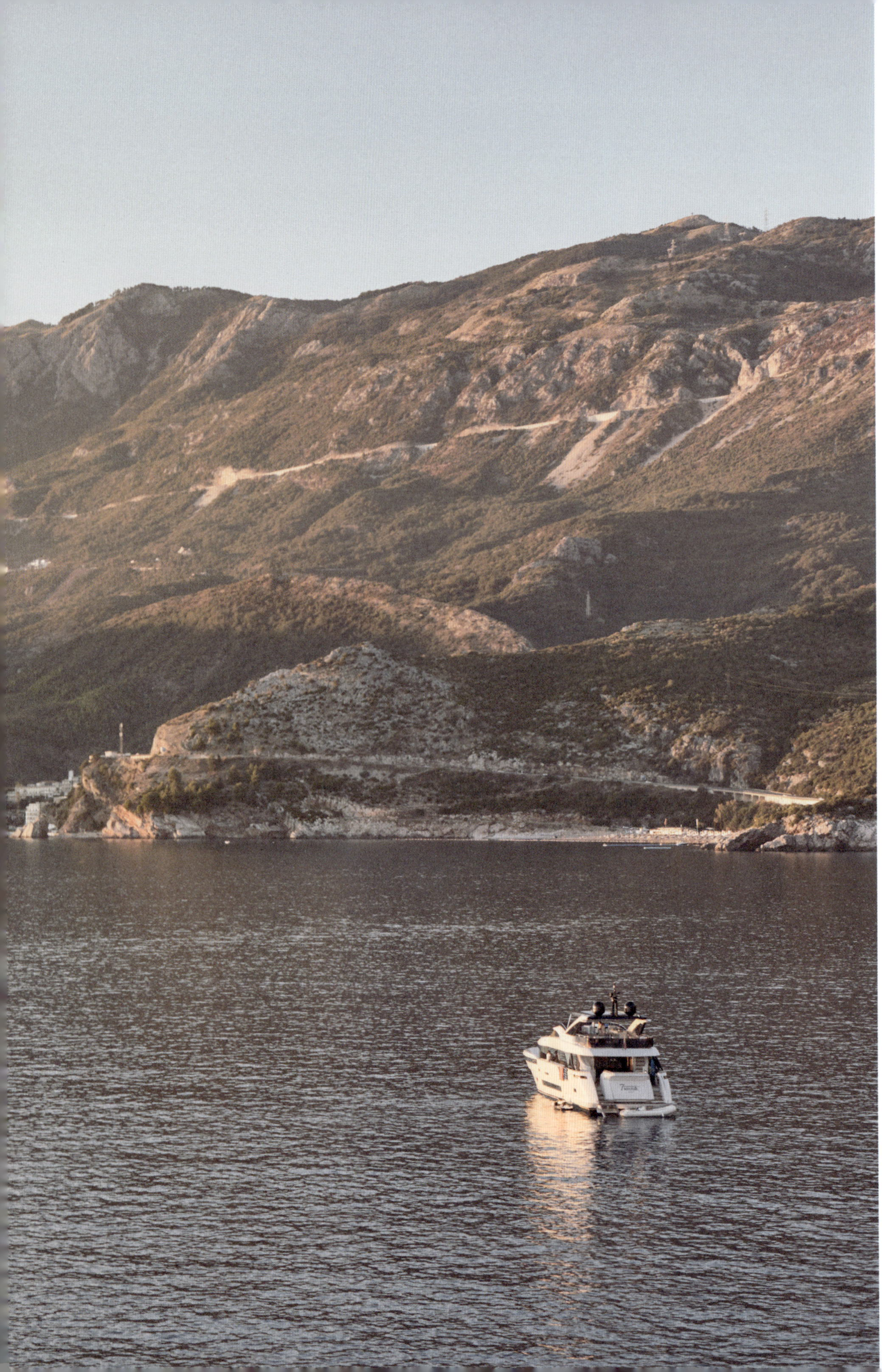

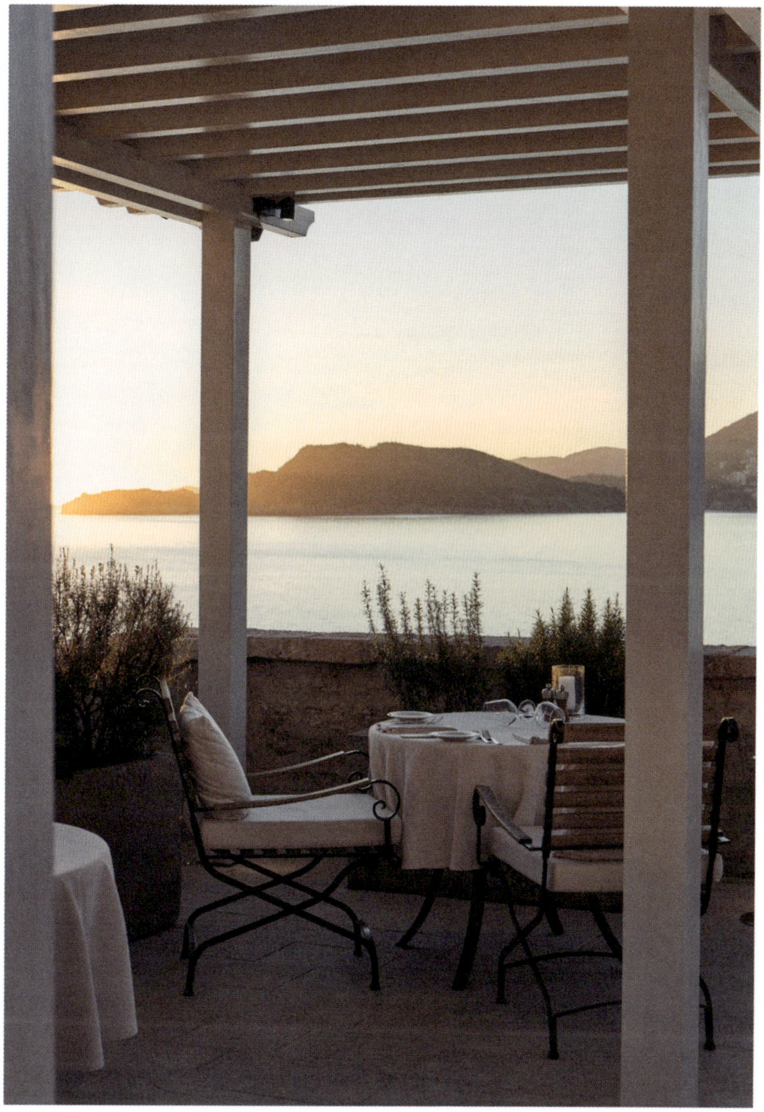

一件事的不同版本

独自漫游，发现神奇

文字：Leigh Patterson

科莱特曾经写道："有时候，孤独是美酒，是令人陶醉的自由；有时候，孤独是奎宁水，苦涩但对你有好处；还有时候，孤独是毒药，让你只想一头撞死在树上。"

偶然间，我在旧日记本上发现自己写过一句话"不如去寻找神奇"。我已经忘记了最初写下它的原因，但它勾起了我去年秋天独自旅行两个多月的回忆。我一直很难定义"神奇"（wonder）这个词，能想起的只是一些片段：一支崭新的钢笔，一种特殊颜色的粉笔，陌生人院子里的一棵柠檬树，牵着的手，那些我从没见过的东西。说不清为什么在彼时做彼事，但我想，我之所以旅行，可能是为了独自上路，寻找或重新发现神奇。

得克萨斯西部

我住在得克萨斯州的奥斯汀。要是想去鸟不拉屎的地方，最简单的选择是继续往西，去得州最西边的马尔法。得克萨斯西部是个"法外之地"，既是得州人口最少的地区，也是北美历史上最黑暗最安静的地区之一。从地理上看，无论是地形还是植被，这里都与周边地区对比鲜明。一边是奇瓦瓦沙漠，一边是由红色火山岩构成的山脉；盛产紫罗兰、大野兔和（约）268种野草，占地近千公顷。去年我在这里举行了婚礼，典礼是在高速公路上办的，整个过程中没有一辆汽车经过。

而这次，我住在最喜欢的地方：戴维斯堡外的印第安小屋。它毗邻国家公园，是野营和看星星的好地方。汽车刚开下州际公路，手机就没信号了，这可是我很久以来第一次与外界失联。第一天早上，我跟着一个当地鸟类专家懒洋洋地徒步。后面的日子里，我养成了新的日常作息，吃东西的时候格外专注，洗脸的时候充满觉知，在野花丛中流连作诗，接着在大厅里的皮躺椅上缩成一团，认真地翻阅有关得克萨斯艺术家的旧书。书里的每个人都在这里住了几个月，各自形成了一套生活方式，学习在孤独中清晰地表达自己。我一边看一边还记了笔记。

一周后，回到家，我开始想象这些已故艺术家在互联网时代来临之前的生活。我上网搜索，找到了其中一人在戴维斯堡绘画的视频，那是20世纪70年代由大学赞助的一个项目。我眯着眼睛，看着她用画笔在画布上一层一层叠加线条。慢慢地，那些线条成了树枝，一笔一笔的丙烯酸颜料变成了春天的沙漠峡谷。它们看起来那么生动，只要你愿意，很多东西都值得仔细观察。

洛杉矶

在洛杉矶，我发现了另一种"神奇"。我经常来这里工作，但很少来玩。所以，这座城市对我来说既熟悉又陌生。这次比较特殊，早先的工作计划在最后一刻被取消了，于是我有了整个周末和一张即将到期的里程机票。旅行最最吸引我的一点就是闯入一个不属于我的世界，特别是在不期而遇的情况下。现在谁都不知道我在哪里，所以理论上说，我可以去任何地方。一切皆有可能，只在一念之间。

自由让我蠢蠢欲动。

　　我到洛杉矶的那天，一场巨大的山火正在加州海岸蔓延。往西看，大团黑烟弥漫。每个人都在焦心地观望，火势每推进一公里，就有可能带来无数人和财产的损失。我入住酒店后，又步行一公里多去了一家我一直想去的艺术书店。店主正与一位老客户热烈交谈，讨论火情。"现在形势完全不明朗。"一个对另一个说。接着他们的话题转换成了大楼里的老鼠、政治和失恋的友人。"这个月不太好过。"一个人叹了口气。我觉出自己的多余，准备出门，此时史蒂夫·罗丹（Steve Rodin）的摄影作品吸引了我的注意力，它的名字是"听风吟，不留痕"。

棕榈泉，加州

　　棕榈泉是个充满反差的地方，你会感觉那里的天空和地上的沙漠山脉不成比例。就像是人们想要建造某个版本的天堂，却没掌握好结构。阳光的强度被减弱，人整天昏昏欲睡。在这儿怎么可能工作呢？

　　我在镇上待了3天，正好前一个项目刚做完，后一个还没开工。在一个月高强度的紧张工作以后，我精疲力竭。这3天里，我像一只搁浅的水獭，在躺椅上懒了总计24个小时。帆布包里背的4本书一页也没读，就喝玫瑰红香槟看热闹来着。其实这里大部分时候只有一个戴帽子的老头儿，他尽心尽力地叠毛巾，再把毛巾整齐地摆好。他跟我一样一个人，我们的作息时间差不多，早上9点来游泳池，下午1点在俱乐部吃三明治，等到4点人开始多起来时，我们不约而同回屋休息。我看着他在按摩池里吃鸡蛋三明治，跟一只可怜的鸽子说话，模仿四种不同的鸟叫声，偷听别人的谈话，下水仰泳。

新奥尔良，路易斯安娜州

　　独处有很多方式。你可以在幸福中独处，在无聊中独处，在独处时为坐在旁边的人编一个故事，在很热闹的地方独处。对我来说，去新奥尔良旅行就是在热闹中独处。

　　我上次去新奥尔良还是2005年卡特里娜飓风来袭之前，这次去正赶上感恩节。整整12个小时，我漫步在街道上，让自己迷失在颜色、质感和声音里，感受这座城市的浓重气氛和历史。

　　旅行时，时间会变得扑朔迷离。对我来说，它变得很慢，一天的时间好像延伸又折叠，变得很长。我效率极高，早早地办完了所有事情。独自旅行以来，我第一次感到既充实又空虚，在新奥尔良这样充满活力的地方，独自一人有点儿"难过"。街道上满是参加庆祝的合唱团。

　　不管怎样，孤独是暂时的。孤独能帮助我把平凡日子里不平凡的时刻区分出来。它们帮我记住，安在当下，可以看到很多平时看不见的东西。这是"神奇"的定义吗？我不知道，但我知道我一时半会儿不会放弃独自旅行。

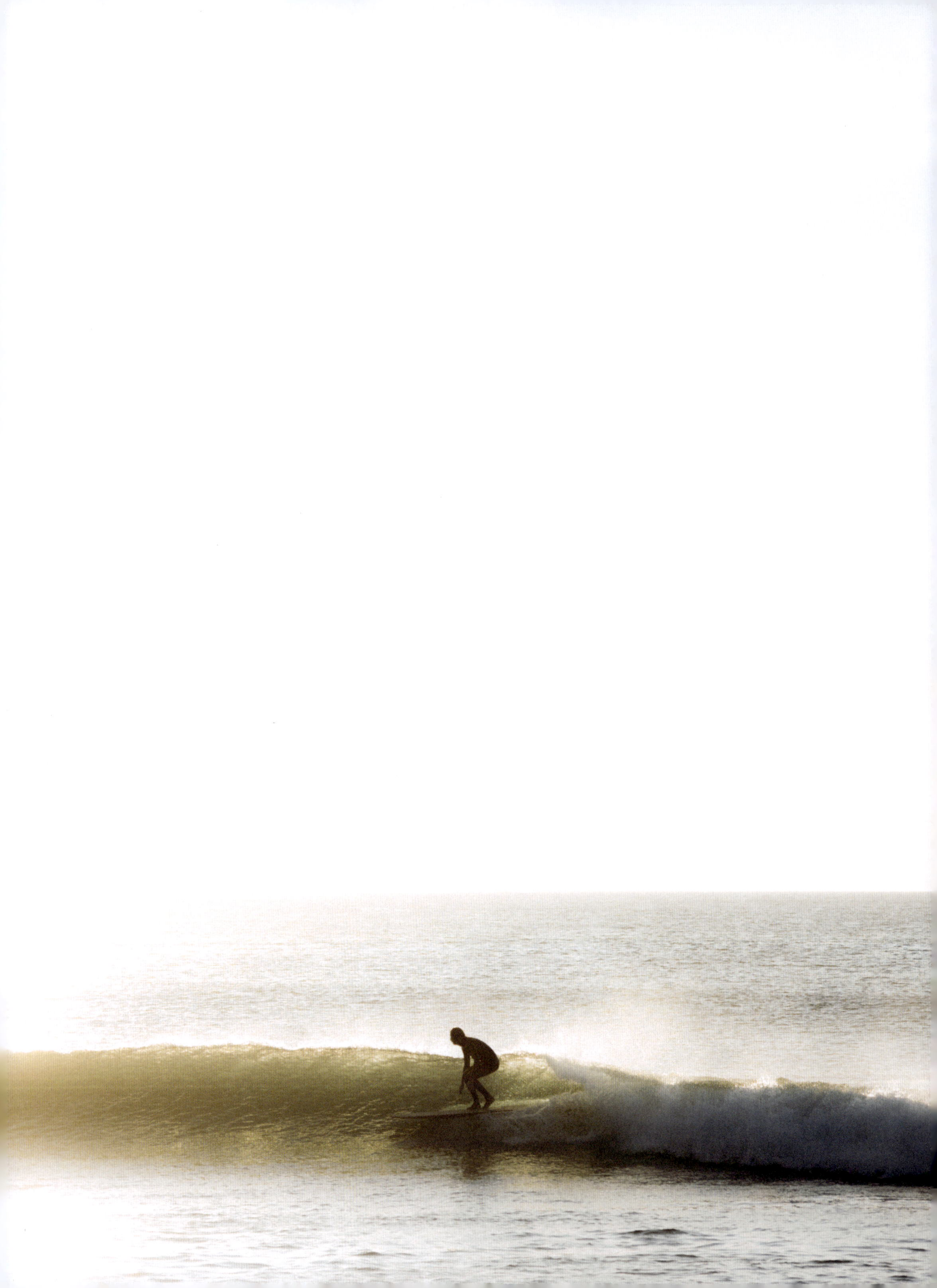

加 州 精 神

冲浪者酒店

文字：Justin H. Min　　场地摄影：Rich Stapleton　　冲浪摄影：Kate Holstein

我们在冲浪者酒店（Surfrider Hotel）的屋顶上坐下，景色美极了，田园诗般的马里布环绕着我们：圣塔莫尼卡山坐落在地平线上，太平洋沿岸的海浪在下面不停拍打，马里布堤就像一块被投掷到海里的小石头。海风吹来，海鸥在头顶翱翔，这不就是天堂的模样？

我沉浸其中，几乎忘了我为什么来这儿，这时候艾玛说："我应该先告诉你我是澳大利亚人，我们不用醒酒。"我笑了，回她说在洛杉矶这样的地方，坦诚是很受欢迎的美德。服务员过来送酒，他居然记得我几个月前来过，还叫得出我的名字，真让人有种宾至如归的感觉。

2017年10月，冲浪者酒店开业的时候，酒店老板马修·古德温和艾玛·克劳瑟才结婚4个月。如今他们看起来仍像在蜜月期。艾玛穿着一身白色沙滩连衣裙，戴着一顶松软的草帽；马特（简称）穿着一条牛仔裤和一件简单T恤，头发凌乱，是只有真正在海里冲浪的人才有的发型。两个人都有加州阳光晒过的皮肤，轻快地说着话，走来走去，把风景如画的加州和加州精神表现得活灵活现。

阳光照在脸上，暖洋洋的，我完全能理解这对夫妇来到马里布，决定买下这家酒店的心情。"冲浪者"是个海滨别墅，有18个房间、2个套房，在太平洋海岸高速公路边。马特和艾玛热情又有感染力，是那种你喜欢拜访的朋友和离家旅行时最想碰到的旅店主人。

谷物：你们什么时候认识的？

艾玛：10年前在纽约，我21岁，刚读完大学，正在周游世界。那是复活节前一天晚上，我误打误撞进了比阿特丽斯酒店，当时那儿还是个酒吧。里面的人都很酷，我除了口音比较特殊（酷）外，完全不属于那儿。马特也是碰巧进来的，我们俩是那里唯一的"正常"人。好像别无选择，只能我们俩聊天。他在舞池里走到我跟前说："你在干什么？"我说："我在跳舞。"

他说："天哪，你这也算跳舞？"（笑）整件事都很偶然。马特飞回加州前那几天，我们一起聊天，一起玩。我本应该回布里斯班的，但在洛杉矶转机时，我没登机。那以后我就一直待在美国。

谷物：你们是怎么买下"冲浪者"的？

艾玛：一天，有个朋友知道马特是本地人，问他："你知道那个叫冲浪者的地方吗？有个房地产投资商需要现金，要转手。"

马特：那个卖家不太了解马里布，就把位置发给了我。我马上就知道这个位置很好，非常有潜力。第二天，我就和艾玛还有我们的商业伙伴一起飞回来了。真可以说是一见钟情！

艾玛：……对马特来说，是的！（笑）我第一次看到这个地方的时候，觉得这建筑太可怕了，还在高速公路上。要知道，房地产界有一条基本定律：不要买高速公路上的房子！

谷物：这地方当时是什么样子？

马特：它当时是一家非常典型的汽车旅馆，建于1953年，在太平洋海岸公路上。你开车进去，停在房间前面，沿着车前面的走道进去就是入口了。它的建筑风格非常古怪，外面刷着经典的灰泥，盖着夸张的斜屋顶，在马里布你找不到第二家。

谷物：讲讲你们发展壮大的过程吧。

马特：我们彻底地改造了这个地方，事必躬亲：设计、品牌、图像、编程、网站……通常来说，一栋建筑由一个人设计，另一个人装修，第三个人打造品牌，但这样会脱节。我们希望每一环节都有整体感。

艾玛：从一开始，我们的目标就是让"冲浪者"完全加州化，完全本地主义。很多酒店都试图通过设计让你远离现实。但作为一个旅行爱好者，我最喜欢像一个当地人一样，真正了解这个地方，认识这里的人，了解他们的故事。你在旅游指南上找不到这样的事。因此，在设计酒店的过程中，我非常热衷于实现这一点。我们要给客人一个加州梦，那就是"一切皆有可能"。

谷物：你们做了哪些改变？
马特：第一个主要的改变是把房间的入口从酒店的前面移到后面。然后我们把行政套房改成了正式的大堂和我们称之为起居室的会客区。加州最著名的特点是"阳光"，因此我们尽可能多地引入阳光，让这栋海滨别墅充满加州阳光。
艾玛：这栋房子的天花板很低，而我们要想办法不让人们注意到这一点。然后是屋顶，原来的屋顶是L形的，我们把尾巴那里去掉，变成了甲板餐厅和酒吧。基本上我们是逆向工作的：大多数人是设计一座建筑，然后让人们来体验；而我们是创造了这种体验，然后在其周围造了一座建筑。

谷物：马里布对你来说是什么？
马特：我在这里长大，喜欢冲浪，一辈子的大部分时间都在这里。我爱我的家乡，为它骄傲。每天早上起床后，我喝杯上好的咖啡，然后就去海滩上，在太平洋边冲浪，沿着杜梅岬徒步，下午和朋友们喝一杯鸡尾酒。多美好的生活。我想通过这家酒店和客人们分享我最爱的加州。
艾玛：基本上马特的意思就是，他想找一份上午、中午和下午都可以冲浪的工作……
马特：（笑）她说得很对！这只是我搬回加州每天冲浪的借口！

谷物：你认为这家精品酒店如此受欢迎的原因是什么？
马特：现在坐飞机、汽车环游世界变得很容易。因此，人们在旅行中越来越想融入当地文化。如今的度假已经不仅仅是到一个地方，坐在海边喝杯美态鸡尾酒就OK了，人们没那么容易满足了。
艾玛：互联网和社交媒体让人们变得更加好奇。人们知道外面有什么，满足好奇心的唯一途径就是体验当地的东西，而获得当地体验的唯一途径就是通过这种精品酒店。如果我们有600间客房，就很难与每一位客人建立联系，提供独特、个性化的马里布服务。在这里，如果你早上醒来想去远足，我们会告诉你该去哪里，给你一张小地图、一条野餐毯、一瓶葡萄酒和一篮手选的野餐食物。在大酒店里这是不可能的。

谷物：在工作中，最让你们满足的是什么？
马特：我喜欢人们按照我们的设想体验当地文化，喜欢听世界各地客人们的故事，故事永远是新鲜的。
艾玛：我每天都很开心，客人们也玩得很开心，这就是生活的目的，对吧？

官网：*thesurfridermalibu.com*

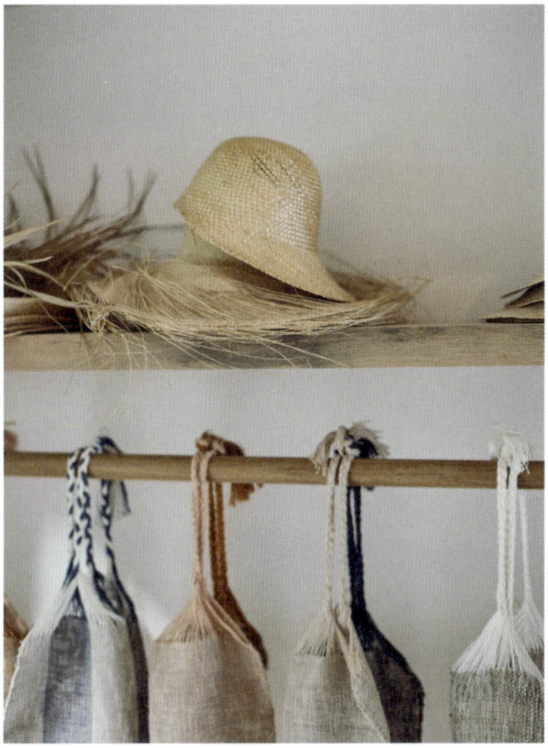
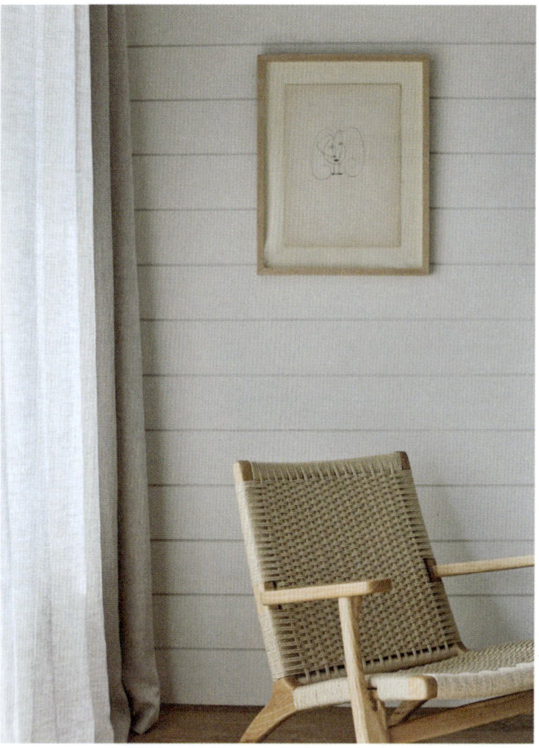
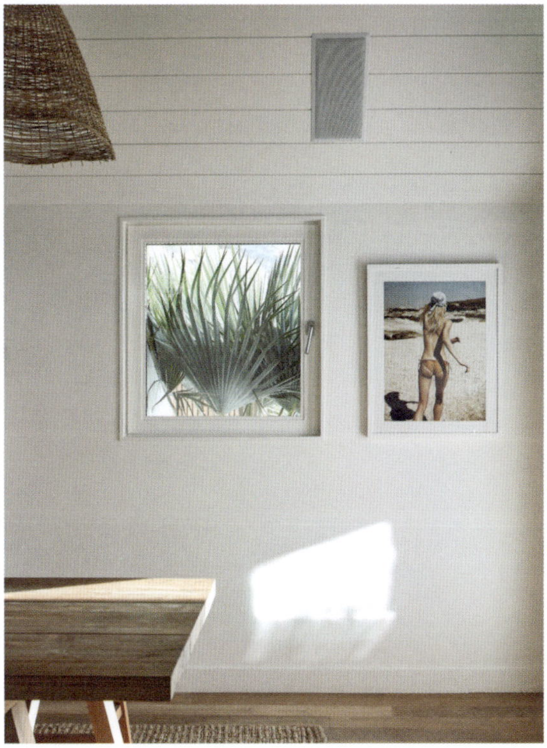
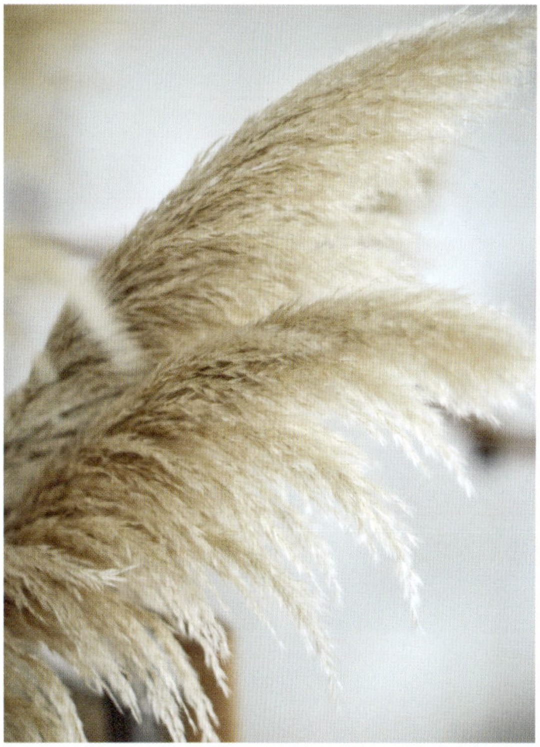

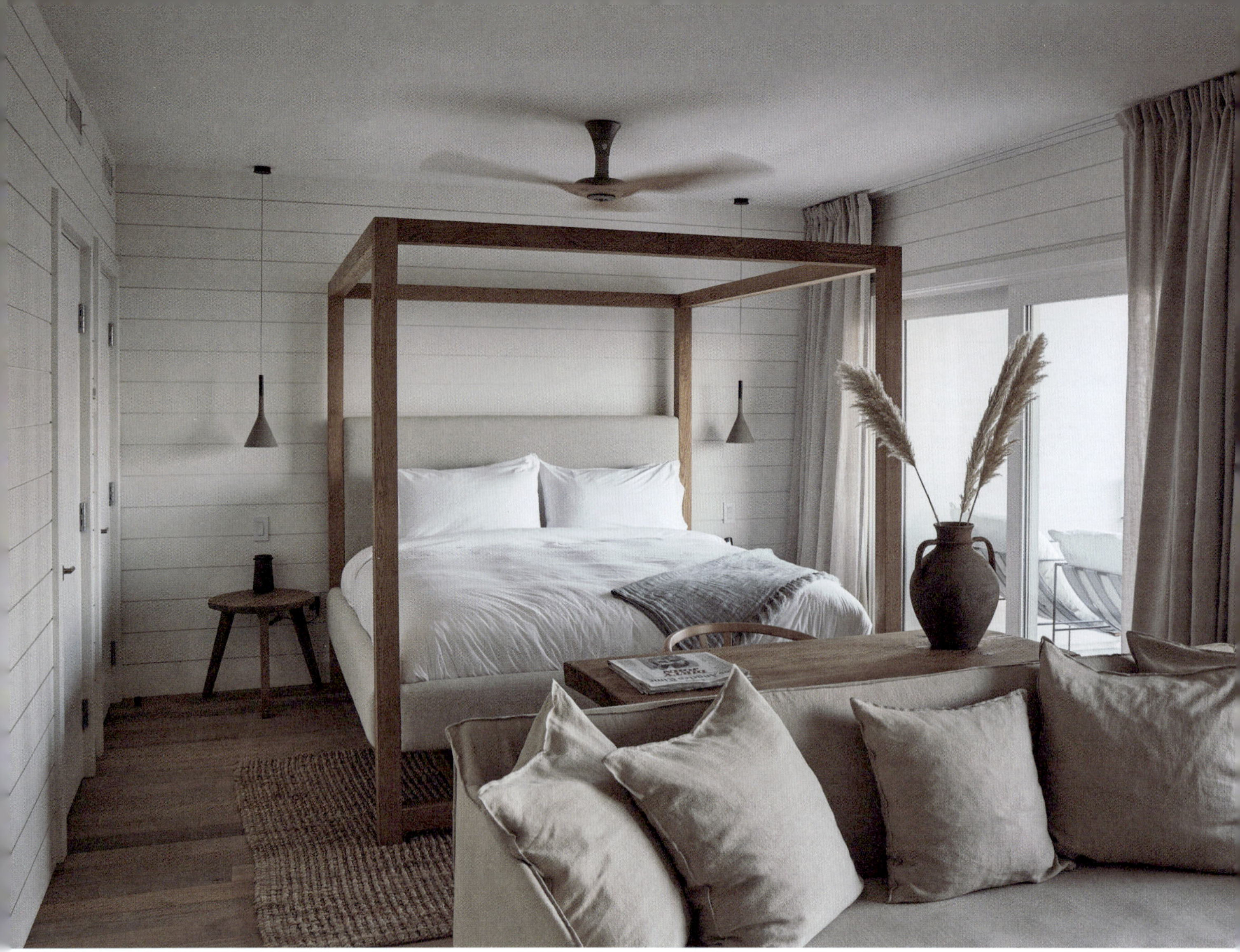

"我想通过这家酒店和客人们分享我最爱的加州。"

撰稿人

作家

Alice Cavanagh
Charlie Lee-Potter
Jenny Bahn
Justin H. Min
Leigh Patterson
Libby Borton
Matilda Bathurst
Matthew Johnson
Richard Aslan
Rosa Park
Ruth Ainsworth
Sean Hotchkiss

摄影师

Ash James
Brooke Holm
Claus Troelsgaard
Iringó Demeter
James Stapleton
Justin Chung
Kate Holstein
Matthew Johnson
Maureen M. Evans
Rich Stapleton
Rory Gardiner
Rory Wylie
Sally Griffiths

艺术指导

Carrie Weidner
Kate Imogen Wood
Lune Kuipers

插画

Studio Faculty

CEREAL

readcereal.com